荊都夢

上卷
天舞出世

綠水 著

新秀出手，如此亮眼
——推薦《荊都夢》

知名書評家　果子離

在揮汗如雨的酷暑，擔任第十屆「温世仁武俠小說大獎」長篇小說複審工作，實在不是怎麼輕鬆寫意的事。每本字數少則十五萬，多達三十萬字，凡四十部，要在四十天內，以一日一部速度讀完，品評高下，決定入圍名單，註明取捨理由，誠非易事。

參賽作品水準整齊，但有的清新可喜卻缺乏迴腸蕩氣之勢；有的故事引人入勝，可惜僅止於情節描述；有的功力非凡卻繁複艱澀。綠水的《荊都夢》是其中最為亮眼、最好讀的一部。雖然好讀不是作品良莠的必要條件，但這部小說，不但節奏流暢如水，能夠一口氣讀完，敘事能力、主題表現與故事安排也很吸引我，當下便確定這篇作品將是我心目中前三名。

《荊都夢》的故事環環相扣，且無冷場。所謂冷場，這裡必須稍加解釋，有時武俠小說看久了，自然知道有些情節不妨快轉或跳過，例如經常出現的比武爭盟主一事，你來我往，無足輕重的跑龍套俠客爭相躍進，三兩下敗下陣來，十分煩瑣，但一寫往往好幾回合，即如金庸大師也不能免於斯累。這是連載小說最方便的寫法，熱鬧，繽紛，於我卻是冷場。

《荊都夢》卻沒這問題，主線分出來的人事枝節，都有作用，是以人物雖多，派別雖眾，卻不紛亂，不模糊，這得力於形象塑造，以及心理刻畫。書裡的人物不分大小主副，個個有故事，有心事，他們的心思千迴百轉，意識流動，或真情流露，或百般算計，或矛盾掙扎，主角配角的心路歷程，都有精彩描寫。

故事一開場，一段對話，就把主角性格帶出來了：雲城少主上官夜天暑熱六月天，和隨從顏克齊兩人，來到遙遠的南疆，觀察侵略對象，以便設立分舵。這個所謂南疆的地方，天空湛藍純淨，不染紅塵，簡直人間仙境。

顏克齊大讚此地風光，上官夜天卻不為所動。不是風土不好，不是人情不美，而是，就像現代人常開玩笑的「好山好水好無聊」，上官夜天告訴顏克齊：「除了藍天白雲，花草遍地，此地一無是處」。一無是處的意思是，「這裡沒有武術高手。從未有名門大派建立於此，武風貧弱。」他嘆說：「一個沒有高手的地方，還有什麼意思？」其次這裡沒有財貨。而他所要的，就是武術與財貨，「因為這兩樣事物都代表了世間的力量。他追求力量。」

這麼幾段話，就把上官夜天的性格與心境給點了出來。

上官夜天，人稱「殺神」，江湖聞之色變。小說或正面敘述其殺戮事蹟，或透過他人對話側寫他的可怕狠勁。

然而武俠小說豈容男主角始終是個反派壞蛋？武俠，有武也要有俠。不過要讓狠辣殺手轉型成大俠，易寫難工，若寫不好，或一廂情願，或落於俗套。綠水巧心編排，讓上官夜天追憶傷心往事，把他走上殺手之路的生涯遭遇與心思歷程交代出來，再寫他戀愛、受挫之後，多次辯證、懷疑、修正，反反覆覆，掙扎轉折，終而放下屠刀，立地成佛，這部分寫來精彩，令人動容。

讓上官夜天轉變的關鍵，是愛情。在本書裡，愛情占相當比重。好幾對怨侶佳偶，分分合合，他們的心境情事往往牽動大局。這些愛怨情仇，交纏著赤裸裸的權力鬥爭，俠與情的辯證，力與美的拉鋸，綠水都處理得很好。

很驚訝《荊都夢》不但是綠水第一部長篇武俠小說，甚至於是個人第一部作品，新秀出手，如此成熟，難以思議。我猜想她是武俠小說資深讀者，她對劍法、兵器、毒物、暗器、穴位、內功、武學內涵等元素，熟稔如數家珍，表現在小說裡，運作自如，但或許這樣，評審會議上吃了點虧。不過《荊都夢》在首獎從缺的情況下，得到第二名，且以懸殊比數遙遙領先其他作品，成績耀眼，而綠水還年輕，三十歲的花樣年華，這麼有才情，儘管「溫武」不辦了，出版市場低迷，還是希望能看到她更多作品。

腥風吹過，血雨落盡，唯溫柔長存
——《荊都夢》的人性江湖

武俠評論家　乃賴

小津安二郎說：「電影以餘味決勝負。」我想武俠小說可能也是。

江湖是什麼？是人在江湖、身不由己？是為國為民、俠之大者？是快意恩仇、笑傲江湖？江湖是泯滅人性的修羅場、還是彰顯人性的崇高殿堂，抑或是正邪不分的灰色地帶？每一部好的武俠小說，都必然對「江湖」有一套自己的見解，而不是照搬前人的陳腔濫調。就這個標準來說，綠水的《荊都夢》呈現了獨特新穎的視角，這本三十萬字的大作，給了我們溫柔可愛的江湖。

故事開始於一名少爺與一名僕從兩人遠赴魏蘭城，少主是江湖上令人聞風喪膽的殺神上官夜天，準備征伐南方，為野心勃勃的雲城開疆闢土，但是他和僕從顏克齊談的卻是魏蘭城的三個「沒有」：「沒有高手」、「沒有財貨」、「沒有美女」。這樣的地方，絕對不是適合武俠小說的場景。但這三個「沒有」，就此構成了整部鴻篇巨構的基調。

當然，《荊都夢》書裡頭有高手，有弱冠之齡就睥睨九大派百年風流、一戰驚風雨、再戰泣鬼神的絕代劍手蕭朗；不僅有財貨，更有權勢薰天、江山萬里的雲城霸業；而美人更是層出不窮，嬌巧可愛的魏蘭姑娘沈菱、精通毒術的苗族公主雷翠、經年栽著名種牡丹，更勝似牡丹的雲城夫人蘇娃。但正如書名所言，江湖不過一場大夢，武功再高、高不過天；財貨再厚、厚不過地，而美女呢？自古紅顏多薄命，不許人間見白頭。不管是傾國傾城，或是年華虛度，都是花不如不開的悲歌，又有什麼好渴慕追求的呢？

所以《荊都夢》乍看之下和過去的武俠小說有許多類似的要素，江湖爭鋒、絕世武功、擅長施毒解毒的神祕宗派、層出不窮的鬥爭傾軋、永無止盡的血債恩仇。但其中真味，是在腥風血雨的舞台底下，藏著的繞指柔情。情網如絲，無人能逃，隨著故事抽絲剝繭，我們漸漸發現在刀劍背後的不是內功秘術，而是幽微的人性。一個個執迷不悟的癡情者，因為愛，所以恨，但不管再恨，依然挽不回失落的一切，只能越陷越深，不斷朝向黑暗處前進。最終能夠拯救一切的，依然是人性的包容與寬恕。這樣的主題，深刻又真實，而化脫在一則則武林神話中，更顯得浪漫動人。

於是，在《荊都夢》中，我們看到綠水為武俠找到了一個新的演繹、一個獨特的視角：腥風血雨的無情刀劍，為的是讓溫柔的人性之光燭照黑暗。市場的競爭如同江湖的洗禮，雖然在不斷求新求變的類型當中，綠水的取徑並不討好，但書中每個橋段、每個人物都是充滿情感、費盡心思才打磨出來的精品，溫潤如玉、充滿真情的《荊都夢》絕對經得起考驗。

從鐵血殺伐的江湖爭霸，穿插變化人性的光輝與黑暗，最後能夠哀而不傷，樂而不淫，《荊都夢》像是是遠方的燭火，在寒夜中的黑暗中，你一旦看見，就知道小屋中有人情冷暖，有生活在那裡頭。

「世事一場大夢，人生幾度秋涼」，一場荊都的武林夢，夢醒之後，方見其中況味。

自序

《荊都夢》是我的第一部小說，我的第一部小說是武俠小說。

多年以前，「武俠」曾在華人世界極度火熱。台灣武俠小說作家曾高達三百餘人，出版的武俠作品高達兩萬餘本。我們嚮往著那些或正或邪的大俠高手，以超現實的武技相互的角力較勁；嚮往著那些鮮明不凡的英雄美人，以敢愛敢恨的秉性譜出驚心動魄的江湖戀曲。其當年盛況，比之今日的外國奇幻小說，還更紅紅火火。

惟武俠界幾位宗師，能夠令我高度共鳴，比較深入接觸其作品的只有古、金二位，其他的都只是稍有涉獵。從這個角度來看，我對武俠，不能算很有愛，我選擇武俠書的範圍，較之真正的武俠迷來說，似乎狹隘了些。然而，卻也正是因為古龍、金庸的生花妙筆，武俠小說變得極富魅力，教人熬夜追讀，欲罷不能。遠從那時起，我便發現武俠小說具有一種特別的張力——一種可讓人性發揮得淋漓盡致、變幻多端的舞台。

金庸在書序中言道：「小說是藝術的一種，藝術的基本內容是人的感情和生命。」古龍則說：「人性的衝突，才真正是任何小說中都不能缺少的動人因素。」他們把握到最核心的創作理念，並且成功詮釋。

這也影響了我對作品的審美觀：我喜歡故事，但更喜歡從故事中領略人格的多樣色彩。故事的驚奇或在一時，人物的傳神卻足堪雋永回味。有些作者（包括編劇及漫畫家）能在筆下創造一些生動靈活的角色，總令我十分佩服。

比起故事本身的主題性，我更偏好這當中有沒有讓我感興趣的人。

為著這樣的閱讀品味，我選擇創作武俠，因為不管武俠走到今日，它已是如何的凋零慘澹，只剩少數名家引領風騷，我仍堅持它一種極適合展演人性的文類。倘若古龍、金庸不是寫武俠小說，而是寫起歷史、言情、科幻、推理等類型小說，還能夠創作出如同江小魚、蕭十一郎、李尋歡、楊過、喬峰、黃蓉……這些經典人物嗎？個人很難想像。

所以我寫武俠，主要是認定它所提供的元素背景，最適合我筆下的人物盡性揮灑，顯露本色。對武俠這樣的通俗小說來說，人物如果塑造得宜，大抵也就成功一半了。以人物的個性來引動情節，形成一種如史記所寫就的情況：性格影響命運。這也正是我所追求的境界。

此外，我認為小說創作旨在體現個人之性情。此乃是作者的思想、才具、個性、習氣等，在故事的概念上、在情節的推衍中、在人物的言行裡，總能若有若無地表露出來。是古龍那樣的性情，才能展現天涯浪子的寂寞蕭索；是金庸這樣的性情，才能寫出一個個為國為民、任道重遠的濟世儒俠。不同的人寫出不同性情的書，而讀者也就依此挑選稱心投緣的作品。

人與人之間，或氣味相投，或格格不入。人於書也是。中國四大小說是公認的經典，然有的人愛極《三國演義》的波瀾壯闊，無論如何讀不來閨閣氣息強烈的《紅樓夢》；本人則是愛極了《紅樓夢》，卻難以直視《水滸傳》裡諸多慘無人道的草莽暴力。諸如此類，在在反映我們閱讀時對於性情的選擇。而各花入各眼，喜歡與否，有時還真是難以強求。

在這樣的想法驅動下，我完成了《荊都夢》，期許能寫出通俗小說該具備的可讀性、寫出一些令讀者存有印象的角色，甚而進一步地抒發自我性情。當然，武俠小說不好寫，除了比其他類型小說多出了武打過招的場面須處理，還得兼顧張力與邏輯。私以為金庸小說之所以如此成功，在通俗小說的娛樂性方面達到難以企及的高度，就是因為他的故事張力很能禁得起邏輯推敲，亦即前人所評論的：「意料之外，情理之內」。有前輩們珠玉在前，對所有嘗試武俠的新手來說，不啻為一種壓力與考驗。然而武俠自有其魅力，就算市場萎縮，這些年來仍有許多人投入創作，孜孜不倦，開創出有別於前人的新風景。

《荊都夢》寫作的過程辛苦而又快樂，辛苦來自內容與人物的拿捏，總是一改再改，甚或一修再修，心中時時牽掛；快樂則是來自於完成的當下，自己讀來喜歡，甚至聽到別人也說喜歡，這當中有著千金難求的美好，非過來人不能領略。為此，再怎麼辛苦，也都是值得的了。

回目

第一回　魏蘭姑娘

上官夜天瞧著，心中也不禁一動：那真是好一雙清透單純的眼睛，如此黑白分明，彷彿藏著嬰孩似的天真；睫毛偏又如此秀長，生生透著妙齡女子的麗質嫵媚。

相傳，在遙遠的南疆，天空湛藍純淨得沒有一絲雜質，凝澄如碧，全不染半分紅塵氣息；就連小河溪流，也是清透如水晶，只要雙足浸下，便能感到一陣暢快清涼，掃盡這六月伏天的暑氣。

這裡，四季如春，生機盎然，森林裡盡是結實纍纍的果子，高處鵲鳥棲巢，在風間鳴唱自樂；野地則有小鹿奔馳，自在無拘，連見著了生人也不覺怕。

「少主，這南疆可真是個好地方，比傳聞裡的還要漂亮。要不是遲早得回雲城，我還真想在這裡住上一輩子。」

草地上，一名作僕從打扮的男子摸著小鹿低順柔軟的額頭笑道。他笑時臉頰會漾起兩顆深深的酒窩，似很親切隨和，教人看了打從心底舒服。

這男子叫顏克齊，來自西武林第一大幫——雲城。他頭一回來到這寬闊遼遠的南疆郊野，只覺得景色大合脾性，遠勝家鄉風貌。

但有人卻不作如是想。

「除了景致不錯外，你不會喜歡這裡的。」潑他冷水的，正是他主子，雲城少主上官夜天。

他穿著一套月白勁裝，繫著一條白玉扣環腰帶，迥異於顏克齊的興奮歡喜，他的臉色十分平淡，似乎不覺得這片天空有何迷人之處。

「為什麼？」

「第一、這裡沒有高手。」

「您怎知道？」

「雲貴兩省從未有名門大派建立於此，武風之弱，不想可知。一個沒有高手的地方，還有什麼意思？」

「少主，你喜歡跟高手過招，我可沒有。就算此地武風不盛，在我看來一樣迷人得很。」顏克齊採了朵花湊到鼻尖：嗯，很香。

上官夜天並不因此改變評價，續道：「第二、這裡沒有財貨。」

「您又知道了？」

「想也知道，這山野曠林的，既無船港，又無商隊，如何積天下之財？」他喜歡武術，也喜歡財貨，因為這兩樣事物都代表了世間的力量。他追求力量。

顏克齊還是一笑，「我又不愛財貨，就喜歡這藍天白雲，花草遍地的，有沒有船港商隊，我才不在乎呢！」

上官夜天斜睞他一眼，道：「但有件事物若是沒有，你只怕連一天都受不了。」

「什麼？」

「第三、這裡沒有美女。」

顏克齊聽了，忍不住笑了起來，道：「少主，這話說得太早了，我們壓根兒就還沒瞧見半個人影，你怎麼知道沒有美女？」

「所謂『三分模樣，七分裝扮』，我們去過那麼多窮鄉僻壤，從沒見過幾個模樣整齊，打扮秀緻的，這裡當然也不會例外。」

「那可不一定，西施原本也是窮鄉僻壤的浣紗女，後來還不是成了吳王寵妃、千古一姬？」

上官夜天不以為然：「你以為西施很多，隨隨便便就能讓你遇上？」

「這嘛，沒進魏蘭城親眼瞧瞧，可是誰也不知道。」

上官夜天哼了一聲，道：「你想進魏蘭城找漂亮姑娘也行，把蒼蠅們都打發了再說。」

顏克齊一臉不解：「什麼蒼蠅？」

上官夜天低聲道：「我們從剛剛就被人盯梢了，你居然不知道。」他臉上似乎還帶著從容的微笑，眼神卻多了七分凌厲，斜望著顏克齊身後的樹林。

顏克齊的臉色也凝住了，佯作伸懶腰的樣子，趁機瞥見後頭的林子裡果真有兩道黃衫人影，鬼祟地躲藏在樹後。

上官夜天低聲道：「還記得方才我們走過來的時候，行經一片長滿鬼針草的小路嗎？他們從那個時候就開始跟蹤我們了。」

顏克齊登時一臉尷尬，心裡暗罵自己：「天啊，我這蠢豬，那樣兩個大男人，居然沒發現。身為護衛還得靠主子提點敵人動向，當真丟臉丟到家了！」卻不好承認，支唔道：「喔，是啊，經少主您這麼一說，我才想起方才的確看見兩個奇怪的傢伙，似乎一直在盯著咱們。」

豈料又聽上官夜天道：

「不是兩個，是三個，有一個武功較好，一直走在這兩人的後面。要不你以為我當真腿力不濟，好端端的，怎麼忽然要坐下來休息，就是想看看這三人到底想搗什麼鬼？」

顏克齊一聽，更覺臉上無光，不知該如何接話，只得故作輕鬆，笑道：「少主，你方才才說雲貴兩省沒有什麼高手的，這會兒不就出現了嗎？」他不說這話也就罷了，這一說，上官夜天不禁微微皺起了雙眉，有些不悅——顏克齊的眼力也實在太差了！

「真真是傻瓜，想也知道，他們絕不是本地人。」他的口氣已有些嚴厲。

「咦，為什麼？」

「看打扮就知道，他們穿的是和真武服，那是一種用棉布混蠶絲織成的上等武服，特色是柔軟輕便，內裡多有夾袋，方便收納暗器或護心鏡，並不多見，只有中原幾個大城鎮才有得買！」

顏克齊恍然道：「原來如此，少主真好眼力！那他們又為什麼要跟蹤我們呢？」

「這我就不知道了，我猜多半是在道上看出我們也會武功，覺得奇怪，所以想來探探我們的底細。」

「哼，我才想知道他們的底細呢。」

「好，那你就快去弄個明白。」

顏克齊一愣：「現在？」

「當然，你這麼漫不經心，平時又少見你認真練武，這一回你要是不問出他們的身分來，我下回外出便不讓你跟著，索性讓雪琳替你！」雪琳是上官夜天住處「楓紅小築」的配刀侍衛，雖為女子，卻是第一流的使刀高手，公認的雲城護衛之首。

顏克齊感受上官夜天是認真的，忙道：「少主，別別別，我去就是了。」他最喜歡跟上官夜天外出了，除了可以見識不同的風景，還可以學習少主對付敵人的手段，遠比留在雲城裡操練有趣多了。

顏克齊站起身來，望向那兩名男子躲藏的方向，直接狂奔而去。他的想法很簡單，用武力直接制服兩人，要問什麼還怕問不出來嗎？

那兩人看到顏克齊忽然快猛地衝過來，也自嚇了一跳，互望一眼後，立刻遁入林子裡。

顏克齊瞧他們這反應可不樂意，心裡罵道：「兔崽子，跑什麼，兩個打一個也怕嗎？沒用的東西。」如此想著，愈不肯讓他們走脫，步伐更加快了。

三人始終等距奔行了片刻，進入林子深處，只見樹影斑斑、雜草漫漫，眼前是一片斜上而去的陡坡，爬滿了藤蔓。那兩人見無路可逃，索性立定，既不勉強行上，也不分頭而逃，交換了一個眼神後，聽著顏克齊的腳步已逼至身後，忽地轉身——

啊！

顏克齊倒抽口氣，兩柄明晃晃的軟劍毫無預兆地從他們的腰帶裡抽出，同時朝他胸前與膝蓋切來，當真兇險異常！情急下，連忙舉臂格擋。好在他的護臂外頭套了一層鐵珠網布，堪堪擋下，同時抬腿向另一人臉面踢去。他的鞋子也是有機關的，拇指一翹，觸動裡頭的暗鈕，鞋端夾層即吐出三寸刀刃，光芒閃動，直向那人眼睛。男子如不收劍，硬要強攻，就算得手也得賠上一目，趕忙側頭避開。

交換了這一招，雙方皆是有驚無險，各自倒退幾步。

顏克齊險些吃了大虧，怒道：「用軟劍，你們是鐵膽莊的？」岳陽鐵膽莊，是武林最精擅軟劍的門派。

二人不答，反問：「你是雲城的？」

「是又怎樣？」他順口接話，隨後才回過神來，奇道：「不對，你們怎知我是雲城的人？」

二人不再打話，擺出劍式，直接發動攻擊。

顏克齊見二人完全不把自己放在眼裡，不禁火冒三丈，心道：「老虎不發威，給你們當病貓了！好、好，瞧我等會怎麼整治你們。」唰地一聲拔出了腰間的雁翎刀，朝兩人就是一陣狂砍。

軟劍輕薄，宜削；刀身寬厚，宜砍。砍式造成的傷害可比削式大多了，況顏克齊仗著內裡穿著一件虎皮甲，於要害處更能抵禦，出手遂無顧忌。那二人雖雙劍聯手，卻遠不及他大膽悍勇，一時間竟被逼得只能連連防守。

而軟劍，怎禁得起重砍？數招過去，連著硜硜兩聲，顏克齊已砍斷了他們兵刃，每一刀都使上九分真力，兼而在其中一人的前胸劃上一道，鮮血立刻染紅了和真武服。

「師兄！」另一人驚呼出聲，連忙搶去扶住受傷的同伴，抬手喊道：「住手，我們認輸！」

「嘿，認輸我就要饒過你們嗎？當我吃素的！方才我不過是想知道你們來歷，好對我主子有個交待，哪裡曉得你們這麼卑鄙下流，居然偷襲我！說，你們到底何門何派？來南疆幹什麼？為何要跟蹤我們？又是如何知道我來自雲城？」雁翎刀的尖刃還在滴血，直指向兩人。

那人連忙賠罪道：「壯士息怒，是我們不好，我們兄弟倆等會兒一定把事情一五一十告訴你，求你看在我師兄受了重傷的份上，先讓我扶他靠在樹下，幫他止血療傷，好嗎？」

顏克齊略一想，道：「好，你要替他療傷就快，老子盯著你，休想搞鬼！」

「謝壯士。」男子立刻將同伴扶到近旁的榕樹下，拿出藥粉替他敷傷。

顏克齊的雁翎刀緊隨著，他可沒忘記和真武服內裡易藏暗器一事，只要此人動作稍有不軌，立時便將他砍了。忽然間，「硜」地一聲突兀大響傳來，微一細聽，聲源竟是來自頭上！

他吃驚地仰頭看去，立見樹枝密葉裡原來竟躲著個人，手持一柄被人用石子彈開、尖錐朝下的金剛杵，也是一臉錯愕。

電光火石之間，顏克齊已然知道是怎麼回事了。十分明顯，此人與那兩個黃衣男子乃是一路，誘使他站來樹下以便偷襲。他生平最看不起這一類鬼祟手段，怒罵道：「操你奶奶，給我下來！」身子一躍，馬上掇住了那人握著金剛杵的右手，狠狠將之往下拽扯。樹上男子不禁叫疼，抵不過顏克齊力大，勢子給他往下拖帶，右手便牢牢卡在樹枝間，磨得手臂都破皮出血了。

那黃衣男子見顏克齊識破機關，立刻拔出靴內短刃，朝他下陰撩去——

「操你奶奶！」顏克齊再罵，雖眼光朝上，可沒鬆懈下方的防守。兩條腿登時快如閃電，奮力一騰，即架在敵人頸側左右，緊接一個腰扭——「呃！」那人還不及出手頭一歪，立時沒了性命。

這一夾，夾得漂亮。只是他重心既在雙腿，雙掌之力便不免稍稍弱了，那持杵男子奮力一掙，終於擺脫他掌握。顏克齊頓時失重心，上身隨之後墜，但也不忙，順勢將雙掌貼地，一個後翻便即站定。

在此同時，男子雖已脫身也不敢再行攻擊，跳下樹來直向外頭奔逃，不過行出數丈，卻聽得一人慢悠悠的道：「方才能逃不逃，現在是要逃去哪裡？」語罷隨之一顆飛石擲來，他連忙舉起金剛杵格擋，不料虎口猛地一震，杵柄跟著脫手，不由得暗暗心驚：「想不到這飛石速度不快，力道卻如此霸猛！」

惟男子驚駭之餘，動作未有絲毫停滯，連忙彎身要拾起兵器，卻有一隻手竟平白地冒了出來，早他一步拿住了金剛杵。抬頭一看，瞳眸一瞬，居然便是上官夜天！

「你的兵器，還你。」

上官夜天語氣淡淡的，轉手卻將金剛杵打橫，施勁擲撞男子胸膛。男子禁不住這著，胸口痛極，整個人踉蹌後退，未料顏克齊的刀子早等著他了，染血的雁翎刀沿著他後肩，架上頸邊。

眼下腹背受敵，男子已是刀俎魚肉。然而他無懼雁翎刀的鋒利，穩住勢子後，雙目眨也不眨，只是戒慎瞪著上官夜天。

上官夜天一派悠然，端詳著金剛杵杵柄上刻著的一個「魯」字，隨口問道：「你姓魯？」

男子深深吸息，沒有回答。

上官夜天哼聲道：「你啞巴嗎？」

想不到他才剛說了這話，男子忽然暴聲道：「上官夜天，你這狗娘養的畜牲！你去死吧！」

「混帳！你嘴裡不乾不淨的胡說什麼！」顏克齊狠狠摑他一掌，刀刃緊貼他頰面。

上官夜天也不生氣，只是有些意外：「你認識我？」

男子恨恨道：「是你殺了我弟弟，我怎會不認識你？」

上官夜天微瞇起眼睛：「令亡弟是？」

「河北第一機關巧匠——魯開！」

上官夜天想了一想，冷笑道：「喔，是他，我有印象。」因為這曾是他極力相邀的對象。河北的魯家兄弟最擅機關，尤以弟弟魯開才華卓越，凡舉陷阱、暗門、地道、箭牆……無一不通、無一不精，反倒哥哥魯達無此盛名。

上官夜天道：「我殺了他又怎地？你跟了我們一路，就是想替你弟弟報仇？」

魯達悶哼一聲，沒有正面回答。

實則，他們一行三人是身懷任務來南疆的，在道上看見上官夜天純屬湊巧。魯達固然惱恨殺弟之仇，心裡也很清楚在這樣的情況下貿然報仇，只會徒然送命，因此暗中跟蹤，只不過是想偵察北域雲城居然也遠來這南疆僻地，究竟有何目地？他們知道敵人棘手，已刻意保持相當的距離，想不到上官夜天這廝居然敏銳如妖，都這樣小心翼翼了還瞞不過他！唉，世上怎會有人這般武藝卓絕，偏又是這樣冷血可恨的大惡人，難道彼強我弱，便如螻蟻巨象，當真拿他一點辦法也沒有嗎？

只聽上官夜天續道：「魯開是自己找死，可怨不得我。天山派用他造的陷阱坑殺了我好幾名得力的部下，單憑這點，他就死得毫不冤枉。」

「呸！殺你部下的是天山派，與他何干？」

上官夜天冷然道：「因為我早知道他是人才，在他替天山派造機關之前，曾派人招募他三次，結果他胡謅了好些不知所謂的理由拒絕我也就罷了，竟還替雲城的敵人殺害雲城的人馬。哼，天山派的銀子是銀子，我雲城的就不是？如此輕視我等，死了活該。」

「你、你……這算什麼歪理？我弟弟難道就不能選擇……自、自己效力的對象嗎？你簡直……簡直是豈有此理……欺、欺人太甚……」魯達指著上官夜天，想破口大罵，一時間卻氣得連話也結巴。

「罵夠了沒有？你還沒回答我的話呢！你到底來這裡做什麼？那兩個黃衣劍士又是什麼人？你們應該不會是知道我要來這裡，所以才跟過來的吧？」上官夜天拉回正題。

「除了我弟弟的死，我們之間沒什麼好說的！」魯達傲然地別過臉去，但顏克齊卻不會放過他。

「少主問你話呢！」說完，顏克齊一拳狠揍向他上腹。

魯達吃痛得吐出腹水，身子微微顫抖。情勢如此困厄兇險，他隱約也已預感到自己恐怕活不成了，腦中不禁浮現了那一天的景象：

他從店村打了酒菜回家，要給弟弟慶祝生日，家門前的雪地卻多出了一排淺淺的腳印向東方走去。他起初以為是弟弟的，心想這時候他還出門到底要做什麼？但甫推開門扉，就知道自己想錯了，因為弟弟居然已經死了！

弟弟就這麼癱坐在木椅上，頸子帶著一道望之悚然的粗大血痕，右手還握著機關針盒未發。立知門前腳印必是兇手所留，當下恨火攻心，火速地追了上去，要糾出這天殺的禽獸！

然後，在前方，一片白茫茫的曠野，他恰好看到七名刀手圍住了一名黑衣男子，喊他「上官夜天」，並不斷用種種難聽的髒話辱罵他。這黑衣男子看來一點兒也不緊張，他甚至沒向那七人瞧上一眼，只是忽然將藏在斗篷裡的長鞭一揮——

啪啪啪……

啊，那真是閃電一般的長鞭！比毒蛇還危險的長鞭！七名刀手一招半式未出，額上、臉上、頸上……各自都帶了一條血痕，便倒下去，再不能站起。七人的鮮血淌在雪地，瞧著只覺怵目驚心。

然後男子走了，他的腿卻軟了。霎時間，恨未消，卻多了一股深深的恐懼，不斷地鑽往心底，同時也掘出了對弟弟的慚愧。因為他死得那麼猝然淒慘，他這個當哥哥的卻連質問兇手為何殺人的勇氣也沒有，只敢伏在雪地上大哭，連一分公道都討不回來。

他惱恨這樣縮頭烏龜般的自己！

惟現在，他已不想再當懦夫了。上官夜天再可怕又如何，了不起不就是要他性命而已嗎？這屠夫除了殺人，還能幹什麼好事了？呸！

他抱著肚子，佯作疼痛到站不起身的樣子。

「喂，給我起來，別想裝死。」顏克齊伸手去拉他，登時——

「小心！」上官夜天大喝，迅速地一把強抓顏克齊後腦的頭髮向後猛拉，兩人跌在地上，耳邊聽得風聲咻咻，跟著右手擲射出金剛杵……

咚！

電光火石之間，魯達仰天倒地，一切都結束了。

顏克齊還弄不清發生什麼事，只見魯達的左胸插著一柄剛杵，正是致命之因。而衣襟開敞，衣內原來安著一件九宮設計的飛梭機關，只要外衣一翻，九根約莫尾指長短的銀梭即飛射而出，牢牢釘射在四方的樹幹上。

「好、好厲害！」顏克齊喉頭滑動，這才警醒到自己方才實是萬幸躲過了死劫，要不是上官夜天及時將他強拉向後，此刻便真送了性命，立道：「多謝少主……」

上官夜天抬起手來，要他不必客套，逕道：「搜身。」一付沒事人般，心裡卻道：「幸好他方才先拉開機關被我覺察，否則這會兒我們扯開他衣襟，便非中招不可了。」

魯達身上的東西都收在袖中一個小囊袋裡，打開來看，多是些機關暗器小物，沒什麼特別的，只有三樣東西值得留意：三張羊皮地圖、一袋沉甸甸的碎銀、五張一百兩銀票，上頭印有益通錢莊的紅印。

上官夜天先將地圖拿來細看，不得了，居然正是南疆的地圖！三張地圖上頭各自寫著傣、百淐、魏蘭等小字，標示著不同區域的周邊環境，無論是山丘、沼澤、縱谷、溪流……皆繪得精確仔細。跟著又拿起銀票看了看，問向顏克齊：「你知道益通錢莊的後台是誰嗎？」

「回少主，是白馬堂。」那是湖南三大錢莊之一，也是白馬堂重要的物業，顏克齊當上官夜天的隨從，可不敢連這也不知道。

上官夜天點頭道：「我大概明白了。看來白馬堂也想把勢力深入南疆，於是請了這小子繪製地圖──唉，可惜了，這兄弟倆的手藝還真是少見的好，比咱們請人繪的地圖強多了，偏偏不能為雲城所用，真教人遺憾。」但愈是這樣的人就愈要殺掉，免得投效敵方，反成大患。

「少主，但那兩個黃衣小子用的是軟劍，軟劍可是鐵膽莊獨步南武林的兵刃，故請出魯達的應該是鐵膽莊，而非白馬堂吧！」

「不。」上官夜天搖搖頭，「他們用的只是一般軟劍，而非鐵膽莊所用的形制。鐵膽莊的要更薄更利更輕快。若真是鐵膽莊的弟子使軟劍，方才他們削你膝蓋，你便未必能躲得掉了。」他原來早偷偷跟在顏克齊身後看著樹林發生的一切，就連那偷襲顏克齊的金鋼杵也是他用石子彈開的。只見顏克齊又問：

「但他們若是白馬堂弟子，何不用擅長的長劍而要使軟劍呢？」

「他們大概是不想惹人注目，所以才將兵器藏在腰帶裡，卻沒想到會遇上咱們。否則那兩個黃衣人的身手不差，若使長劍，並非沒有逃脫的機會。」

顏克齊這下都懂了，又問：「所以銀票跟銀子，也都是白馬堂給魯達的酬謝了？」

「銀票是，銀子不是。白馬堂若給酬謝，也不會給這麼粗劣的銀錠，多半是魯達拿來雇請當地人領路的資費，否則地圖上這麼多河流岔路，沒有當地人帶路他如何能至？」

顏克齊聽到此處，對上官夜天愈發佩服，心道：「少主不只武藝高深，就連眼力與智謀也強我十倍不止，我可得好好跟他學習，免得跟他愈差愈遠了。」

上官夜天命顏克齊把這些東西都收好後，便開始上路了。方才他們一下子解決了三個敵人，又得知白馬堂的圖謀，精神皆是一爽。

上官夜天道：「看來白馬堂想的跟咱們一樣，都打起南疆的主意了，咱們的動作得再加快，絕對要搶在他們之前先設立我們的分舵。」他嚴肅地說著，可是顏克齊不知道哪根筋不對，竟在憋笑，把笑聲悶在嘴裡一陣，終於還是忍不住大笑出聲：

「哈哈哈哈……笑死我了……」

上官夜天皺眉道：「你有病啊！這有什麼好笑？」

顏克齊還在笑：「少主，我不是笑這個，我是在笑——等等，我說了你可不能生氣。」

「好，我不生氣，你說。」他豎耳傾聽，若是顏克齊敢亂笑，就一拳揍死他。

「我是在笑老天爺怎麼好像存心打你臉似的，你方才才嫌南疆沒有高手，結果老天爺馬上送來那三個不長眼的給咱們活動筋骨；接著你又嫌棄這裡沒有財貨，結果現在咱們的袋子裡已多出銀票跟銀錠；然後你又嫌這裡不會有美女，哈哈……說不定等一會兒就會出現──」顏克齊的聲音又頓住了，只見河流對岸，遠遠的，一名穿著湖綠色衣裳的女子正牽著一匹馬，緩緩走向西邊的小橋，似乎打算走到這岸來。

「哈哈哈哈……」顏克齊擊掌，興奮叫道：「你看你看，才說呢，美女就出現了，少主，有沒有這麼準？」

「咳……」上官夜天用乾咳來掩飾笑意：真討厭，雖然這歪理給他說得挺有趣的，但也不用笑得那麼誇張吧，害他都想跟著笑了。卻故意拍打顏克齊後腦，冷道：

「你是千里眼？人還在那麼遠的地方也瞧得出是美女？」

「雖看不出五官，但身形看起來不錯，總不可能醜八怪吧。」

「哼，這可難說。」

「敢情少主覺得那姑娘是醜八怪了，那好啊，等會兒那姑娘就會走過來，咱們不妨賭一賭，她長得漂不漂亮。」

「好，要賭什麼？」

「這……」顏克齊抓耳撓腮，雖然嘴快，一時間可還沒想到細節去。

「這樣吧，你既喜歡南疆，等我們設立好分舵之後，我可以升你當舵主。」

「舵主？」顏克齊受寵若驚，雙眼瞪得大大的，講話也結結巴巴：「您、您……要升我當舵主？真的嗎？」

上官夜天看他表情，忍不住發噱，道：「當然是真的，不過萬一那姑娘不漂亮的話嘛……」他故意遲遲不說。

「怎樣？怎樣？」

「你可得娶了她！」

「什麼?!」顏克齊失聲道，「您是開玩笑的吧？」

「哼，我是那種隨便跟你開玩笑的人嗎？」又道：「一言既出，駟馬難追，我可不許你反悔。」

顏克齊瞧上官夜天似乎是來真的，腦海登時浮現從前在家鄉，曾看過隔壁村三姑的長相，驚慌道：「那那那……萬一她招風耳、朝天鼻、綠豆眼睛、香蕉嘴巴、一臉麻子，我也得娶她?!」

上官夜天想他怎能形容得如此傳神，忍俊不禁，笑道：「是啊。」

顏克齊聽了都快暈過去了，只見那綠衣女子已牽馬過了橋樑，正朝他們的方向走來。他心臟怦怦亂跳，不禁凝神想瞧仔細，瞪得雙眼都快凸出來了，心裡只想：老天爺，拜託，這姑娘一定得是美女才行啊！

上官夜天在旁瞧著，暗暗好笑。顏克齊有一種滑稽的天性，這也是為什麼他出門總喜歡帶上他的原因之一。有時候出任務還真是很無聊，多一個他這樣的人在身邊，當真可以平添不少樂趣，放鬆心情。

不久，人與馬愈來愈近，已近得足可讓他們看清了。

馬是駿馬，高大健壯，精神非凡，雖非昂揚沙場的戰馬，素質也不遠矣。馬的身側則繫著三大罈酒，乖順地任由那綠衣少女在前頭拉著韁繩，牽著牠走。

女子則是嬌小玲瓏，一臉稚氣。原本嘴裡自在的哼著歌曲，好像十分快樂，忽地看到兩個陌生男子，雙目眨也不眨的直盯著自己瞧，臉上不禁一陣靦腆，噤住了聲，微低下頭，快步牽馬前行。

頓時，顏克齊的嘴角不自覺地揚了起來，露出一排整齊的牙齒，心頭怦然。就連在美女如雲的雲城，也甚少見過如此清靈嬌豔的少女。

「姑娘！」顏克齊忽然出聲喚住了她。

那少女本已越過了兩人，給他這麼一喚，不禁回頭用眼神詢問對方：有什麼事嗎？

上官夜天瞧著，心中也不禁一動：那真是好一雙清透單純的眼睛，如此黑白分明，彷彿藏著嬰孩似的天真；睫毛偏又如此秀長，生生透著妙齡女子的麗質嫵媚。

但他也只不過就入神的瞧了這麼一眼，便將目光移開，微昂的下巴依舊冷漠，彷彿那少女兀自美麗動人，也與他毫不相干。

顏克齊快步走向她道：「姑娘，幸好你生得好看，要不然我啊……」他拍了拍心口：「唉，剛剛簡直嚇少了十年壽命。」

「什麼?!」少女呆愣，怎麼一個字都聽不懂。

顏克齊連忙道：「不是不是，我方才亂開玩笑，你別放在心上。是這樣的，我們是從外地來的，不知道這魏蘭城該怎麼走？」

少女還沒回答，上官夜天已道：「你的包袱裡就有地圖，何必多此一舉向人打聽？」

顏克齊轉頭道：「少爺，看地圖多麻煩，還不如就近問人方便，說不定這姑娘也是要進魏蘭城呢！」在旁人之前，他對上官夜天就換了稱呼。

少女原本怕生，但見這兩人似乎沒有惡意，也就舒了口氣，道：「我正是要進城裡，如果你們怕迷路，可以跟我一道走。」她的聲音低微而嬌怯，頗見害羞。

「可以嗎？那真是太好了！」顏克齊喜道。

但上官夜天卻乾咳兩聲，好像有不同意見。

「少爺，你剛剛不是才說想進城看看魏蘭姑娘漂不漂亮，這會兒又磨蹭什麼了？別害羞了，快走吧！」他話一說完，扭頭就跟少女駢肩並行。

上官夜聽了，又好氣又好笑。放眼偌大雲城，人人多半是怕他敬他，也只有顏克齊敢這麼放肆的跟自己開玩笑。

然而，他喜歡顏克齊的放肆。嘴角微揚，緩步跟上。

那少女乍看嬌羞靦腆，卻是十分的孩子心性，一路上顏克齊不斷說笑，她倒也很快就卸下心防，跟他聊了開來。

上官夜天一個人落在後頭，完全不想涉入其間，卻傾耳細聽著兩人的對答言談——

「原來魏蘭城是往東走，那麼苗族就是在西邊囉？」

「是啊！但是苗人兇得很，你若遇上他們，記得要避開。」

「苗人很兇，這怎麼說？」

「苗人一向都不歡迎外地人的，不像魏蘭，每年都有很多漢人移入。」

「瞧姑娘的打扮，跟漢人姑娘也沒兩樣。」

那姑娘一笑，「魏蘭本來就是漢人，我穿漢服，又有什麼好奇怪的。」

「咦，既是漢人，怎麼定居南疆？」顏克齊一直以為南疆如此多深峽險谷，只住著少數民族。

「誰說漢人就不能住在南疆了？南疆也有好地方，好比魏蘭，好山好水，又有很多好吃的果子，離中原也很近，向北直去，就是湖南……」

上官夜天聽到這裡，微微點著頭。

他此番南下，原就是要在魏蘭跟苗族之間選擇一地，作為雲城第二百一十七個分舵的據點。如今聽那姑娘說來，不論資源交通，很明顯該選魏蘭。只怕白馬堂也意在於此吧。

正盤算間，忽聽兩旁的草叢窸窸窣窣，只見九名配刀苗人從四方包圍過來，身勢好快！

那少女見到來人，臉色立變，向後退了兩步，顫聲道：「是你們……」

上官夜天跟顏克齊一瞧這身法陣勢，就知道來人武功不弱，用意不善。帶頭的是一名中年女子，頭上戴著一頂五色彩帽，左耳穿著一串精緻惹眼的豹牙耳環，手上持著一柄幾乎跟臂膀等長的精鐵彎刀，橫眼看向上官夜天等人。

「不相干的朋友請離開，我們只找沈姑娘一人。」顯然這女子也是個老江湖，只消看這麼一眼，就知道他二人不是泛泛之輩。她不願橫生枝節，故先出聲示警。

少女緊張道：「鐵尋楓，你們明明答應我爹，從此不得踏入魏蘭城三里內，怎麼不守信用，攔路找我麻煩？」

「沈姑娘，你哥沈冰無故悔婚，拋棄我家公主，到現在還給不出一個交代來，這件事可不能就這樣算了。我家公主有要事商討，還請沈姑娘給個面子，隨我走一趟。」即對部下喊道：「來人，這就請沈姑娘動身！」

苗人手下立刻一齊上前，要拿住沈菱。她孤身一人，如何是對手？

顏克齊想也不想，立刻擋在沈菱身前，拔出了半截雁翎刀，道：「快滾！有我在，誰也別想碰這姑娘一根寒毛。」

鐵尋楓挑眉道：「小子好大口氣，難道你不曉得我們是苗族的人？」

「苗族的人又怎地？不就是一批以多欺少的傢伙嗎！」話才說完，顏克齊便霍地拔出配刀來，唰唰兩刀劈向近前的兩個苗人。

他當先開殺，情勢立陷混亂。

鐵尋楓怒道：「除了沈菱，別留下半個活口！」

上官夜天聽到這話，眉頭微微一蹙，覺得十分刺耳，可是他沒有任何動作，只是站立當地，冷眼旁觀。

顏克齊使的是一口很普通的雁翎刀，八名苗人使的卻是一種很特別的彎刀，那種彎刀弧度極為明顯，就像是把一彎新月掇在手中當成武器使。

八名苗人極有默契的將顏克齊圍在中央，只消任何一人受到攻擊，其他人便立刻往顏克齊要害搶攻，搭配著固定的陣法步伐，旨在將圈子愈縮愈小，最後將人困死。可比方才那兩名劍手合攻要來得棘手多了。

沈菱見凌厲的刀影不斷在顏克齊身旁揮來掠去，惟恐牽連無辜，忙叫道：「住手！快住手！這是我們自個兒的恩怨，別把旁人也扯進來！」

顏克齊以寡敵眾，本事一時間雖施展不開，也不致有生命危險，聽沈菱擔心自己安危，心裡倒有幾分得意，笑道：「姑娘別慌，這批嘍囉可傷不了我，等會兒瞧我給他們挑筋斷骨，好教他們不敢再來找你麻煩。」

鐵尋楓冷笑，「嘿，『挑筋斷骨』，好大口氣！」她對這種挑釁毫不在意，垂死之人，通常都喜歡說一些狠話來給自己壯膽，早已見怪不怪。

她的目標只有沈菱。

眼見八個手下已將顏克齊絆住，另一名白衣男子乍看下清俊斯文，眉宇間卻深伏三分冷峻，似乎更加精悍。然而她亦不懼，逕自走向了沈菱，一把便捉住了她手腕，道：「想要他活命就快跟我走，否則，連你也有苦頭吃！」

沈菱拚命掙扎，一只大掌卻忽地騰過來扣住鐵尋楓的腕脈，正是上官夜天的出手。鐵尋楓大吃一驚，儘管已暗暗防備，不想對方認穴奇準，一來便緊緊扣住自己的內關穴，手腕頓時一痠，不得不鬆開沈菱，跟著手掌疾翻，欲掙脫對方箝制。上官夜天早摸準她套路，並不強行拿住，反而乘隙出掌進襲，重重擊向她左肩。

但說是擊，還不如說是推。

鐵尋楓受了這掌，只感一股雄渾深沉的勁力襲來，整個人身子後傾，不由自主地疾退丈餘，鞋跟在地上滑出了兩道淺淺土溝。直至勁道稍弱，踉踉蹌蹌的退了好幾步，才勉強止住勢子。

這一下變故陡生，鐵尋楓渾沒想到眼前這名男子居然有如斯深厚的功力，站定之後，臉上猶仍驚駭不已。

上官夜天對她卻是看也不看，只是側著臉，微昂著下巴，將雙手負在身後，道：「我現在不想殺人，帶著你的部下滾回去！」因為沈菱在看，他覺得在這麼一個姑娘面前殺人，似乎不太妥當。

然而驚駭的不只是鐵尋楓，還有沈菱，她知道鐵尋楓乃是苗族的祭司長老，位高權重，武功超群，不料居然被人一掌逼退得老遠，幾無回擊之力，不由得愣愣相望，震驚難言。

「你是誰？有種就報上名來。」鐵尋楓道。

上官夜天緩緩轉過身子，森然道：「就算是你家族長，也不配知道我的名字。」便用腳尖挑起一塊石子，屈指一彈，石子立飛向鐵尋楓左耳那串又大又惹眼的豹牙耳環。

霎時，彷彿風刀掠過，豹牙耳環發出一聲脆響，即如碎玉散地。

「滾！別讓我說第二次。」

這等威勢、如此逼人，鐵尋楓不必看向那淒涼的耳環殘骸，臉色也夠難看了。但眼中隨即閃過一絲狡獪之色，大喝：「弟兄們，撤退。」她做了個手勢，跟著施展輕功，躍上左近的一顆樹上，迅速奔逃，轉眼便不見人影。其餘苗人隨之也紛紛四散，行動直如樹猴飛鳥，敏捷異常。

顏克齊看著那些苗人倉皇而逃的模樣，嘲笑道：「這些苗人真沒用，只有嘴巴厲害……」忽覺頸子一陣刺痛，伸手摸去，摸到的卻是一枚銀針，臉色大變，喊道：「少爺小心，有吹針……」

上官夜天細聽風勢，早已覺察不對，立刻攬住身旁的沈菱屈身躲在馬後，只聽馬兒吃痛嘶叫，一會兒即跪倒了下來。

他辨清銀針來勢，立即拿起掛在後背的笠帽往前方的樹上擲射——南方熾熱，他跟顏克齊都帶著笠帽遮陽，但那卻非一般笠帽，帽簷內嵌了一圈鋼刃，利足削鐵——笠帽斜飛而上，削下一節約莫三尺的枝幹，樹鳥紛飛，及旁的綠葉也散落一地，卻不見任何人影傷亂的動靜。

人已走了。

一看就知道，那些苗人忌憚上官夜天的本事，暗地吹針又怕反遭襲擊，因此偷襲後也不管是否得手，轉身便逃。

上官夜天確定那些苗人都已離開，才向顏克齊看去，只見顏克齊屈著單膝跪下，額頭冒汗，眉頭深鎖，一望便知針上必定有毒。

「很難受嗎？」

「少爺，我好像全身的力氣都消失了，連站都站不起來。」出乎上官夜天意料的，顏克齊連聲音都變得十分虛弱。

上官夜天深怕毒性致命，恨不得這就起身追殺那批苗人，強索解藥，但遊目四望，綠樹森森，曠野寂靜，哪裡還看得到其他人影？

這時沈菱早已走向馬兒，取出隨身小刀割開酒罈的羊皮封膜，那酒罈少說也有二十斤重，她搬不動，情急下只好取出手巾，浸入酒中，便拿著來給顏克齊，道：「快喝這酒，可以讓蛇毒遲些發作。」

「這是什麼酒？」上官夜天倏地捉住她手腕，警戒的動作語氣把沈菱嚇了一跳。

「這是姑姑的藥酒，專門抑制苗人蛇毒的……」她大眼瞪著他，有些惶恐：他的手勁好強！

「什麼姑姑？」

「這……我……」沈菱一時間也不知該如何解釋，頓時又急又窘，只好道：「你們救了我，我不會害你們的！還是先喝了這酒，否則毒入心脈，連仙丹都救不了！」

顏克齊沒有那麼強烈的防人之心，聽她說得嚴重，不待上官夜天盤問詳細，即取過濕布放在口中吸吮。

之後，上官夜天便背著顏克齊，在沈菱的引路下進了魏蘭城，來到了沈菱家中——族長沈幽燕的「別登樓」！

「別登」一詞在魏蘭古話裡，有「極高」的含意。這別登樓是用當地特殊的紅土，依著蟠龍山的山勢而建，由十八座高矮不等的樓房相連而成，若從高空俯看，便似一條紅龍盤踞。

上官夜天雖擔心顏克齊，眼睛卻不自禁從房間窗口向外看去。向上仰望，白雲蒼茫；向下俯看，屋舍鱗次，連南疆最長的珀源河都能收入眼底，視野極佳。

他心中頗是讚許：如此地勢方位，確實是易守難攻，便於洞察境外動靜。又想魏蘭在南疆各部落裡，一向屈於苗族之後，近年來聲望崛起，逐漸凌駕苗族，看來自身的條件亦有過人之處——好，這樣很好，一個月後如果順利拿下，這絕對會是雲城在南方極力發展的強勢分舵。

一般來說，雲城在收併其他門派或據點，一向主張「以和為貴」，要嘛砸以重金，誘之以利；要嘛剖析利害，說之以理，但若真的冥頑不靈，無論如何也不願妥協溝通者，便少不得要見刀見血了。

只是他想不到會這麼巧，頭一個碰上的魏蘭姑娘，恰好就是沈幽燕的女兒。雖然這姑娘也是一派熱心，可惜將來的事態變化，恐怕要對她不好意思了。

他回過身來，打量著沈菱道：「怪不得……你又姓沈，我早該猜到你的身分。」

沈菱原在床邊替顏克齊拭汗，聽了上官夜天這話，忍不住問道：「這怎麼說？沈是魏蘭的大姓，姓沈的人很多。」

「姓沈的人雖多，可是穿得起這等湖綠色綢緞裙子的，恐怕也只有這裡的公主了。」

沈菱微愣。

她個性單純，隱約只覺得這話中語氣似含有輕視之意，卻不確定，一時間還不知道該如何反應，上官夜天又已蹙著眉頭，望著房門口唸道：「怎麼大夫還不過來，難道不知道救人如救火嗎？」

他們在將顏克齊送到房間安置之前，沈菱就已吩咐下人去請大夫過來。雖然已先飲過藥酒，顏克齊狀況仍不理想，他全身冷汗，嘴唇發紫，任誰都看得出來這毒發得很快，就算他武功過人，也抵擋不了多久。

沈菱見他發了脾氣，也不生氣，歉道：「對不起，都是我不好，連累了你們。」

上官夜天見她示歉，也不好再發作，遂問：「苗人為什麼找你麻煩？跟你哥有關？」他還記得鐵尋楓曾說過「她哥哥沈冰退婚」之類的話。

沈菱點頭，道：「不錯，此事正是因我哥哥而起。其實，魏蘭跟苗族原是盟友，我哥哥跟苗族公主也是自小就指了婚約，等著今年年底成親。可是三個月前，我哥哥卻無論如何，也不肯娶那苗族公主了。」

「為什麼？」

「他找到了自己心中真正喜愛的女子，非她不娶。」

「這又有何妨礙，你哥不會先娶苗族公主，再娶心上人嗎？」

沈菱搖搖頭，嘆道：「你不知道，那苗族公主何等的高貴驕傲，她是絕對容不下我哥除了她之外，還有其他女人的；一旦真照你說的那樣做，屆時她不是設法把那女子毒死，便是把我哥毒死。唉，總之，苗族民風一向如此，我哥除了毀婚，也實在沒其他辦法。」

上官夜天不以為然，搖了搖頭。「為了區區一名女子，便與苗族化友為敵，怎麼看都不划算。」

「公子這話可就錯了！」

兩人正聊著，門邊的一道女聲忽然毫無預警地，直接就反駁了上官夜天，聲音很溫婉，很好聽，可是語氣卻不太客氣。

一名穿著淡黃綢衫的年輕女郎緩緩走了進來，容貌娟美，身段苗條，打扮也十分得體。烏黑秀長的頭髮雖只簡單挽著一個髮髻在腦後，卻插著一枚精緻的珊瑚簪子，與耳墜成配，端的是淡眉杏眼，清新韻秀。雖無沈菱那般初見驚豔的美麗，卻勝在十二分的秀雅耐看。

女子一進房間，毫不避諱地就和上官夜天對上了眼，泰然自若，毫不怯縮。

「秋晴，你可來了！」沈菱立刻迎上去將女子帶到床邊：「這位壯士為了救我，挨了苗人的毒針，你快瞧瞧有沒有法子解毒！」

「別緊張，我先看過再說。」女子仔細地檢查起顏克齊頸子的傷口，已腫起了一顆黃豆大的紫色肉瘤，又察他脈搏，方道：「這是『紫蝮邪香』，解是不難解，只是我手邊恰好缺了一味藥材，須得去慈姑那裡買。」

「什麼藥材？」

「我要曬乾的鳳尾草，秤三斤足，如果她那裡有三清茶，也幫我帶二十包回來。」

沈菱一面聽著一面默唸謹記，這時上官夜天忽然開口：「請教姑娘，『紫蝮邪香』是什麼玩意？」

秋晴聽他見問，淡淡瞟他一眼，道：「那是一種苗人常用的毒藥，乃是取蝮蛇涎、紫漿花，以及一些毒蟲毒草配製而成，七天內若不得解藥，你朋友就會昏迷而死。」

「姑娘是學醫的？」

「先父是大夫，以前跟他學過醫術。」

上官夜天點了點頭，表示了解，又道：「再問姑娘，我的話哪裡說錯了？」

秋晴不必問，也知道他指的是什麼，莞爾道：「公子想必不是本地人，所以才不知道苗族的底細。」

「願聞其詳。」

「苗族之流，只會是南疆各部落的敵人，不會是盟友。他們過河拆橋、翻恩為怨的歷史紀錄，斑斑可考。以前魏蘭弱小，不得不屈服其淫威之下，而今魏蘭日益茁壯，自然不必再看他們臉色，娶一個野心勃勃、毒術精湛的公主進門，日防夜防，不得安枕。你說是嗎？」

「這有什麼好不得安枕的？就算大老婆會下毒，只要小老婆會解毒，不就結了嗎？」他就這麼淡淡一句，影射了秋晴的身分——若非如此，她何必對他這般評論沈冰，起這麼大反應？

果然秋晴臉上微現尷尬，不知該如何反駁「小老婆」的說法，默認之餘，又彷彿給人不輕不重的損了一下，頗不是滋味。

「與其說別人的閒話，還不如多擔心你朋友吧！記住，『紫蝮邪香』毒性險惡，就算他在七日內吃了解藥，救回性命，但若是睡得太久，中毒太深，醒來也很可能會變成白癡。你好自為之。」她沉著臉留下這話，掉頭便走。

這下子，就連秉性單純的沈菱，也看出初次見面的兩人，彼此間彌漫著一種互不相讓的火藥味，完全不曉得所為何來。

「秋晴沒得罪你，你朋友也得靠她救命，為什麼你還要故意說這種話？」

「哪種話？」

沈菱頓了頓，才道：「存心挖苦別人的話！」臉色微板，頗不以為然。

上官夜天面無表情，沒多說什麼。儘管他只是看不慣秋晴說話時那份過度自信的氣燄，才想挫挫她銳氣來著，卻也沒必要跟沈菱解釋。只問道：

「我可以相信她的醫術嗎？」

「如果你不相信秋晴，我也找不到比她更會解毒的醫生了。」

上官夜天輕嘆口氣，看著顏克齊那蒼白無血，昏迷不醒的臉龐，道：「還等什麼，那個叫慈姑的人在哪裡？我與你同去。」

第二回　苗族公主

上官夜天聽她聲音又軟又膩，舉止分明是在輕薄自己，倒真是又驚又怒，罵道：「放肆的東西，憑你也配問我姓名！」呸的一聲，一口唾沫直往她臉上唾去。

上官夜天半生在馬背生活，騎術絕佳，從別登樓的馬棚裡挑選了一匹腳力不錯的馬兒，即帶著沈菱馭馬直奔，雷厲風行。

沈菱是會騎馬的，她的父親、兄長、朋友，也都會騎馬。可她從未想過，馬兒居然能奔跑得這樣快！如風追、如電馳，而且，背上可還負了兩個人啊！

「你慢點！你這樣催促，馬兒會累死的！」沈菱緊張說道，可是上官夜天好像沒有聽見，催馬如故。

「你……我叫你慢點，你沒聽到嗎？」她生氣了，轉頭瞪他。

上官夜天朝她氣嘟嘟的臉蛋瞥了一眼，道：「這也生氣！」莞爾的眉眼，彷彿只當她是孩子。

她臉上一赧，逞強道：「為什麼不能生氣？累死了我的馬，你要賠嗎？」

「好，我賠你十匹，你別再吵了。」

「你——」她要的根本不是賠償，而是生生把馬累壞，她心裡不忍。

「再來朝哪邊走？」上官夜天在一處岔路前停了下來。

沈菱不答，只道：「我求你了，馬兒已經一身的汗，你別逼得太緊。顏克齊沒有性命之憂啊！」

「我知道他暫時沒有性命之憂，可是中毒很痛苦。」

沈菱微愣，不想他硬梆梆的聲調語氣，卻是對朋友深藏關心，不自覺的，態度也跟著軟了：「慈姑的家就在這附近了，你就讓馬稍微喘口氣吧。」

上官夜天不置可否，只問道：「往哪走？」

「左邊的路走到底，再左轉就是了。」

一刻之後，他們終於看到了慈姑那獨立於水畔的小木屋。

慈姑可算得上是沈菱的遠親，她的母親是貴族苗女，父親生前則擔任過魏蘭的步兵首領，亦是沈幽燕的一房姻親，與兩族皆有深厚淵源。

慈姑的父親早逝，她母親早將一身用毒的本事都教給了她。在秋晴來到之前，魏蘭若有人中毒，少不得都要找上慈姑尋求解藥解方，然而慈姑脾氣古怪，要醫人救人，還得那人讓她瞧著順眼，才肯醫治。

沈幽燕知道魏蘭如想放膽與苗族對抗，勢少不得慈姑這樣的人物，因此盤算著她無夫無子，獨居寂寞，便藉著那薄弱的遠親關係，讓一雙兒女都喊她姑姑，時常往她住處走動。這一招果然奏效，對誰都冷淡不理的慈姑，卻十分喜歡小孩子，尤其又偏疼沈菱多些。

沈菱一下馬來，即朝屋子奔去，喊道：「姑姑、姑姑，快開門啊！」

不一會兒，屋子裡便走出一名四十來歲的婦人，身材臃腫，服色暗沉，一看到是沈菱，奇道：「你早上不是才來過，怎麼又來啦？」

沈菱匆匆跑向她，道：「姑姑，有鳳尾草嗎？我要三斤；還有三清茶，我要二十包！」

慈姑一愣：「我恰好沒有鳳尾草了！」她看了她身後的上官夜天一眼，又道：「半個時辰之前，鐵尋楓才來過，買斷了十幾味藥材，其中一項就是鳳尾草。」

沈菱與上官夜天都是一愣，臉色非常難看。

「姑姑，你怎麼全都賣給她了，一點兒都沒留下嗎？」

「阿菱，鐵尋楓的脾氣手段，我怎敢惹她？何況鳳尾草氣味明顯，就算偷藏，她用聞的也聞得出來。」又問：「是沈冰給下毒了嗎？」苗族是不可能缺草藥的，鐵尋楓卻一口氣買斷那麼多藥材，想必是為了要讓別人買不到藥，才會這麼急忙忙大肆搜刮。而能令鐵尋楓如此大費周章的，自非常人，便推想到與苗族有隙的沈冰身上。

沈菱搖頭道：「不是，是一個外地的朋友。」說罷看向上官夜天，神情甚是歉赧。

上官夜天在旁靜靜聽著，忍不住蜷起拳頭，連眼神都透著殺氣。

「閣下聽過『紫蝮邪香』嗎？」

慈姑點頭道：「那是苗族常用的毒藥，我自然聽過。」

「有人告訴我，一旦中了這毒，七天內沒有解藥就會喪命；而就算得了解藥，太晚服用，醒來人也會變成白癡，是真的嗎？」

「是秋晴說的吧。雖不致變成白癡，但腦子多少是會有些受損。」

「那可怎麼辦？」沈菱問。

慈姑想了想，道：「這麼吧，我再去採些新鮮的鳳尾草回來，可是最快也要三天才能曬好。」

「三天後再救人，我朋友能恢復如常嗎？」

「紫蝮邪香的影響因人而異，我不敢給你保證。可眼下既然沒有其他法子，何不妨試一試？」

上官夜天搖了搖頭：「三天太久了，我不能讓我部下冒這個風險。」他下了個決定，問：「苗族怎麼走？我直接去找那姓鐵的！」

「年輕人，我勸你最好別這麼做，小看苗族，吃虧的只會是自己！」慈姑警告，但上官夜天置若未聞。

他問向沈菱：「你知道苗族的路怎麼走嗎？」

沈菱點點頭。

「帶我去！」

很奇怪，有些人說話似乎有種特別的魔力，可以讓聽的人想也不想，就把他的話當成命令。

上官夜天的話對沈菱來說，無疑就是這樣，她耳邊明明聽到了慈姑不斷的勸阻，但她的腳卻像是完全不受控制，一步步向他的馬匹走去。

雖說，顏克齊是為了她才中毒的，基於道義責任，她幫忙帶路也是應當的。

可她心裡總隱隱覺得，似乎就算不為了顏克齊，她也願意聽從這個外地人的吩咐。

為什麼？

她就坐在他的身前，感受著他馬上奔騰的男子氣息，想到今早遭遇吹針時他及時相救、想到他對顏克齊義無反顧的兄弟義氣、想到他萬裡挑一的身手與馬術……

她的心忽然怦怦而動，居然有種怪異的動念，竟想就這麼跟著他一起乘馬走下去，儘管在蜿蜒的山道上，天地蒼茫，四望無際，就只有她跟他而已……

愈想著，她的臉就愈紅得像蘋果，對陌生男子產生這些奇怪念想，連自己都覺得難為情。

「前方就是苗谷嗎？」過不久，上官夜天勒馬停下，眼前是一片茂盛的綠野，樹高蔭天、氣息濕熱，沿路上還盛開著許多不知名的花花草草，顏色形狀皆十分特異。

她聽到他聲調冷硬的問話，這才由夢中醒來：

「嗯，再往前走，就可以看到苗人的聚落了。」

「你對苗人了解多少，都跟我說。」

「我……我也沒特別了解他們什麼，只知道苗人擅毒擅武，民風強悍，人口大約有一萬餘人，但光是精兵就有兩千人……就這樣。」沈菱囁囁嚅嚅的說完，對於自己無法提供太多資訊給他，頗覺得不好意思。

上官夜天聽罷，心想就算自己武功再高，也不可能憑一人之力與苗族為敵，但如果能先行拿住像是鐵尋楓之類的首腦人物，再換解藥自不困難。

問題是，該怎麼樣才能將鐵尋楓釣出來呢？他看著身前的沈菱，已有盤算。

馬匹馳過綠野，果然便看到一處聚落，外圍搭著一圈高高的竹牆，竹牆上旗幟飄飄，寫著「苗疆」二字。

「鐵尋楓就在裡頭嗎？」

「對。」

「我且問你一事。」他忽地把話岔開，「倘若那時候我跟顏克齊沒有出手，由著你被帶走，你會怎樣？」

沈菱想了一陣，聳肩道：「我也不知道，可能是要挾我為質，逼我哥哥履行婚約吧！」

「照這麼說，你就算是落在他們手裡，也不會有性命之憂了？」

「嗯，他們應該不致於傷我性命，苗族公主還想嫁給我哥呢！」這時才忽地想到什麼似的，問道：「你為什麼問這個？」

上官夜天沒有回答，一雙鷹眼直向著她身後看去。

沈菱順著他目光回望，不一會兒，後方漸傳來響亮的揚蹄，夾雜著策馬的吆喝聲。

是苗人！二十幾個策馬的苗族男女揚塵而至，每匹馬都繫著一只大麻袋，不知給什麼事物塞得飽滿，一看到他們二人，立刻迅速包圍上來。

「什麼人？快報上名來！」為首的一名苗人男子持鞭指著二人喝問。

上官夜天冷眼反問：「鐵尋楓在哪裡？我把她要的人帶來了。」

沈菱一愣，瞠著大眼看向他冷峻的臉龐，有種被出賣的訝異。「你說什麼？難道你要把我交出去嗎？」

「嗯。」上官夜天淡淡應了一聲，心想：「待我從苗人手上騙得解藥，自然有本事救這丫頭出去。」

沈菱哪裡知道他用意，只覺得事出突然，不知道該如何應對，又見他神情嚴肅，不似說笑，幾乎急得快哭出來。

「馬上的姑娘就是沈小姐嗎？」苗人喝問。

「如假包換。」上官夜天道：「我朋友為了救沈小姐，中了鐵長老的毒針，我此番來，正是要拿她來換解藥。你們快去通報。」

那名苗人男子策馬湊過去瞧，只見那姑娘看去十七、八歲年紀，容色妍麗，確實是本尊不錯，仰天打了個哈哈，道：「你那朋友真不知好歹，有幾條性命居然敢跟咱鐵長老作對！看在你親自把人送過來的份上，我們便不來為難你，把沈小姐留下來，你就可以走了。」

上官夜天橫眉道：「聽不懂人話嗎？我說，我要見鐵尋楓！」最後一句，他一字字、慢慢的、狠狠的道。

苗人男子破口罵道：「你算什麼東西，也想見鐵長老？呸，給她提鞋都不配！」風聲咻咻，手上的鞭子當頭就往上官夜天掃去。

上官夜天看也不看，一把就抓出鞭尾，與男子相互較勁僵持。那鞭子給雙方的力量扯得牢牢直直，彷彿隨時會崩斷。

「放手！畜牲，快放手！」男子暴喝，見上官夜天身勢凝定如山，抓著鞭子的手紋風未動，不由得連左手也騰上，使出兩倍氣力要奪回長鞭。

上官夜天若此刻鬆手，那男子整個人必定因拔奪之力太甚而向後翻仰，但他沒有這麼做，因這麼做沒有意思，顯不出他的強。他忽然大喝一聲，手腕青筋凸顯，奮力一拉，那男子頓時便從馬背上給拽扯下來。力道猛急，整個背脊重重摔在地上，全身骨頭彷彿要碎開似的，哀吟不止，根本無法起身。

但就算勝負已分，上官夜天還不願放過他，手持鞭稍一揮，鞭頭揚起，朝男子當頭掃去。其餘苗人紛紛叫道：「手下留情！」只聽「咚」的一聲，鞭勢威猛著地，在男子臉畔的青草地上，木製鞭頭陷地寸許。

氣氛頓時凝滯，每個人被那鞭頭的力道震驚得說不出話來，直到男子神色驚駭地尿濕了褲子……

另一個苗人忙道：「這位壯士，恕我們失禮，我這就帶你去見鐵長老。」事到如今，他們已不敢不聽從他的話，一夥人策馬飛奔前去通報鐵尋楓，另一夥人則帶著他們隨後走入苗族的大寨裡。

上官夜天將鞭子扔掉，看著那男子溼掉的褲底，不禁更增厭惡，心中暗罵自己：「我怎能跟這樣的人生氣！」

而等他翻身上馬，馬上還有另一個人哭哭啼啼。

沈菱的心似已沉到谷底，猶仍不信，問道：

「你真的要把我交出去？當真嗎？」

上官夜天的雙手越過她拉起韁繩，沒有回答。

「我那麼相信你，你怎麼可以出賣我？你不是好人！」

「我沒說過我是好人，誰叫你要信我。」

「你——」沈菱怒道：「既然這樣，你剛剛幹麻假裝好人，假裝要跟我當朋友？」

上官夜天一愣：「別亂說，我剛剛沒有假裝好人，也沒有假裝要跟你當朋友！」

沈菱頓時又窘又委屈，只好伏在馬背上哭道：「有！你明明就有！你這個大壞蛋，如果苗族跟魏蘭發生戰爭，那都是你害的！」

說也奇怪，她這樣胡亂痛罵，上官夜天非但不覺生氣，反而覺得有些好笑有趣，在她身後忍俊不禁地揚起嘴角——

這姑娘跟顏克齊還真像，單純得像是少根筋似的。

很快的，他們就看到了苗人以上等木料為建材的大寨，也跟魏蘭一樣，王親貴族長老，一律居住於此，而且，倍加豪華。

單是一間偏廳就垂幕重重，擺設不少花瓶古物，就連茶杯也是極少見的江南藍瓷。

對此，上官夜天也不知道是讚美還是諷刺，坐在鋪了軟墊的大椅上，悠哉道：「看來這苗族族長，遠比你爹還懂得享受啊！嘖嘖，瞧這杯子，可是罕見的珍品。」

沈菱則坐在另一張椅子上，低垂著頭，臉上掛著兩道淚痕，完全不想理他。

這時門外一聲輕笑傳來，脆嫩的嗓音接了上官夜天的話：「沈幽燕可窮死了，就算想要享受，也沒那本事吧！」

是一名穿著苗族華服的少女走進來，她頭戴珍珠髮帽，耳朵掛著兩串招搖顯眼的綠翡墜子，裙擺至膝，赤裸的雙腳纖秀雪白，左足套著金環，看起來年紀很輕，至多跟沈菱一般年歲，可是大眼燦燦，神情爽俐精幹，一望即知是見過世面風浪的人物。

上官夜天霍地站了起來，不是因為看出這少女身分高貴，而是他看到鐵尋楓居然跟隨在少女後頭走了進來！

少女看他站起，大眼毫不客氣的朝他上上下下打量一番。鐵尋楓道：「公主，今早就是這傢伙阻撓我們帶走沈菱的。」

苗族公主聽了，問道：「這位公子，你朋友中了『紫蝮邪香』，這會兒還好嗎？」

上官夜天哼聲道：「明知故問。他如果好，我怎麼會把沈菱帶過來給你們！」

苗族公主得意的笑了笑，道：「既是這麼，一開始不要強出頭，不就什麼事都沒有了嗎？」那臉色就彷彿任何人跟自己作對，她也永遠能站上風。當即側過臉吩咐道：「鐵長老，傳令下去，叫士兵通通回來，別再拔草藥了。」

「是。」鐵尋楓答應後立刻退了出去。

上官夜天這才恍然大悟，原來方才那些騎馬苗人帶著的麻袋，裡頭全是草藥來著。想不到苗人為了斷人後路，竟不擇手段到這等程度。顏克齊也不過就是個跟他們無冤無仇的陌生人啊！為什麼？

只見那苗族公主接著又走向沈菱，道：「阿菱，你哥哥近來好嗎？」

沈菱抬起頭對上她的目光，倔色道：「他不必與你成親，自然很好。」

「呵呵，是嗎？」苗族公主笑笑，忽然間雙眉一豎，反手一掌狠狠往沈菱臉上摑去，啪的一聲好不響亮。

「敢刻薄我，分明討打！想當年你們魏蘭發生饑荒，還是我父王可憐你們，分你們好多食糧，你們才能挨過那次荒年。哪裡知道，魏蘭竟如此忘恩負義，為了一個江南來的妖精，背棄兩族的婚盟誓約，害我淪為南疆各族茶餘飯後的笑柄！這個恥辱，我若不加倍回敬，枉我苗族為南疆霸主！」

沈菱給她摑得一張臉是又辣又痛，直痛入心坎裡，惟她深厭苗族公主囂張跋扈的作風，雙拳揑緊，強忍淚水，絕不願示弱於人。

上官夜天瞧她臉頰一下子又紅又腫，倒也有幾分不忍，心想：「等解藥得手之後，再想法子救她。」便出聲道：「喂，要打人等會兒再打，我朋友還等著我回去救命。」

苗族公主抬眸望他一眼，隨之手指扳了個脆響，只見外頭立時進來四名配刀男子，恭敬道：「公主有何吩咐？」

「把沈小姐帶去房間，先別給伙食。」

「是！」四名男子一齊走向沈菱。

沈菱怒道：「不准碰我，我自己會走！」她站了起來，眼睛看向上官夜天，彷彿還在盼望著什麼。可是上官夜天卻別過臉，避開她的眼神。

沈菱見他這般，端的是連心都死了，臨去前不甘心地看向苗族公主，道：「雷翠，就算你拿我當人質，我哥哥也不會娶你的，你還是死了這條心吧！」

苗族公主微微笑道：「這就不勞你費心了。我愛一個人，必得那人先愛我。沈冰的心既不在我身上，我也不勉強，可他若是為了其他女子而背棄婚約，他就一定得付出代價！」她的聲音原本十分悅耳動聽，但說這話時竟有種鐵了心的陰沉決絕，與她嬌俏的模樣迥異不稱。

「哼，你等著看好了，你哥哥跟那江南狐媚子，我遲早要掇在手裡，讓毒蛇咬死他們！」說完將手一揮，部下們即將人押送下去。

上官夜天看她模樣嬌嬌滴滴，說話卻如此陰狠，似也能理解沈冰的心情了。等到沈菱離開後，立道：「解藥可以給我了嗎？」

苗族公主再度細細朝他打量：「這位公子，瞧你不出，這麼鐵石心腸，連沈菱這樣的美人兒，也捨得送來跟我們換解藥。」

「她不是我的意中人，就是再美上十倍，也與我無關。」

苗族公主目中閃過一絲欣賞之色：「好！憑這話，足見你是個鐵錚錚的男子漢，解藥我一定給你。」她從腰帶拿出一只白瓷藥瓶，道：「裡頭有七顆藥，每日正午配溫水服下，你朋友便能復元如常。」

上官夜天卻不接藥，冷眼道：「我如何知道，這解藥是真是假？」

「那麼你想怎樣？」

「你找個人，給他刺一樣的毒針，待那人毒發之後，我再看看他吃下這解藥究竟有沒有效果。」

「想不到你這人年紀輕輕，疑心起來倒像個怕死的老頭子。」苗族公主搖了搖頭，一臉無奈的收起藥瓶，朝門外走去。

「你去哪裡？」

「你不是想知道解藥的真假？那就跟我來。」她一說完，腳下不停，疾步而去。上官夜天只得跟著奪門而出，那公主在走廊階梯左拐右彎，步法輕捷，身法竟然不弱，一路上完全無視低頭行禮的奴僕們，漸行漸速，似乎存心要教人追趕不上。

以上官夜天本領，原可輕易攔下對方，然礙於對大寨內部的路徑不熟，對方又不斷縱上躍下，行動難以捉摸。過了片刻，也不禁著惱，喊道：「喂，你到底要去哪裡？」

苗族公主回頭一瞧，見他離自己不過七步之距，眼中反而更添笑意。

轉眼，人已來到一處凌空樓臺的迴廊盡頭，無路可跑，她才終於止住勢子，喘著氣，倚著欄杆，笑吟吟的看著他。

「你跑得氣喘吁吁的，就是為了要帶我來這裡？」上官夜天四處張望，並無特異之處。

「不，我不是要帶你來這裡。」她搖搖頭，抹了抹額頭的汗珠，笑容雖還婉轉嬌媚，心裡卻已懷疑起上官夜天的來頭。

她最擅輕功，卻從來也沒遇過腳力如此驚人的傢伙，竟能在這錯縱複雜的大寨木廊上，對她緊追不捨，還像個沒事人般。

「可是這裡已沒有路了。」

「誰說的？你看那邊！」她舉手隨意遙指，趁上官夜天轉頭之際，腳下發勁，居然凌空後翻，從高樓一躍而下。

上官夜天聽到異聲，立刻回頭，不禁一愣：「你——！」

他知道此處甚高，若輕功沒有一定根柢，這一摔不死也非重傷不可。奔過去看時，只見下方是一處平地，空空蕩蕩，卻不見任何人影！

真見鬼了！人呢？

他心頭一凜，方知對方根本無意教出解藥，這下子不但顏克齊無法挽救，就連沈菱也白白相送了。

「好傢伙，敢戲弄我！」

上官夜天鐵拳一蜷，殺念頓起，便即撐著欄杆翻身躍下，要將她追殺到底。正當人在半空之時，一道清亮的哨聲忽破空而來。

他暗叫不妙，果見四方的樓台下層，躲藏著好些苗人，聽到哨聲，同時擲出套索，從不同的方位將他一圈圈纏繞住。

他人在空中，既無從閃躲，亦難以招架，瞬間，胸、腹、腰、手、足等處，都被套索緊緊束縛，直向地墜，全身動彈不得。不由得懊惱後悔，深怪自己何以這般輕敵，竟栽在一個小丫頭手裡！

饒他自小就得名家指點，學過不少解縛技巧，知道任何捆綁皆有空隙轉圜之處，只要正確扭動骨骼肌肉，便能尋出生機。然而這些套索分別從八個方位襲來，層層相套，複雜異常，若無小刀、尖棍一類的器物從旁相協，必得多費上好一番功夫才能解脫。

只見前方恰好有塊尖石，他忙扭動身體要湊過去掇拾，好不容易尖石已近在眼前，忽見一雙纖巧的赤足也湊過來，「啪」的一聲，將石頭踢得老遠，正是那輕功靈敏的苗族公主。

「想掙脫我苗族的套索，可沒這麼簡單。」

他抬眼瞪著她，硬聲道：「我跟你們苗族素無瓜葛，你到底想怎樣？」

「不怎麼樣，只是在這節骨眼上，我不希望有厲害的對手出來阻撓我。」

「我如果要阻撓你，怎還會把沈菱交出去？快放開我！」

「誰知道你會不會在騙到解藥之後，再伺機把人救出來？以你的本領來說，這可不是不可能的事啊！」

苗族公主說完，忽然屈膝蹲下，伸出塗了鳳仙花汁的鮮紅食指，輕輕摸了摸他的眉毛、眼梢、臉頰到下巴，忽道：

「喂，外地人，有沒有人說過你長得很好看？你叫什麼名字？」

上官夜天聽她聲音又軟又膩，舉止分明是在輕薄自己，倒真是又驚又怒，罵道：「放肆的東西，憑你也配問我姓名！」呸的一聲，一口唾沫直往她臉上唾去。

苗族公主把頭一偏，及時避開，又伸出兩指抵住了他咽喉，正色道：「不說就算了，何必發這麼大脾氣？」

上官夜天給她指著要害，只能戒慎瞪視，沉聲不語。

苗族公主見他屈服，臉上即又盈滿笑意，將臉湊到他耳邊，用氣音甜甜的道：「在我看來，你至少比沈冰強上十倍。我現在什麼都不缺，就缺一個配得上我的丈夫。」

上官夜天心頭猛地一跳，他遭女子愛戀仰慕，原是稀鬆平常之事，然卻未曾遇過這般露骨示愛的，一時間既覺反感，又是尷尬，不知該作何反應。

「我也不管你來自何方，只要你真心待我，我甚至能將族長的寶座也給了你。你不妨就在這裡多住幾天，好好考慮考慮吧！」又道：「記住我的名字，我叫翠兒，醒來後我允許你這麼喊我。」

她指縫藏針，一說完即刺向他頸邊的穴道。

上官夜天但覺一陣刺痛，還不及詢問針上所餵何毒，強烈的睡意立刻侵襲全身，雙目一闔，沉沉昏了過去。

第三回　激戰

但苗族公主就沒這麼好運氣了。她不轉身也就罷了，一轉身，那短棍恰好打在左胸，霎時如千斤錘撞上，臉色煞白，氣血翻湧，幾欲便要吐出一口血來。

苗族公主鬥智鬥力，大獲全勝，心中十分得意，當晚在大寨的主廳，神采飛揚向父親稟告擒拿上官夜天的情形。

苗王聽了雖然開心，卻也未如何驚喜。他素知這個小女兒智謀勝己十倍，計謀一出，鮮有不中，而今立了大功，也只是笑道：「翠兒，你的手段是越來越高明了，有你協助父王，我看魏蘭城遲早是咱們的囊中之物了，哈哈……」

鐵尋楓也在現場，問道：「公主，那名白衣男子，您打算如何處置？」

「鐵長老以為呢？」

「那男子武功奇高，個性也十分剽悍，還不如趁早殺了，以除後患。」

苗族公主搖搖頭，「要我殺了這等人物，我可有點捨不得。」

鐵尋楓道：「公主的意思是……」苗族公主逕道：「父王，我想要這人做我丈夫，還望您成全。」

苗王詫道：「乖女兒，你喜歡的人不是沈冰嗎？前些時日還為了他哭哭啼啼的不是？」

但苗族公主一聽到沈冰的名字，竟然翻了翻白眼，頗不屑的神情。

「我壓根兒就沒喜歡過沈冰，他根本配不上我！」

這下連鐵尋楓也是一愣，前後不過數日，這個蠻公主的心意可變得真快。

「沈冰可是父王替你仔細物色的夫婿人選，你倒說說，他哪裡配不上你了。」

「他啊，除了魏蘭少主的身分跟那張臉之外，論武功論才幹，哪一樣能跟我比得？十足十繡花枕頭一個，居然還不知好歹，捨我就其他女子。這等蠢貨，現在就算是回心轉意，跪在我面前求我原諒，我也不要他了！」

「那麼這個給你捉住的男子，論武功論才幹，難道就在你之上嗎？如果是的話，又怎麼會被你給捉住了呢？」

一提到上官夜天，苗族公主便不自禁地揚起笑容，道：「父王，那人的才幹如何我還不曉得，不過武功高強，卻絕無疑問，不信你問鐵長老，她也知道的……」明明是她叫人問鐵尋楓，自己卻又當先把上官夜天如何擊敵、如何在迴廊上對她緊迫追逐之事，仔仔細細的說了。

苗王聽罷，也不禁對上官夜天產生興趣。「這人這麼大本事，叫什麼名字？打哪兒來的？」

「這些我都還不知道。他現在給我麻翻過去，關在房裡，待我把魏蘭的事情料理完畢，再來問他不遲。」

「但是憑你的條件，好歹也該配個族長或少主，萬一那人只是個出身平凡的練家子，你也要他？」

「他不可能只是個平凡的練家子，氣度談吐都不像。就算他是好了，等我們苗族統御了整個南疆，還怕不能抬舉他嗎？」

「嘿，統御南疆嗎？這事可沒這麼快成功，至少還得兩、三年功夫，你要等到那時候再嫁人嗎？」

「爹，不用等那麼久，沈菱已經在我們手上了！只要有沈菱為質，不怕探不出魏蘭的祕密來。」

她所說的祕密，卻是發生在五年前的事。

當時，苗王親赴別登樓，與沈幽燕討論女兒與沈冰訂親一事，依稀記得是為了讓沈冰能夠入贅，故而要跟對方重談條件，但過程卻不太順利。

其時苗族強而魏蘭弱，他親自施壓，時候一久沈幽燕必得屈服，可那時才十三歲的沈菱，居然不分輕重的闖進來，說是在珀源河畔發現一名身受重傷，昏迷不醒的外地人，要父親親自去看一看——這麼一來恰好是替沈幽燕解了圍，給他藉口離席。

苗王不想讓沈幽燕將此事閃躲過去，就一直在別登樓等著，直到他將那外地人帶回來療傷。

苗王還有些印象，那個外地人的傷勢果真深重，腿骨斷裂，全身溼透，看來極可能是為了躲避敵人追殺而跳河，僥倖存活下來。

當日，沈幽燕假意忙著救護那人，忙得沒時間跟苗王說話，苗王只好怏怏而歸。那外地人的事本不值得讓苗王放在心上，可是說也奇怪，就從那天之後，魏蘭漸漸有了脫胎換骨的轉變，沈幽燕也彷彿換了顆腦袋，整個人都精明起來。

是故，苗王不得不懷疑魏蘭的改變與那外地人有關係，事候再行探問，沈幽燕說那人沒能救轉，已經死了。可苗王並不相信。

一個能捱過珀源河湍急水勢的人，怎麼可能在接受治療之後反而活不下來？

苗王直覺那人根本就還活著，只是沈幽燕不想讓人知道罷了。

轉眼五年過去，魏蘭以驚人的速度成長，竟已成了苗族萬不能小覷的對手。

苗王自然不可能不介懷於心，甚至認定魏蘭的強盛，必與那人有千絲萬縷的關係。

這件事，自然也就成了苗族統治核心內部的祕密。倘若那外地人還活著，不論沈幽燕把他藏在哪裡，他們也必要設法將人奪來或殺了——

「屬下懷疑，那人是雲城的逃犯。」鐵尋楓曾如是說。

她五年前曾為了買進一批暗器而親赴中原，那時就聽說雲城出動大批人馬，追捕一名叛逃出城的謀士。由於苗族與雲城素無交涉，且未來也不可能有所交涉，因此鐵尋楓只把此事當成趣聞聽過就算，並不曾留心。

然而那雲城叛徒逃城的時間，卻與那外地人墜入珀源河的時間十分接近。若說是巧合，也實在太巧。

雖說雲城出逃了誰，沈幽燕又救了誰，本不與他們相干，可是魏蘭已強盛得太過囂張，囂張到連苗族婚約也敢毀棄的地步，如此一來，就不只是顏面問題那麼簡單了。放任不管，南疆霸權是遲早要換人易主的！

所以他們上下一心，抓走沈菱表面上看去是情傷洩恨，實則有更深層的政治算計在其中。

苗王略一沉吟，道：「好，乖女兒，只要你能打探出沈幽燕的祕密，你愛怎地，都隨你。」

他知道女兒的感情態度有幾分水性，今日看上這個，不多時又能看上另一個，也不怕她眼下的熱勁會持續到那個時候。只要能揪出沈幽燕的祕密軍師，餘者都是次事。

苗族公主喜道：「多謝父王。」

鐵尋楓道：「可是沈家毀婚，公主已嫁不過去，該如何打探祕密？」

「鐵長老不必擔心，就算不嫁沈冰，我也有方法混入魏蘭城，找出那個人來。」

「公主的意思是……」

苗族公主的聲音忽然變得很低很低，低得只有近前的人才能聽見，如此說了半晌後，才恢復原本的音色道：「……總之就是這樣，我有把握，這麼一來，一定可以取得沈家父子的信任。」

苗王道：「好是好，就是太冒險了些。我不大放心啊！」

「爹，沒什麼好擔心的，魏蘭已經欺負到咱們頭上來，再不動作，他們還真當我們是紙老虎了！」

「屬下也覺得公主計策巧妙，必定能瞞得過他們父子倆……」鐵尋楓說到一半，忽然感覺到屋樑上似有動靜，雖然極輕極微，聲響不顯，她仍下意識的轉頭向上瞧去。

「鐵長老，怎麼了？」

「沒什麼，大概我聽錯了。」她沒看到任何人影，心想應該是老鼠溜過，不再多作他想。

這時候苗王本待接著鐵尋楓的話說下去，卻有兩名苗人匆匆進來通報：「稟族長，魏蘭率領大批人馬包圍外城，要我們交出沈家小姐。」

苗王起身問道：「一共來了多少人？」

「莫約三百多人。」

「帶頭的是沈幽燕還是沈冰？」公主問。

「是沈家公子。」

苗王父女互望一眼，苗族公主道：「正好，也該是我跟他好好把帳算一算的時候了！」

苗族公主不甘示弱，也帶了三、四百名人馬，舉著火炬，在夜幕下浩浩蕩蕩從大寨一路發向外城。她馬上的風姿颯爽，沈冰也是俊朗挺拔，可兩人一照面，都是沒來由的一把心頭火起。

「沈冰，真是好久好久不見了，我聽說你養了隻狐狸精養到抽不開身，怎麼今個兒有那空閒時間，跑來找我區區一名棄婦呢？」她見沈冰一次，就非得重提此事一次。

沈冰忍住氣道：「雷翠，我不是來找你吵架的。慈姑說，我妹妹跟一名外地的男子來你這裡拿『紫蝮邪香』的解藥，到現在還沒回來，你老實說，是不是你把人扣住了不放？快把人交出來！」

「我不知道你說什麼？沈菱並沒來過這裡。你方才不是說了，她跟一名外地男子在一起，說不定是兩人看對眼，就這麼偷跑了呢，你會不會找錯地方了？」她故意轉頭把後面三句話說得格外響亮，下人們隨之體察上意地哄堂譏笑。

沈冰與魏蘭兵眾們聽了都怒火大熾，紛紛叫罵起來。沈冰尤其恨不得能衝上去賞她個兩掌，好讓她以後不敢再陰損別人。

「慈姑既然說他們來這裡，就斷然不會有錯。你既不肯交人，就別怪我就進去把人搜出來！」

「笑話，你說搜就搜，憑什麼？那麼改天我家跑了什麼母豬母狗，是不是也可以大舉發兵，到別登樓搜上一搜呢？」

「你賤嘴爛舌的胡說八道什麼！」

沈冰聽她得寸進尺，不倫不類的胡亂比喻，實是忍無可忍，立時吆喝驅馬，奔勢如狂。

這一看就知道是衝著苗族公主而來，護衛們連忙搶著戒護。她卻舉手阻攔，大聲道：「不必！難道我還怕他嗎？」當即抽出腰刀，直往沈冰衝去，強悍好勝渾不亞於男兒。

苗族公主一向是個很自負的人，她對自己的美貌自負、聰明自負、輕功自負、毒術自負，而她這些本事也的確是不差。只不過，她最自負的卻還是她的刀法，私底下練習時總覺得自己刀術驚人，不費啥氣力就能輕易砍光一樹的茂盛枝幹，簡直可以媲美那些有名的中原刀客了。

所以她反而從不施展刀法上的本事，打算暗地裡練習到連鐵尋楓也壓過去時，再擇機霍然出手，享受眾人驚嘆的眼光。

可是今晚，她已被沈冰澈澈底底的激怒了！

她也不知道原先對他的渴望熱情，怎會消散得如此乾淨，她只知道，眼前這個從小相識到大的男人，實在令人憎厭至極！

沈冰的武器是一雙短棍，各重六斤，長為手肘的一點五倍，是量身訂製，最適合他靈活運轉的重量長度，更兼投入了十年光陰每日練習，就算對方聲勢逼人，他也不覺得自己會輸。

待得雙方馬匹交錯，苗族公主搶先便揮出一刀，直削沈冰腦袋，又快又狠，卻快不過沈冰早一步向後仰倒，躲開這著。

刀光掠眼，沈冰心裡怒道：「這瘋婆娘，竟然一上來就要取我性命，豈有此理！」他勒馬止住，看向對方，明明一介纖瘦女流，下手卻這般潑辣刁惡。又想如不是自己遇上秋晴，覺察到男女情愛的滋味原該如此，只怕真會渾噩娶了眼前此女，與之共枕此生。

這麼一想，心中惡感陡增。兩人再度相交，他短棍疾出，猛力打她外肘，平準地敲在手側經絡上。苗族公主手上一麻，腰刀險些脫手，急忙換過手來拿住。沈冰卻不緩停，左右雙棍舞動如輪，不斷向她進襲。苗族公主一刀抵二棍，不過幾招下來，已感左支右絀，難已招架，不禁後悔：不讓鐵尋楓相隨前來，是多麼愚蠢的事！

她很快就領略到青壯男子的氣力，原不是女流之輩能比擬的，何況沈冰還打小練武，武齡還至少比自己多了五年！

如此僵持不過片刻，已任誰都看得出來，被逼得左手持刀的苗族公主完全不是對手了——儘管她原先就是左撇子。幾次想勒馬調頭，沈冰就是有本事趁隙追擊，讓她忙亂得連握韁繩的時間都沒有。

「雷翠，你已經輸了，只要交出我妹妹，就放過你。」他畢竟不想再節外生枝，一旦佔得上風，攻勢便略緩下來。

她雖然看上去已很狼狽，髮絲散亂，連珍珠帽也歪歪斜斜，仍硬氣道：「都跟你說了人不在這裡，你到底想怎樣？」

「我不相信，除非你讓我進去搜個明白！」

「好啊，搜得到人，我向你們沈家磕三個響頭敬酒認錯，但若搜不到人，你卻怎地？」

「若搜不到人，我一樣磕頭敬酒，說到做到！」

「呸！誰希罕你磕頭敬酒，若搜不到人，我要你跪在我面前，獻上狐狸精的人頭。否則你就算殺了我，也休想讓我放行！」就在這麼一段話裡，她已又跟沈冰交換了七、八招，儘管力氣將竭，章法凌亂，依然強亢不屈。

沈冰從來也未曾見過如此不可理喻之人，不由得怒火攻心，大聲道：「好，我就先殺了你再說！」四名苗族侍衛見他揚眉怒目，真動了氣，立時上前救護：「放開公主！」後方還有四名近身侍衛，已搭好弓箭，拉弦如滿月，只要主子有絲毫損傷，絕對射得沈冰當場箭箭穿心。

陣勢驚人，意在擾亂。

苗族公主見沈冰果然一時分神，無暇進擊，立時就像條看到網漏的魚兒，趕忙勒馬回頭。沈冰見她調頭，忙喝道：「哪裡走！」手上短棍便朝她背心擲出，不料苗族公主竟也霍地轉身，射出一大把銀針。

沈冰見機極快，一看她手勢動作，當即抽出腰間一柄大摺扇左右揮擋，把銀針盡數擋下。鑑於苗族擅發毒針毒粉，他在秋晴的建議下，讓今日前來發難的弟兄們每人都帶著一柄，果然派上用場，毫髮無傷。

但苗族公主就沒這麼好運氣了。她不轉身也就罷了，一轉身，那短棍恰好打在左胸，霎時如千斤錘撞上，臉色煞白，氣血翻湧，幾欲便要吐出一口血來。

這時四名護衛已來到她身旁搶忙扶住，都是一臉憂色；惟那四個早該發箭的弓箭手，卻還是未有絲毫動作，因為就在他們拉弓的同時，魏蘭的弓弩手也已就定位，一樣神準地對向他們的主子，雙邊皆不敢妄動。

結果，苗族公主還是受傷了，而且傷得不輕，捧心蹙眉，連罵人的力氣都沒有了。

一時間雙方情緒高漲，罵聲不絕，如猛犬狺狺，一觸即發。

苗人尤其倍感憤怒委屈。他們的翠兒公主既嬌貴又聰明，在苗族的五位公主裡頭，最為拔尖出色，一向是他們的驕傲。而今不但被沈冰棄若敝屣，還在這樣的場面下尷尬受傷，簡直就是天大的羞辱！

所有苗人都拔出了配刀，只待一聲令下，就準備衝上前將沈冰千刀萬剮；儘管他們也都看到了魏蘭的騎兵與弓弩手，同樣是鐵意堅決，要救回他們的小姐，可他們不怕。雖然人都怕死，但若是為了公主而戰死，這一干士兵反而會覺得很光榮。

沈冰見氣氛熾烈，愈來愈難控制，當先舉手制止自己的手下保持冷靜，勿要受激，緊接道：「雷翠，方才是我一時失手，並非存心傷人。只要我確定我妹妹不在這裡，他日我一定登門陪罪，望你能給個方便。」

苗族公主只是蹙著眉頭、揪著心口，聽到沈冰的話後，嘴唇雖勉強掀動，卻出不了聲。

忽地，有人豪氣地代替苗族公主發聲：

「要搜便搜吧，誰讓我們這麼倒楣，居然有魏蘭這等芳鄰，不讓你們進去搜個澈底，恐怕今晚誰也別想安穩睡覺了！」

一匹快馬疾駛而來，噠噠噠地。

那人還在遠方便先聲奪人，一會兒即來到隊伍前方，冷睨沈冰，正是鐵尋楓。

沈冰見是她來，事情便要有些棘手，連忙解釋道：「鐵長老見諒，我只是……」鐵尋楓卻不讓他把話說下去，頭一撇，鼓足丹田對手下們喝道：

「傳令下去，開啟寨門，所有人回去把房間裡的櫃子箱子全部打開，至於兵器庫、丹藥堂、蛇房、水牢、囚室等處，也通通不准上鎖，務必把大寨上上下下、裡裡外外，都翻出來讓人瞧個清楚明白，讓人無話可說，聽到沒有？」

「聽到！」

苗族士兵齊聲回答，以高亢的嗓音回應鐵尋楓的激昂，氣勢奔騰悲壯。

這下子，沈冰反而騎虎難下，苗族人一副凜然不屈的德性，一旦搜察未果，豈還能輕易善了？可是不進去搜，難道大老遠的來到此地，就這麼道歉陪罪，摸摸鼻子走人嗎？

眼看鐵尋楓指揮士兵們調頭，他更覺進退維谷。

苗族公主慘白的嘴唇，卻在微微冷笑。

正當躊躇之際，魏蘭的人馬忽然微見騷動，由遠而近、由後方至前方，只聽得族人們紛紛行禮道：「見過族長！」、「族長好！」聲音此起彼落，不一會兒，一名輕裘緩帶，氣度雍容的長者，便從人群中走到中央來。

這人一露面，原本紛擾的場面忽然安靜下來，每個人的目光都往他瞧去，正是魏蘭族長——沈幽燕。

沈冰見是父親，連忙下馬迎上去，道：「爹，你也來了！」他以為父親是前來相幫，不料沈幽燕責備地橫他一眼，斥道：「我若不來，如何替你收拾爛攤子？」一轉頭，即與鐵尋楓對上了眼光。

沈幽燕立刻抱拳道：「還請鐵長老收回成命。這苗族大寨，魏蘭萬萬不敢冒犯！」

鐵尋楓勒馬來到他近前，居高臨下道：「沈族長，為什麼不要搜查了？莫非已找到沈姑娘？」

沈幽燕搖頭道：「非也，小女至今未歸，也不知出了什麼事情，確實讓沈某擔心不已。只不過這原是沈家的家務事，無憑無據，怎可冒昧打擾？唉，說來也是小犬魯莽，不先到附近再搜找搜找，竟然不分青紅皂白，帶著大批人馬前來興師問罪，實是抱歉之至。還望公主海量包涵，千萬別跟小犬一般見識，待小女的事告一段落，老夫一定領著劣子親自上門陪罪。」

鐵尋楓冷笑道：「沈族長這話若是早些時候說，或許是能大事化小、小事化無。可如今沈冰打傷了我家公主，這可該怎麼辦呢？」

「有這等事？」沈幽燕立刻板起臉，厲聲訓斥：「你虧負公主在先，怎還能動手傷人，快給我跪下陪罪！」

「爹，您在說什麼啊？」

沈冰一臉莫名其妙，死也不肯下跪。他原本無意傷人，若不是雷翠企圖暗算，心窩口也不會吃上那一棍，根本就是自找的。卻不料雙腿一痛，父親竟一腳掃向自己下盤，頓時不由得雙膝屈地。

他立刻要站起來，沈幽燕卻搶一步按住他肩頭，手勢沉重，沉聲道：「如果公主不肯原諒你，你今晚也不必回別登樓了！」

沈冰一詫，望向父親：「爹！」但沈幽燕回應他的，卻是嚴峻逼人的目光。這下子沈冰縱不甘願，也只得忍著氣，勉強道：「雷翠，對不起，打傷你是我不對，求你原諒我。」

苗族公主聽他聲調平板，一臉敷衍，毫無誠意，冷哼一聲，將臉別了過去。

沈幽燕即加重手勁掐轉沈冰頸肩穴道，沈冰疼得忙大聲道：「公主，對不起，是我不好，是我有眼無珠，魯莽行事，才害得你今晚受這麼大委屈，求您見諒！」他一面說著，臉皮耳根也同時漲得通紅。

如此搖尾乞憐，他簡直不知道身後那些忠心耿耿的部下們，今後會怎麼想他了。

可是話一說完，苗族公主的臉上還真帶著一絲舒坦的笑意，勒馬來沈冰近前，道：「好吧，看在你這麼誠意道歉的份上，就不跟你計較了。」她方才一直運氣調息，胸口疼痛略減，已可以輕緩的說一些話。

但就算可以說話，也不會是好話：

「反正你也是牽掛妹子，情有可原。就看在你這麼掛心的份上，明天我就把沈菱跟那外地男子一齊消失無蹤的消息，發布給鄰近各個部落，請他們一起幫忙尋找，相信很快就會找到人的。」看著沈冰訝異且惱怒的神情，苗族公主更加快意，蒼白的臉蛋揚起一抹燦笑，向鐵尋楓昂首示意後，揚長而去。

轉眼，苗族士兵們便都收隊了，無垠的黑幕下，頓時只剩魏蘭人馬的火光，居然顯得有些失意孤寂。

沈幽燕道：「咱們回去吧！」

沈冰不解，激動的問向父親：「爹，你沒聽見她說的話嗎？那種話若傳出去，阿菱今後還怎麼做人？你為何還要我向她下跪求饒？」

「你如果希望阿菱在他們手上多活幾天，就不要覺得委屈。你私下調動兵馬的事，我還沒跟你算帳呢！」沈幽燕反而橫他一眼，眼神盡是責備，話一說完便當先離開，將沈冰拋在後頭，顯然對他未經商議便莽撞行事，十分不滿。

而另一邊，苗族公主回到大寨，一路上始終摸著心口，疼痛難當。這般可憐模樣，不但苗王瞧了氣憤非常，連鐵尋楓也忍不住問道：「公主，您這麼簡單就放過沈冰，豈不是太便宜他們父子倆了？」

苗族公主服過湯藥，冷然道：「誰說要放過他們了？方才我是疼得受不了，急著回來療傷，才未跟他們多作爭辯。何況要報這仇，也不必急於一時。等我潛入別登樓後，多得是機會呢！」她的腦中已在盤算，真要到了那一天，該下哪些毒物讓沈家父子與秋晴好好享受享受。

於是過一會兒，苗族公主便主動與大家商議那套「潛入別登樓」的計劃，她凝神專注，絕不遺漏屆時每一個可能會發生的細節情況——

「……這樣大致都妥當了，唯一不清楚的，便是那兩個外地男子跟沈家到底是什麼關係？」

「公主，這兩人可袒護沈菱了，我們發難時，那個使刀的壯漢先是一人獨戰八勇士；後來我吹射毒針，另一個比較高挑傲慢的，更是一把抱住沈菱躲到了馬匹後頭。由此看來，他們跟沈家的交情必不單純！」

苗王道：「想知道他們跟沈家的關係還不簡單，這就把那男的抓過來盤問不就得了？」

苗族公主點頭道：「也好，他的麻藥應該也差不多退了。」即命下人將關在房裡上官夜天帶來。

不料，下人去後不僅沒帶人過來，反而神色慌急的返回道：「稟大王，大事不好！那男的不見了！」

苗王霍地起身，喝道：「什麼不見了？把話說清楚！」

等到三人聽罷，臉上皆露出了不敢置信的表情，立刻直赴那房間。

那房間，叫作蛇房，是苗族公主特別為上官夜天準備的，裡面養著三十二條花紋斑斕的毒蛇，每一條都跟沈冰的短棍一樣粗，毒牙尖利，生性兇猛。

她之所以將這些毒蛇跟上官夜天關在一起，不為別的，正是要防他逃走也防別人來救他。

當時她將上官夜天的雙手雙腳緊縛向四邊床角，再向床上灑了一種叫作烏木香的驅蛇香料，只要上官夜天安安分分的躺在床上，就絕對不會有絲毫危險。

可如今，他們望著房間內的景況，倒抽口氣，臉色也僵了，簡直不敢相信眼前所見——

三十二條蛇，已沒有一條是活的，全都被人釘死，釘在地上、牆上，櫃子上，以及擺設裝飾的樹枝上！蛇頭上都牢牢嵌著一根竹籤，入牆三分，就是折斷了竹籤也還拔不出來。手勁之強，連鐵尋楓也遠比不上。

至於人質，自然也不見了，大床空空蕩蕩，床角的麻繩則有利刃切斷的痕跡。

苗族公主一陣驚愕，心窩的撞傷似乎又更痛了。那些毒蛇是經過混種培養的，每一條都毒性猛惡，珍貴非常。

只見蛇屍未僵，顯然敵人離開未久。

苗王立刻朝門外怒喝：「來人！快來人，人質被劫走了！別放過每一個地方，快去把人給我搜出來！快！」

第四回　黑衣人

頓時，鐵尋楓頭頂的髮髻、髮簪、髮帶，全部斷裂中分，散下一頭亂髮，惟腦門無傷。頭皮緊緊貼著冰冷刀刃，身子微微顫抖，一動也不敢動。

不管是多麼豪華的住所，都會有一個最髒汙的地方——柴房。

這種地方實在很不適合上官夜天，他是如此出色而高傲的人，怎可屈身於此？

但如今，他不但躺在垢穢的地板上，還有一雙凝定堅毅的眼睛深伏於黑暗中，瞬也不瞬的望著他，直到他終於悠悠轉醒……

上官夜天一聞室中氣味，就知道自己身在何處。腦子雖然還有些昏沉，仍記得被苗族公主算計迷昏之事。

他坐起來，襯著月光，只見角落竟坐著一個全身套著黑斗篷的人面朝自己，不禁一怔，問道：「什麼人？」

「救你的人。」

黑衣人聲音低沉，聽不出是男是女。

「為何要救我？我們認識嗎？」

黑衣人沉默一會兒，沒有回答，只是道：「如果不是我救了你，你猜你會有什麼下場？」

「哼，至多給他們殺了。」

「但依你的身分本事，你本不應該死在這種地方、這些人的手裡的。」

「你知道我的身分？」上官夜天很少驚訝，但這一次不一樣。他總覺得這個連面目也瞧不清的黑衣人，似乎對自己瞭若指掌。

黑衣人自顧自道：「你之所以會淪落到這個境地，全因為你做錯了三件事。」

上官夜天聽著，沒有應聲。

「你不該一個人深入敵境；不該在迴廊追逐時沒拿下那女人；不該在前往南疆之前，沒把這裡的厲害角色調查清楚。」

上官夜天心頭暗凜，道：「你如何能知道這麼多？難道你一直在跟蹤我？」他背脊頓時有些微微發冷，幾乎無從想像竟有人可以跟蹤他這麼一段漫漫長路，而不被他發現。

「你在害怕嗎？」

柴房裡月色昏昏，若非上官夜天內功精湛，眼力過人，他本該連角落有人也看不出來的。可是這黑衣人的眼睛像又比他更犀利，似乎可以看穿人心。

上官夜天不承認也不否認，只問道：「你從什麼時候開始跟蹤我的？從雲城？」如果是的話，黑衣人就必然也是雲城的人。

但黑衣人居然像是沒聽到他的問題似的，逕道：

「你根本不必怕我的，我若是你的敵人，何必救你？」

「你若是我的朋友，何不讓我知道你是誰？」

「我若就這麼告訴你，那豈不是太沒有意思了嗎？你那麼聰明，早晚一定會知道誰是我的。」

「誰是我」這三字用得很巧妙，隱約暗示了他跟上官夜天之間確實認識。

他這麼一說，上官夜天的心情果真平緩下來，似也覺得此人似友非敵。

「你想不想逃出這裡？」黑衣人問。

「自然想。」

「這裡是大寨近旁的柴房，又髒又熱又濕，絕沒有人想得到你會在這裡。」黑衣人又補道：「我方才是從第八層樓把你帶下來的。」從八樓到柴房，那可是好一段距離。

「你沒被人發現？」

「那時恰好魏蘭率人馬前來鬧事，大寨裡精兵出動，我才有機會下手。可惜苗人太快回來，不然我早就帶你出去了。」

上官夜天這才想起沈菱，問道：「他們把沈菱救回去了嗎？」

「不清楚。那關你什麼事了？」

「若沒有，我便得想辦法救她。」

「你跟那姑娘有特別的關係？」

「沒有。」

「既沒有，你都已自身難保了，為何還要為她犯險？」

「是我要她帶我來這裡的，我不想自己一個人走，卻丟下她。」

黑衣人忽然嘆了口氣，道：「既然如此，我只好一個人先走了。」

「嗯？」

「這大寨旁邊緊鄰著一條急流，趁著黑夜，我們可以水遁，但天亮便不行了。」這話即是在說：若還要等你找到沈菱，我們早就喪失逃走的良機了。

上官夜天卻不以為意，道：「既然如此，你先走不妨。」

「你仍然要留下來救那姑娘？」

「嗯。」

「不後悔嗎？」

「我行事一向覺得該做便做，從不問後悔不後悔。」

黑衣人靜默不語了一會兒，方道：

「好，那我走了。」

「再會。」

黑衣人真的走了，除了這麼點情報外，連個暗器或短刀都沒留下。

上官夜天也不在乎，逕自盤坐閉目運氣，將體內殘留的麻藥都逼出體外。

但過不到兩刻，黑衣人居然又回來了。

「怎麼了？」

「走不了，那公主似乎發現你不見了，四處都有人在找你。」

「哼，倒不如我去找她，直接拿她作人質脫身。」

「她會下毒，又有些手段，你不見得能佔到便宜。」又道：「三樓的西側，防守的人比其他地方都多，連鐵尋楓都在那，你想是為什麼？」

上官夜天一想，即恍然道：「沈菱在那裡！」

「大概吧。」

上官夜天頓時明白了，黑衣人根本不是走不了，而是牽掛自己安危，才又折返回來。但感激之餘，更多的是疑惑：黑衣人到底是誰？武功這麼高，對自己這麼好，偏偏又刻意要保持距離！

一時間腦海閃過幾個人，都有嫌疑，卻又都不像。只等天光一亮，縱使黑衣人披衣覆面，壓沉聲音，但從身法動作，或者可再篩選出幾個可疑人物來。

「那還等什麼，我們這就去救人！」

黑衣人搖頭拒絕：「不，這一回我是真要走了，那姑娘跟我非親非故，我沒理由救她。你要救人，就把握時間快去吧！」

黑衣人走後，上官夜天很快就明白為什麼他要這麼提醒他了。

柴房外頭空蕩一片，他走近大寨，漸聽得人聲紛亂，不斷的有人叫嚷：「失火了！失火了！丹藥房跟藏書閣失火了！快打水來救火！」同時拚命敲鑼打鼓，嘈雜喧天，要把每個人都叫醒。

頓時，上官夜天不由得咧嘴一笑，臉色快意。他連想都不必想，就知道這火是誰放的，放火的目的又是什麼。

他立刻貼牆趨近，果見七樓東側火光閃耀，人人忙亂得像是熱鍋螞蟻。那裡離水源頗遠，這大寨的建材又多是木頭，火勢一發自是極難收拾。

這一手，果然犀利！

他心頭大暢，即施展輕功，攀著土牆木架，轉眼騰上三樓。動作之敏捷，簡直不像人類身手，比猴子還靈巧！

三樓西側，已不見半個護衛，多半全跑去救火了。西側只有一個房間，房門虛掩。他一把將房門推開，待要走入，忽地耳朵微顫，臉色微變，隨之一個後空翻疾退至走廊，站定後，嘴裡，左手、右手，俱各別多了四枚飛刀。

幾乎是足尖一沾地，他便手上運勁，將飛刀回敬對方。這當中轉守為攻的速度，根本讓人猝不及防。

所以房間裡同時傳出三道慘叫。

上官夜天這回再進房間，已沒人阻攔他。

房間裡沒有一絲光亮，那些暗算他的人全都躲在暗處，可是上官夜天仍然有辦法知道他們站在哪裡，並且把人殺死。

他拿著廊道上的燭臺往房間的火架一點，整間房立刻光可照人，一切事物清清楚楚。地下躺著的三具屍體，他連瞧都沒瞧一眼，眼中只看得到在木床上沉睡不醒的沈菱，以及床邊櫃子上所擺放的若干器物——木刀、驢膠，以及臉膜面具。

他一看到那臉膜面具，眼睛彷彿就被盯住了。那是製作人皮面具所用的工具，顯然要施做的對象，就是沈菱。

頓時，上官夜天彷彿明白了什麼事情，卻又隨即陷入深深的困惑中。

原本他就覺得奇怪，苗族跟魏蘭之所以化友為敵，乍看來是因為沈冰毀婚；但如果只是毀婚，苗族公主只是失戀，何以雙方竟鬥狠到這等地步，連對素不相識的顏克齊也要步步相逼？

而今竟更打算製作沈菱的人皮面具，顯見彼此之間有著更甚於毀婚的事由；但這事由為何，他可就無從推測了。

反正事不關己，也不必多想，於是手勁不輕的拍了拍沈菱臉頰，要把她叫醒。但沈菱鼻息深沉，仍然昏睡，一點反應也沒有。他只好將人負在背上，心想若能順利回到別登樓，秋晴應有本事弄清醒她。

惟一轉身，便發現三個發刀者竟有一個還未死，正用雙肘緩緩爬向門邊，取出吹哨。

上官夜天一見吹哨，便知不好，苦於身上沒有任何暗器能立刻制其死命，只能搶速過去把人殺死。可惜，「嗶」的一聲激響，又長又響又亮，他甚至還來不及行動。

「嘿、嘿……」那苗人慶幸著，雖然任務失敗，至少也及時通知了族人前來圍捕，可記上一筆功勞，卻沒想到，這一著反而招來了死神。

上官夜天放下沈菱，臉色陰沉的走來這人旁邊，冷道：「真蠢！」猛地便是一腳踢向那人身子，把他整個人踢翻過來。

苗人低嚎一聲，撫著傷處。這下上官夜天總算知道為什麼這人沒死了：他身上中的兩刀，分別落於脅下與上腹，入刀半截不算深。

他冷冷道：「要不你乾脆裝死裝到底，要不就等我離開後再吹哨示警，偏生蠢得在我的面前吹哨子，不正擺明了叫我殺你嗎？」

苗人一愣：「這……」登時醒悟到自己果真幹下了無法挽回的天大蠢事，駭怕得連身上的刀傷都不覺疼了。

「你有沒有父母？」

「有、有！兩個都六十歲了！」

「有沒有妻子兒女？」

「有、也有，原有兩個女兒，上個月我老婆又給我生了一個白胖的兒子。」

「如果再給你一次機會，你還會不會吹哨子？」

「不會不會！絕對不會！我發誓，我保證……」苗人儘管仰躺著，仍連忙擺出發誓的手勢，急切表白。

「可惜你沒機會了！」他眼中殺意一閃，一腳猛然踏向苗人上腹中刀的地方，把刀柄也踏進了身子裡。

苗人頭頸一挺，嘴角溢出了鮮血，雙眼瞠得大大，似乎還想說些什麼卻已永遠無法說出。上官夜天依然淡冷，只知道給這廝一吹哨，他已沒有絕對的把握能多帶一人全身而退。

還好他們是在三樓，他可以從三樓躍至一樓而不傷不害，若能盡快找到馬廄，順利搶匹快馬，也許就能逃出這鬼地方了。

他重新背起癱軟的沈菱，沈菱柔軟的髮絲一墜，落在他頸窩上，輕輕的、癢癢的、香香的，教人怪舒服的。但他的心動仍只微微一現，隨即便收攝心神，平息綺念；就像一盆水不小心傾斜了，便馬上將之扶正，一滴都不肯洩露出來——

因為那些似水的柔情早就是別人的了！

他不再胡思亂想，背著人就這麼往下一躍，落地之時，即聽上頭有人喝道：「想逃，門都沒有！」他認得這聲音，一抬頭，鐵尋楓已隨之躍下，落地處離他約有十丈之距，卻不走近。

他一聽到聲音就覺得刺耳，再看到人，就更覺得憎惡惱火。

不是她，顏克奇不會中毒；不是她，他跟沈菱不會來到這地方；不是她，他現在也不會弄得這般狼狽，陷於生死交關的當口。

可他在真正惱怒到極點的時候，臉上反而是沒表情的。只聽鐵尋楓道：「快把人放下，乖乖跟我回到公主那兒！」

「手下敗將，難道你想找死？」

「哈，你以為我會單槍匹馬的來找你？你好好看看上面吧！」她手臂一揚，上方樓層忽然多出了三、四十名的弓箭手，箭在弦上，根根居高臨下，對準著他。

「你可真狠，為了聲東擊西，竟不惜放火燒了我們的藥庫跟書閣，這筆帳，我們一定會連本帶利的從你身上討回來！」

現在，上官夜天可說是進退維谷，要攻不能，欲退不得。如要活命，就只有一個法子了。

他深深吸了口氣，事情到了這個地步，他已顧不得其他人了。

「要射便射，我不在乎！」

他當然不在乎，因為他已將沈菱高高抬了起來，若弓箭射下，她便是他絕佳的擋箭牌，讓他可以無後顧之憂的衝出大門。

雖說，拿這麼一個天真可愛的姑娘擋箭，或許殘忍，但這不能怪他，因為跟苗人結仇的本來就是沈家而不是他，他完全是莫名其妙被捲進來的。游刃有餘時或者還能同舟共濟，一旦生死交迫，沈家的債只好讓沈家人去還，他不能把自己也賠進去——

他還要回去，他可是高高在上的雲城少主！

鐵尋楓又驚又怒，完全沒料到他千辛萬苦地救人，大難臨頭時竟又如此果斷地將之犧牲，忙舉手喝阻：「別放箭！」沈菱還有利用價值，除了是重要人質，也是人皮面具的重要樣板，還不能死！

上官夜天鼓足一口氣直衝出大門，鐵尋楓隨後發射的暗器完全追不上他速度，一排飛刀射在門板上，盡數落空。

上官夜天逃出之後，急尋馬廄。

一般而言，馬廄往往跟牛棚、羊欄、柴房等卑污之處連在一塊兒。他直奔柴房方向，在附近盲尋瞎找，運氣不錯，很快就看到一座很大的馬槽，馬兒也都已睡了。

他一進裡頭，先將沈菱放在一旁，隨手即拿起架上垂掛的馬鞭，用一種近乎暴力的方式，把最外側的一匹馬兒鞭醒。馬兒痛醒嘶叫，見不是飼主，狂躁亂踢。他哪容得畜牲撒野，手起鞭落，去勢之快狠，光聽風聲就讓人心驚。

轉眼，馬臀已多了三道血痕，卻也變得很乖順了。他把沈菱放在馬背上，不經意看到她酣眠沉睡的臉蛋，濃長的睫毛跟微啟的嘴唇，是那樣的無知無覺，不禁也有幾分慶幸：幸好他們沒有放箭。

正待上馬之際，忽聽身後一道刀聲，氣勢不弱，來得好快！他立即斜身避開，惟這一刀尚未盡勢，竟又已轉換方向砍了過來。他疾步趨退，與那人保持一定距離，待看清了，不是別人，就是鐵尋楓！

上官夜天不由得有些訝異，這些苗人的腳力實在是出乎意料的好，他方才拔足飛奔，自信能擺脫追蹤，不料片刻功夫，她已追趕上來。

他不知道南疆山嶺多險峻，許多珍貴的毒蟲草藥更只生長於山壁夾縫間，故苗人雖無一流名師指導，卻被大自然鍛練出適應地理的鐵腿銅足。長途行奔固然難免力竭，短線追敵卻可緊迫相隨。

「只有你一人來？」意即是：一個人你也敢來！

「只有我的腳力追得上你，其他人等一下就會過來，你走不了的。」

「等一下再過來，就是來替你收屍了。」上官夜天有恃無恐，反倒用一種很陰沉、很刺冷的聲音，這麼樣說。

鐵尋楓的後頸忽然閃過一絲涼意，心頭也抽動了一下。

這實在是一種很詭異，很難形容的感覺。

她雖為女流之輩，卻從十三歲就開始殺人，這二十二年下來，死在她刀下的屍體，恐怕連這馬槽也堆放不下。

她亦自知不是這年輕人的對手，但總想拚命相搏，至少還能擋他個一時半刻，等待族人前來支援；可是現在，她面對上官夜天散發的冷冽殺氣，竟有一種自己馬上要死的預感。

上官夜天倏地俯身搶步上前，腳下若飛，如箭離弦，用一種鐵尋楓幾乎看不清的速度逼至她近前。他空手，鐵尋楓拿著精鐵彎刀；他逼近時中戶大開，鐵尋楓想也不想，一刀橫切。

這一刀去得很快。有人說她是苗族第一快刀，連風都劈得開來。在這麼近的距離下，她自信沒有人可以躲開這刀。

可是上官夜天也並沒有躲，他只是開跨雙腿，穩住下盤，同時左手竄出，緊扣住鐵尋楓手腕，令刀到中途，便再也無法往前遞近一寸。

鐵尋楓倒抽了口氣。從來也沒人能這樣握住她的手、這樣控制住她的刀！可讓她驚駭的事卻還不只如此：

「等我數到三，刀就是我的刀了！」上官夜天真氣一提，雙手暗蓄內勁，喝道：「三！」立將她的前肘扯轉外翻，運勁之猛烈，簡直像擰溼巾似的要把人的手臂擰斷。

鐵尋楓咬著牙不發哀號，卻當真痛徹心肺；而這樣的手，自然也已握不住任何東西了。

刀甫落，上官夜天膝蓋一頂，刀柄便落到他的手中，隨之一刀揮去——

頓時，鐵尋楓頭頂的髮髻、髮簪、髮帶，全部斷裂中分，散下一頭亂髮，惟腦門無傷。頭皮緊緊貼著冰冷刀刃，身子微微顫抖，一動也不敢動。

「我跟我的部下都是中原人，與你們素無過節，為何要如此咄咄逼人？」上官夜天開始盤問。

「你們明明在我面前把沈菱救走，怎麼不算過節？」

「我已把人帶過來給你了，為何還不肯把解藥給我？」

「你跟你部下武功太強，放你們平安，無異縱虎歸山。誰知道你們跟沈家是什麼關係？」

上官夜天對她的異想天開不禁覺得可笑，又問：「那好，為什麼要做沈菱的人皮面具，準備給誰戴上？」

「不關你的事！」

「你知不知道我可以殺你？」

「殺了我，你也跑不掉！」

「是嗎？」

「哼，無知的中原人，來南疆前也不打探清楚，我苗族威震雲貴三十載，向來是出了名的有仇必報。我是苗族的祭司長老，地位只次於苗王與公主，你殺了我，無異是與全苗族上下為敵。就算你武功高強，又豈敵得過我全族傾巢而出的力量？」

上官夜天緩緩搖了搖頭，一雙眼睛銳利如鷹，私毫不受動搖。

「你實在是很可憐。」他眼神不屑，語氣譏嘲，「堂堂大長老，居然淪落到只能說廢話拖延時間。可惜拖延時間是沒有用的，考驗我的耐性，我只會讓你死得更慘。」說完，刀子緩緩在鐵尋楓的頭頂滑動，削過來一刀、削過去一刀，濃密的青絲片片飄下，很快就會把人變成禿子。

鐵尋楓惱恨他戲弄自己如貓耍耗子，怒聲道：「呸！狗娘養的畜牲，反正不管怎地，你都會殺我，既要這麼，我還不如帶著祕密死去痛快些！」

上官夜天又微笑了。

「所以你已經做好被我殺死的心理準備？」

「不錯，你動手吧！」她深深吸了口氣，閉目待死。

然而上官夜天卻看出來，她的呼吸其實是亂的，昂挺的腰其實在微微發抖。就算生平殺人如麻，當自己也身在刀下時，多少仍是會怕的。

所以，隔一會兒，他緩緩把刀拿開了她腦袋，平和道：「但我現在又不想你死了。」

鐵尋楓一奇，睜眼問道：「為什麼？」

「因為……」他的眼睛登時又閃出那種逼人的殺意：「我要你比顏克齊淒慘十倍！」就像風刃一樣，唰唰兩刀，伴隨著鐵尋楓淒厲的哀號，她的兩條胳膊已被齊肩削下。

兩條胳臂幾乎同時落在血地上。鐵尋楓支持不住，委頓倒地，痛得想在地上打滾，卻沒有辦法，因為她已經沒了兩條手。於是，在痛得泛淚得眼眸深處，她只能用一種深畏可怖的眼光看著上官夜天，全身發抖。

「打從一開始，你們就不該惹我。」上官夜天冷眼斜睨，將血淋淋的彎刀扔在她面前，同時落下一句：「我姓上官，可惜你知道得太晚了。」

「上官？上官……」鐵尋楓不解其意的喃喃唸著，忽然間，她的瞳孔瞠得大大，伏在地上看著他策馬衝出馬槽，已然明白。

「上官夜天！你是『殺神』上官夜天，是不是？你一定是為了『那個人』來的，一定是！我早該要想到的，早該要想到的！」她竭力嘶吼著，彷彿是太震驚眼前的事實，一時間根本不能承受。

傳說中的雲城少主，江湖上號稱「殺神」的上官夜天，對他們苗人而言，是那麼遠離生活的高高在上、可畏可怖。就像兇猛的鬥犬就算聽過獅子，這輩子也不可能真正見上獅子，甚至是被獅子咬死。

可是，鐵尋楓偏偏就遇上了這樣的事，所以她又加倍的不甘心，無法相信。

這關係的不只是她個人的生死，更攸關全族的存亡。就她從前所聽說過的，中原那些幫會門派，從沒有開罪了「殺神」還能夠倖存的，從來沒有！

她心神愈是激動紊亂，血就流得愈快愈多。明明是六月天，不一會兒她竟開始覺得寒冷，眼神模糊，意識不清，就連隨後來了好多人在她耳邊不斷地急切叫喚，也都聽不見了。

第五回　殺神的報復

那天晚上，上官夜天的眼神越過了沈冰，直射到她臉上，她瞬間竟有種被死神攫住的感覺。

人質跑了，書藥毀了，連最忠心耿耿的得力助手也死得如此悲慘輕賤，走到這個地步，苗族儼然從野心勃勃的主控者變成最落魄的輸家。

苗王是第一個來到鐵尋楓身旁的人，當慘叫從馬槽透出，他這輩子都忘不了那淒厲鑽骨的聲音。他悲憤地，親手將鐵尋楓無法瞑目的眼皮輕輕闔上，吩咐人收拾屍體，立即率領一大批精兵馬上馳騁，要將逃跑的犯人千刀萬剮。苗族士兵們豪壯地舉刀附應，同樣傷心忿怒，只有一人沒有被周圍壯烈的情緒感染，便是苗族公主。

打從黑衣人以驚人的暗器功夫釘死了她的寶貝毒蛇，救走上官夜天；打從防護向來嚴謹的丹藥庫跟藏書閣，給人無聲無息的夜半縱火；直到現在，苗族第一高手，連沈冰也有所不及的鐵尋楓遭人折辱至此——

一切都已失去了控制。

那外地人絕非等閒之輩，力量更極可能是出乎他們想像的。

但父親情緒激憤，她不敢多言，就算說了也沒人聽得進去，只好默默的跟隨在側，靜觀其變。

大寨大門原就有士兵徹夜輪守，凡聽得任何異動，定會有所動作。

向來夜晚都是平靜的，守夜也是十分無聊的，不過今晚不太一樣，因為不久前魏蘭才派人來圍城，引發一場軒然大波。偷懶的士兵們打了酒，坐一處閒聊起這事，直過了很久很久，才聽得那劃破靜夜，由遠而近的馬蹄。

「奇了，這麼晚誰還騎馬出寨？」

「會不會是公主傷重，鐵長老派人去向魏蘭討個公道？」

「要討公道，也不會只她一人去啊！」

士兵們都覺得奇怪，拿起長矛迎向來人，果見不是鐵尋楓，而是一名陌生男子。待得來人靠近，叱喝道：「什麼人？給我停下，報上名來！」八名士兵都圍上前去，斜挺長矛警告，然而奔馬非但不緩，反而加速疾衝。

上官夜天馬術精強，什麼樣的馬兒都見過、駕馭過，一路上不住死命疾催，縱然馬上背負二人，仍是奔若星火。

他遠遠地早已見到有守衛阻擋，卻仍勇猛無懼，一逕直向大門。反正誰擋殺誰，如此而已。

「你這廝，還不停下！」一名高大的守衛走在最前頭，長矛挺刺而出，哪裡刺得中？上官夜天隨手一奪，立即得手，輕鬆如從孩童手上拿走玩具。其他守衛連忙也挺矛相刺，但他長矛揮舞，宛如狂雷暴風，根本無人能擋。

不一會兒，馬兒已來到寨門前。

雖寨門緊閉，他亦無謂，一把抱起沈菱負在肩膀，按著馬頸，縮腳踏上馬背，腰一沉，足勁一發，直躍上了寨門上。

寨門雄偉，寬一丈八、高一丈二，厚有三寸五分，他這一躍到頂，叫那些守衛全看傻了眼。

他昂然獨立，朝後方望去，只見火光閃爍，大批人馬直衝而來，為首的人還大喊著：「不准開城門！活捉逃犯者有賞！」不禁傲然冷笑，心想：「不開城門，難道就關得住我嗎？」

他縱身躍下後，寨門的守衛立刻吹起號角，通知外城的士兵防守；不料外城的士兵居然也隨之吹起號角，表示他們那兒也有狀況發生，要提醒內城警戒。

兩處的號角接連響起，愈發動搖每個苗人不安的心。

從大寨到外城約距兩里，說長不長，說短不短。上官夜天沒有馬匹借力，還背著一個沈菱，體力已然耗損不少，更兼從中午之後便沒半粒米下肚，若說不累，那絕對是騙人的。

可是他仍挺住精神，健步如飛，與他在迴廊追逐苗族公主時並無不同。可惜，高超的輕功，仍敵不過苗王的良駒瘋狂追趕。

苗王一馬當先，高舉黃金佩刀，用一種衝破天際的聲音喝道：「誰宰了這小子，誰就頂鐵長老的位置！」重賞果真能激勵士氣，三百多個騎兵人人唯恐落後，馬鞭一道狠過一道，直踏得大地震動，碎土驚雷，過不多時，已然拉近與獵物的距離，外城也近在眼前。

由於今晚魏蘭生事，外城的士兵增加到一百二十人，雙方前後包夾，上官夜天原應是囊中之物。卻沒有人料得到，此時此刻，魏蘭居然去而復返，同樣的人馬再度兵臨城下，所不同者，這回領頭的人不是沈冰，而是沈幽燕。

以外城為界，雙方相距一段距離，同時讓自己的人馬停下，並立對峙。

沈冰早看出來上官夜天背上負的是沈菱，搶上前怒道：「雷翠，你方才還振振有辭地說沒捉走我妹妹，眼下的事，你卻如何解釋？」

「解釋什麼，我的確沒捉走你妹妹，你妹妹是那男子帶走的，就在那兒，你沒看到嗎？」她伸手指向上官夜天，擺明耍賴。

「賤人！」沈冰破口大罵，渾不在乎苗族公主聽了這句辱罵，驚怒得眉毛都豎了起來，逕向上官夜天道：「這位朋友請快過來，你背上負的是我妹子！」他伸出手，急著要把沈菱接過。

「慢！」苗王說話了，「沈菱還你們不妨，這男的卻必須留下！」

「又怎地？」沈冰口氣十分不耐煩。眼下雙方已等同破臉，自不必再注意彼此的尊卑禮數。沈幽燕也沒有訓斥。

「這人擅闖我苗族大寨，就得按我苗族的規定處置。」苗王雙手一揮，身旁的八名騎兵立刻下馬上前，亮出兵刃，將人圍在中央。

上官夜天對這八人瞧也不瞧，冷然道：「鐵尋楓連我三招都擋不了，就給我削了雙臂，你派這些人來，是存心叫他們來送死嗎？」

魏蘭的人馬聽見這話，不由得為之動容，原來從方才便不見鐵尋楓，竟是為此！

鐵尋楓生前恃強凌弱、囂張霸道，魏蘭上下都對她十分憎厭，而今聽她下場如此，不由得都有些幸災樂禍；更難信上官夜天年紀輕輕，居然懷有這等高強身手，均是既驚訝又佩服。

苗王自然也看到了魏蘭人的臉色，此事親痛仇快，不禁更惱。「你殺了我的心腹大將，還敢拿出來說嘴。來人，把他雙臂也給我削下來！」

「慢！」沈幽燕說話了，但他關注的對象卻不是苗王，而是上官夜天。「這位壯士，小女從方才便動也不動的，是怎麼了？」

「給苗族下了迷藥，怎麼叫都不醒。」

「喔？」沈幽燕用眼神問向苗王。

「令嬡的事我一概不知，我也是現在才見到她的。」

「人分明是在苗族境內發現，閣下貴為族長，怎可隨口推拖？倘若閣下無法給出一個交待，那麼魏苗兩族，恐怕得兵戎相見了！」沈幽燕板起臉孔，聲色漸厲。

「沈幽燕，你敢！」

沈冰搶道：「連我妹妹你們也敢欺負，我魏蘭還有什麼不敢？」說完縱馬上前，見幾名外城士兵圍過來阻攔，立刻從衣襟裡抓出一把黑色小丸，朝對方馬蹄擲去。那些黑色小丸一觸地上，便砰的一聲爆炸開來，揚起一片沙塵。馬兒前蹄被炸傷，更是驚痛得揚蹄嘶叫，把背上的士兵都摔了下來。

苗王一怔，心想：「魏蘭什麼時候弄來這麼厲害的暗器了？怪不得沈幽燕以前在我面前總是輕聲細語、做小伏低，近年來愈發不將我放在眼裡，果然是在暗地裡積蓄實力，欲將我族取而代之。豈有此理！」

這時沈冰已來到上官夜天左近，朝著苗族人馬朗聲道：「人我現在就要帶走，誰有意見，只管過來領教我『爆裂丸』的厲害！」

這下子連苗王也不敢作聲了，當時由於七樓大火，一夥人又急著追殺上官夜天，出來時根本沒攜帶足夠的毒粉毒水，面對魏蘭有備而來的率兵壓境，實無抗衡之力。

苗王手一揮，把八名士兵招回，道：「沈幽燕，你包庇苗族的仇人，這筆帳我記下了，希望日後你不會後悔。」

沈幽燕不與他作口舌之爭，只問道：「苗王，我女兒昏迷不醒，還請您交出解藥。」

「還有『紫蝮邪香』的解藥！」上官夜天道。

苗族公主忿然冷笑：「丹藥庫的藥品都給你燒得差不多了，我從哪兒生出解藥來給你們？哼，早知如此，我索性就下劇毒，好教你們這會兒欲哭無淚！」

沈冰待要回嘴，上官夜天卻先道：「會欲哭無淚的是你們！」他的眼睛逐一掃向前排的苗人，最後停留在苗族公主臉上，「鐵尋楓只是開始，我保證，你們之後還會有人死得比她更慘。」

他撂下狠話，不再多言，背著沈菱走向沈幽燕。沈冰負責斷後，以防苗人使出什麼背後偷襲的陰險手段。

沈幽燕接過女兒，先探她鼻息，又撥開她眼睛，確定無中毒跡象，方才鬆了口氣。

沈冰道：「爹，快帶阿菱回去讓秋晴看看情況，秋晴一定有法子的。」

沈幽燕點點頭，不再向苗王等人看上一眼，逕帶著族人們打道回府，不一會兒便走得乾乾淨淨，空留苗人在黑夜裡，體會敗者的尷尬與恥辱。

再度上別登樓，上官夜天第一件事自是先去探望顏克齊情況。他不在的這兩天，秋晴仍然持續照料著顏克齊，並對他道：「我之前在郊野採了些鳳尾草，曬到後天就可以用了。」

上官夜天聽了，想起自己先前為了壓倒秋晴氣燄，對她說了些不太客氣的話，她卻未因此遷怒，除了感激，也有幾分慚愧。當即向她懇道：「多謝。」秋晴沒有特別多說什麼，只管又看照沈菱，待她細察一陣後，沈冰問道：「如何？」

秋晴搖了搖頭，道：「苗族下手可真狠，這不是普通的迷藥。」

「怎麼？」

「我若記得不錯，這迷藥叫忘魂香，最長可讓人昏睡一個月不醒。」

沈冰失聲道：「睡上一個月！那麼醒過來不就變成白痴了？」

「這就是苗族陰毒的地方——凡中毒者，縱得解方，也難完好如初。」

「那阿菱……」

「別擔心，我有方法，解毒的事，只管交給我。」

沈冰聽她口氣成竹在胸，立時放心不少。

上官夜天在旁看著他們互動，心想：「這秋晴雖為女流，年紀又輕，處事卻比沈家公子沉穩多了。」

他正才望著沈冰，恰好沈冰一個轉頭，也與他對眼，跟著便走過來，帶著微笑道：

「在下沈冰，不知壯士怎麼稱呼？」

「敝姓葉，單名觀。」這葉觀的假名，乃是取本名的中間兩字倒轉唸來的。

「原來是葉公子。多虧閣下出手相救，阿菱才能平安歸來。家父已命人備下酒宴，還請閣下移步前往，請。」

上官夜天點了點頭，跟他去了。

酒宴的規模不大，只一張大圓桌上擺滿了各樣的南疆美食與美酒，但也足以賓主盡歡了。

沈幽燕問起上官夜天的來歷身分，上官夜天南下前早就捏造好了說詞，託言是商賈之子，自幼習武，與僕從前來南疆旅遊等等，隨口應付過去。

沈幽燕微微頷首，也不知信是不信。然而沈冰可就爽朗多了，先是讚賞上官夜天的身手武功，又熱切問起誅除鐵尋楓的經過，配著炙肉美酒，很容易就聊得忘我。

任誰都看得出來，沈冰今日的心情極好。

也許是因為長年厭惡的鐵尋楓終於斃命；也或許是當著苗王父女的面前展盡了威風；也更或許是今後總算跟苗族公主緣盡情斷，再也沒有任何瓜葛……

總之，他醉得很快。人在心情大好的時候喝酒，往往更容易喝醉。沈冰醉倒後，沈幽燕立命人扶他回房間休息。

這時上官夜天方道：「有件事想請教沈族長。」

「葉公子請說。」

「族長率領大批人馬赴往苗族，是特意來接應我的嗎？」

「正是。」

上官夜天一愣，「族長如何知道此事？」

沈幽燕微笑道：「我並不知道此事，是公子的朋友親自過來告訴我的。」

「我的朋友？」

「是，一個黑衣人。」

上官夜天詫道：「黑衣人?!」怎麼又是他出手相幫？他到底是誰？

「公子請隨我來。」沈幽燕忽然站了起來，帶著上官夜天走向外廊，片刻後即來到一間布置不俗的廳房。

上官夜天本不明白沈幽燕到底想做什麼，但是一見那廳房，立刻就明白了。這廳房若要說有何特異之處，就是中心的花崗石板上，那對深陷的足印了。他不待沈幽燕開口，逕自走入房中細看起來。足印周邊紋路四裂，裂線向八方伸延。他道：

「這足印，是用內勁烙出來的。」

「公子好眼力。」

「沈族長為何要讓我看這雙足印？」

「因那正是公子的黑衣朋友所留下來的。」

「是他?!」

「正是。」

原來，今晚第一回兩族交鋒，魏蘭無功而返，沈家父子只好回來商討對策，看如何營救沈菱。其時秋晴也在，正苦思之際，卻有名不知道從哪冒出來的黑衣人，打傷護衛，揪著下人帶路，直闖入三人議事的廳房。

沈冰一見這人打扮鬼祟，來者不善，當先拿起短棍要將此人制服。

黑衣人卻微抬起右手，道：「不必動手，我不是敵人。」

「不是敵人是誰？為何夜闖別登樓？」沈冰依然手持雙棍，擋在父親與秋晴身前。

「我來告訴你們沈姑娘消息的。」

三人聽了都不禁動容。沈家父子異口同聲問道：「阿菱怎麼了？」

「沈姑娘沒事。我一個朋友跟她一樣，都給苗人拿住了，我那朋友武功雖高，但要帶著她逃出來，卻有一處為難。」

「什麼為難？」沈冰問。

「我方才從那裡過來，仔細看過路線，他多帶著一個姑娘，或者還能勉強逃出大寨，可是外城看守的士兵人數過百，只怕會在那裡栽了。」

「難道閣下要我們前去接應？」沈幽燕道。

「正是。」

「我們憑什麼信你？」秋晴道。

「你們憑什麼不信我？」黑衣人冷冷道，只聽他腳下忽然傳出剝裂之聲，三人瞧去，地磚竟給他踏陷三分，紋路四裂，不由得都大吃一驚。

黑衣人並未抬足踩踏，地磚純粹是被他以腳下發出的內勁震碎的。

「你們覺得，似我這樣的人，會有必要騙你們什麼嗎？」黑衣人的聲音語調極為平和，惟字字都對自己的武功深具自信。

確實，以他武功之高，此時此刻就算要取沈幽燕的人頭也是輕而易舉，縱欲相害，也不必玩弄這等詭騙心計。

秋晴臉色微變，不敢再多說。

沈幽燕處變不驚，道：「似閣下這樣的人，若有心護著你那朋友逃出苗族，就算外城的士兵有百人餘，本事也足可應付，何需魏蘭發兵？」

「這當中我自有我的理由，無法奉告。此事攸關令嬡性命，去不去全憑族長決定。告辭！」黑衣人來去如風，衣袂飄飄，一眨眼便不見人影。

沈冰為他氣勢所懾，一時間也不敢冒然追出，只問父親：「爹，現在該怎麼辦？」

沈幽燕牽掛愛女，自是寧可信其有，何況黑衣人的語氣聽來也不像說謊，道：「就依他說的吧，就算被騙也要賭一賭！」

幸而他不但去了，還出動了族裡泰半的菁英，這才能順利從苗王面前，將沈菱與上官夜天帶回。

上官夜天聽罷，總算了解事情的來龍去脈。他拿自己的腳與足印比對，這足印與自己的差不多大小，蹲下來用手一捺，深度逾過半寸。

這麼一來，上官夜天反而心下雪亮。

雲城裡有這等深厚內功的不會超過五人，若不是他父親上官驪，便是他父親的近身心腹——朱銘、費鎮東、杜紫微、韋千里——四大天王。

一如往常，當天只要有要事發生，沈幽燕總會先跟一名腿上有疾的老人說過話後，才會上床就寢。

「……那年輕人武功卓越，三招內就斬斷了鐵尋楓雙臂。我自然不信他的來歷那麼單純。」

老人沉思未語。

「先生博曉中原各大派人物，不知有沒有聽過『葉觀』這號人物？」

「葉觀這名字倒是沒聽說過，但是把這名字倒過來唸，會發覺有些趣味。」

「『觀葉』二字有什麼趣味？」沈幽燕不解。

「再加『上天』二字如何？」

沈幽燕喃喃唸了好一會兒，怔道：「難道是……」

「不錯，正是那名字，『上官夜天』！」

「先生確定嗎？」

「那年輕人看上去莫約幾歲？」

「我問過了，今年二十五歲。」

「看去是不是身材挺拔，眼神明亮，眉宇之間英氣煥發？」

沈幽燕點點頭：「正是。」

「這就是了，外表年紀都合，鐵定是他不錯。」老人彷彿沉思往事，過了好一會兒，嘆道：「五年了……我躲他們躲了整整五年，想不到雲城神通廣大，居然還是找著了我的藏身之所。看來這一回，我是在劫難逃了。」一面說著，一面回想起五年前的情景，不由得搖了搖頭，萬般感嘆。

「先生不必多慮，上官夜天還不知道你在這裡。」

「上官夜天貴為雲城少主，絕不會無故南下，就算不是為我而來，動機也值得詳究。」

「南疆與雲城相隔千里，秋毫無犯，他會為了什麼事情南下？」

「依我對雲城的了解，上官夜天此番前來，只怕是為了找尋設立分舵的據點。這一向是他的工作。」

「雲城要在南疆設立分舵！」

「老弟，何必這麼吃驚，這並非不可能的事。中原版圖幾乎都給雲城與九大派瓜分殆盡，只剩下南疆這塊淨土，不論哪一邊意圖染指，都是很正常的事。」

「若真是如此，可該怎麼辦才好？倘若雲城勢力真侵入南疆，南疆大小部落將皆為其所擄，供其驅策了！」

「別慌，你可以找幫手。」

「誰是幫手？苗族？」

「嘿！」老人搖頭笑道：「苗族開罪了上官夜天，自身難保，如何還去指望他們？我指的是定音城的白馬堂。」

這個白馬堂乃南武林第一劍派，沈幽燕是知道的。

「我們跟白馬堂素無往來，他們為何要幫我們？」

「因為他們絕不希望雲城變得更強，所以一定會幫我們。」

沈幽燕沉吟未語。

「老弟，我若記得不錯，秋大夫似乎來自定音城？」

「是，當初我便是聽人說起，秋晴是江南醫術最好的大夫，這才請她過來替你治腿。」

「你不妨先向她打聽，在白馬堂是否有相熟的人。以她的醫術名望，這不是不可能的事。」

「我知道了。」

老人忽然又嘆了口氣，嘆息聲是如此惆悵。

「先生怎麼了？」

「先前的嘆息若是為了我自己，那麼這一聲嘆息，便是為了老弟你了。」

「我怎麼了？」

「我若是那上官夜天，必將別登樓奪取下來，設為分舵之所在。」

「為什麼？苗族的大寨堡不更雄偉嗎？」

老人搖頭，「魏蘭離白馬堂更近。如果雲城此次設立分舵，意在抗衡白馬堂，便沒理由捨近求遠。」

沈幽燕聽了，臉上一陣青白，渾想不到魏蘭的危機竟至於斯。

「那麼我先下手為強，直接殺了上官夜天……」

「不可！」老人截斷他的話：「太冒險了！我們根本不是他的對手，當心殺人不成，反遭其戮。」

沈幽燕一聽，不禁嘆道：「真真是多事之秋，才剛與苗族撕破了臉，馬上又得應付北方的雲城……」

「老弟，你已經不必將苗族放在眼裡了，他們很快就會消失了。」
「嗯？」
「等上官夜天回雲城之後……你等著看吧！惟今，我們要提防的，只有雲城。」

過了兩日，秋晴將紫蝮邪香的解藥配好，總算救醒了顏克齊。
顏克齊體質壯健，恢復極快，體內餘毒雖未拔淨，卻已可下床行動。
上官夜天一心想回雲城找出黑衣人身分，不欲久留，秋晴便將每日的解藥配齊分裝，讓顏克齊可帶在路上服用。
沈家父子贈了一對良馬，親送他們出城。可惜沈菱未醒，無法與之道別，讓顏克齊頗感失望。
沈菱直到他們離開後的第三天才清醒過來。這一醒，七天前所發生的一切，只覺得遙遠恍若隔世。
隱約只記得自己被苗人帶去一間房間了，怎麼醒過來後卻在家中？
身邊服侍的小鬟說：「小姐，是葉公子救你回來的！」
「葉公子？喔，原來他姓葉。他人呢？」
「三天前就已經回去中原了。」
「已經走了?!那麼，他有什麼話留給我嗎？」
小鬟搖頭。
頓時，她不知如何，心裡竟湧上一股說不上來的悵然失落。

她為什麼……為什麼會覺得他應該有話要留給她？為什麼呢？

她命小鬟退下，獨自想像著他是如何甘冒奇險，把她從迴繞如迷宮的大寨深處給救出來，而愈是去想，心緒就愈是翻騰——

上官夜天儘管汗流浹背，仍背負著她不願放下；幾次遭遇敵人追殺，也依然不離不棄。

既是這麼，她又如何能不去思念他？如何能不去戀慕他？

她沉思一陣，又復仰躺。一闔上雙眼，豆大的淚珠立從眼角滑落，滴到枕上。

她的心莫名的沉痛起來，因為她已經對上官夜天產生了一種很特殊的情感，卻完全不知道他來自何處，又去向何方？

他們之後還能再見面嗎？亦或，只像是水上飄萍，偶然因緣聚首，從此各自東西？

「我還能再見到他嗎？」她枕上垂淚，喃喃自問。

唉，少女的芳心，從來就是最柔軟纖細，充滿夢幻的。

然而，另一個少女就不是如此了。

在辦過鐵尋楓的喪事後，苗族公主告訴父親，想去拜訪已經出嫁的姊姊們，甚至要在她們那兒住上幾天。

苗族公主甚少去姊姊那裡走動，今天忽然向父親提出這要求，苗王居然也不問原因，直接首肯：

「要去就去吧，隨身之物記得帶齊，玩得盡興再回來亦不妨。」

父女倆心照不宣，以免同感尷尬。

次日，苗族公主最後在外城道別了父親，一背過身子，忍不住便流下眼淚。

那天晚上，上官夜天的眼神越過了沈冰，直射到她臉上，她瞬間竟有種被死神攫住的感覺。再回想鐵尋楓那髮被削、臂遭斷，死不瞑目的屍身，是不是死前也同樣看到了這樣的眼神，遭到了無從想像的屈辱折磨呢？

幾次，她都因著那雙冰冷的眼睛而從夢中驚醒，已成了揮之不去的夢魘。容色憔悴，終日惶惶，被逼得只能先暫且遠離家鄉，躲避災劫。

然而，她的預防並沒有錯。

十天後，苗族大寨在夜半忽然失火，起火點分散各處，根本無法撲滅。

當晚大寨如火球，火光衝天，就連遠從別登樓望去，也能瞧得清清楚楚。

「怎麼苗族會起這麼大火災？太詭異了！」沈冰倚著窗台，唸唸有辭。前些時候苗族才剛失火，對火源必然格外小心，如今再遇大火，只怕是有人刻意為之，可是——「爹，咱們並沒暗地裡派人幹這樣的事啊！」

在他身旁的沈幽燕隨口道：「你怎麼知道苗族的敵人只有我們，說不定還有別人呢！」

「他們還有別的敵人？是哪個部落？」

沈幽燕當然沒告訴他實話，只道：「這我怎麼會知道？他們多行不義，招人報復，也不必大驚小怪。」

他的回答十分淡定，卻不再繼看火勢，即刻離開房間，匆匆步向密室要找老人。

一切果然如老人所料，苗族真的完了！

苗族大寨裡住的都是領袖菁英，這火一燒，也等於是燒滅了他們在南疆長年來的控制力，確定已從南疆霸主的爭奪戰中提早出局。

這原本是沈幽燕長年來的盼望，如今反倒覺得前途忐忑。

苗族大火，對魏蘭而言真屬幸事，亦或該教人兔死狐悲呢？

唯一能確定的是，南疆在不久的將來，必然由魏蘭出頭成為新的部落領袖，而雲城也一定還會再有所動作。

江湖變化，總是風雲詭譎，人所難測。沈幽燕縱然極想知道未來的情勢演變，可惜就連那精明世故的老人，也無法回答這一切。

第六回　牡丹佳人

上官夜天慢慢的向她走去，每一步皆是落足無聲，難以察覺。直到他的影子將那人籠住，她才緩緩轉過頭來，露出那張其白似雪，如雕如琢，比紫蘭牡丹還要清豔超凡的臉蛋。

在漢江與丹江交接處，有座商肆繁榮的城市——荊都。此地往來的船隻頻繁，卸載著四方貨寶，港口每天都有無數的船隻與無數的人，在這裡停泊與啟航，輸運著驚人的人潮與財富，堪稱為中原第一大都。

其時盛夏，荊都遊客如織，揮汗如雨，空氣中瀰漫著一種濕熱的濁氣，遠不及南疆綠蔭曠野，涼風吹拂的溫柔清新。

可是上官夜天卻很喜歡這種濁氣，那是他很熟悉也很習慣的。都市的繁華忙碌，才符合他的脾性。從港口仰望，遠遠的，只見一座寨堡背倚青山，高近白雲，矗立於都城北方，正是他的家——雲城。

同樣位於高處，別登樓不及它豪壯孤高、苗族大寨更不及它巍峨霸氣，彷似介於人界與天界之間，獨立飄渺，俯視紅塵。

上官夜天離開雲城，也不過是半個月前的事，只因此番南下，遭遇驚險，心境大異，望著高城的遠影，竟有種久別的歸家之感——

啊！不知道楓紅小築西側的那方池塘，白荷盛開成什麼模樣？

更不知道到了這個時節，那美如仙葩的紫蘭牡丹，究竟給豔陽曬枯了沒有？

他與顏克齊縱馬奔馳，疾如流星，不多時，身影便隱沒於高城之內。

上官夜天連日奔波勞累，卻不急著回到楓紅小築梳洗休息，與顏克齊分道後，逕行來到一座花園——一座豪華精緻，栽種著紫蘭牡丹的庭園。

紫蘭牡丹是雲城花卉裡特殊的異種，尋常牡丹只開於四月，花期不過十天，這種人工栽培的牡丹，卻可延至盛夏，開至秋初。偶爾有少數幾株生命力強盛的，能捱到菊花開放，屆時雙花鮮妍，各佔風情，美景堪稱獨絕。

上官夜天並不是特別喜歡花草的人，卻唯獨對這種稀罕的牡丹花情有獨鍾：其狀雖無海碗碩大，卻是複瓣層疊，雍容華貴；其色雖無魏紫鮮麗，卻是粉淡柔嫩，典雅端莊——那是一種不撩人的美，獨自馨郁，令人更想一親芳澤，就跟它們的主人一樣。

就在花旁，就在上官夜天眼中，一雙白玉似的皓腕輕舉，緩緩的扶起其中一株快枯死的花兒。上官夜天看不到那人的表情，因為她長髮如瀑，低下頭時恰恰好把臉龐擋住了，可是依他對那人的了解，用想的也知道，她此刻一定是眉尖輕蹙，極為不捨吧！因為她向來悉心照料這些牡丹，就像在照顧自己的孩子。

上官夜天慢慢的向她走去，每一步皆是落足無聲，難以察覺。直到他的影子將那人籠住，她才緩緩轉過頭來，露出那張其白似雪，如雕如琢，比紫蘭牡丹還要清豔超凡的臉蛋。

她見到是他，似乎也不如何訝異，只是一雙水秀明眸再移不開，牢牢的釘在他臉上，用一種彷彿在夢中的聲音道：「是你？你回來了？」

上官夜天也回以同樣的眼神，緩緩點頭道：「是我，我回來了。」

「剛到嗎？」他身上猶見風塵痕跡。

「嗯，還沒回楓紅小築，就先到這裡來了。」

那人聽到他這麼說，頓時笑了，笑時露出的幾片貝齒，同樣潔白如玉。

「為什麼？」儘管她隱隱知道答案，仍要明知故問，聽他親口說。

「因為我覺得你說不定會在這裡，就過來碰碰運氣了。」看著她的笑容，他也不自禁的笑了，「我的運氣不錯。」

兩人眼眸相對，瞳鏡互映，似乎要把彼此的身影深深烙印在心裡。但女子的眼睛卻忽然有些濕了，深深嘆了口氣，道：「既見著了，就快回去吧，否則讓人看到，就不好了。」

上官夜天微微一笑，搖了搖頭：「蘇娃，我好不容易與你單獨相處，才講了這麼兩句話，你竟要趕我走嗎？」他握住了她的手，冰涼如滑脂。她卻嚇了一跳，忙要抽回來，慌道：「別這樣……」

她不是拒絕他，而是怕，這裡是中庭花園，隨時有人進出。倘若被人撞見，她倒也不怕自己下場如何，只擔心上官夜天其禍非小。畢竟，他不是城主的親子，哪怕如今位高權重，苦樂由人的命運卻從未改變。

由那個人——上官驪！

但上官夜天卻像是把這一切都拋諸腦後，他不只是握住她的手，甚至一把攬住她的腰，摟進自己懷裡，俯身一吻……

這一吻又深、又長、又甜，兩個人彷彿都要融化。

這更是五年來的第一次，他們如此親密的貼進，感受那讓人熟悉懷念的味道氣息。

上一回兩人也這般擁吻，都不曉得是多久以前的事了，往事如煙，幾乎遙遠得令人淚下。惟等到了這一刻，時間方為之凝結，天地也彷彿停止轉動，所沉浸者，就只有彼此的溫柔。

良久，他才終於離開了她，然雙臂依然緊環，把頭頸埋在她頸窩旁，眉頭深鎖，雙目沉閉，似乎就想這麼與她融為一體，再不分開。

「我不在的這些時候，你可都好？」他的嗓音低沉如醉。

她的玉手緩緩撫著他的頭髮，柔聲道：「生活作息與平時無異，只是見不到你，難免牽掛。」這話說得很含蓄，卻絲毫掩不了其中的深情。

上官夜天身子微微一動，把她懷抱得更緊了。

蘇娃又道：「你呢？這一趟到南方去，是不是發生了什麼事？」否則他的舉動，斷不該如此反常。

「嗯。」他緩緩點頭，「我差一點就回不來了。」

蘇娃一驚，「真的？」

「真的。」他鬆開她，站直身子，看著眼前這張極熟悉且極眷戀的容顏，不禁漾起一絲舒心自在的微笑。

這就是上官夜天的心上第一人——蘇娃。

他其實本不怕死，一個從小經歷無數風浪惡鬥的人，怎會怕死？這類人早已將生死之事看得極淡，不管是他人或自己的性命，皆然。

可是自從與蘇娃相戀之後，每到生死關頭，他就會咬著牙、挺著意志，衝破難關。因他的生命裡既出現了這樣一個女人，又豈可不珍重此生？

所以當日在苗族大寨，他拚著把沈菱犧牲掉的忍心，也要平安回到雲城，正是為此；儘管，他並未真正的擁有過她，但是心靈所渴求的愛情，早已給她填得切切實實，繾綣難忘。

他知道她一定想知道他在南疆的種種經歷，可惜礙於時間，無法說上這許多，只問道：「我不在時，可有人也離開雲城？」

她略為一想，道：「有，韋千里。」

上官夜天有些訝異，難道黑衣人是他？

「他做什麼去了？」

蘇娃搖頭，「這就要問你義父了，你知道我一向不管城裡事務的。到底發生什麼事了？」

上官夜天微笑道：「沒什麼，在南方時出了一些狀況，多虧一位黑衣人出手相救，否則只怕早已成了苗族公主的男寵，再也見不到你了。」

「男寵？你！」蘇娃睜著水杏雙眸，忽然掩嘴咯咯嬌笑，笑道：「想不到叱吒江湖的『殺神』公子，居然也會淪為男寵，呵呵……」

上官夜天白眼一翻，道：「那女子毒如蛇蠍，當她的男寵可一點也不好笑。」

蘇娃笑罷，沉吟道：「她漂亮嗎？」

果然，身為女子，最關心的莫過於此。

上官夜天彷彿看穿她眼底的機心，笑了笑，俯身在她耳邊輕輕道：「你說呢？你明知道她再漂亮也絕對比不上你的，不是嗎？」之後，又不知道在她耳邊低聲咕噥些什麼，只聽兩人笑聲盈盈，甜蜜無限，在開滿紫蘭牡丹的花園裡，美得像幅畫。

然而，從上官夜天步入花園，已經過了二刻。二刻光陰對多數的情侶來說，恍若一眨眼那麼快，但對他們來說，卻已經太久，久得有些危險。

饒上官夜天耳力甚佳，談笑時仍不忘留意四周動靜，但此處畢竟不是他們可以自在說笑，甚至久留的地方。

「蘇娃，時候不早，我該去了。」儘管心下眷戀，仍然不得不話別。

蘇娃知道他的難處，曉事地點頭道：「嗯，我知道，你去吧！今日能跟你這樣單獨相處，我已經很開心了。」

兩人雙手緊握，又說了好一會兒話，才依依不捨的分開。

頓時，鮮花如錦的園中，竟變得如此空虛！

蘇娃絕美的笑容，立時隨著他的離開而隱去，心情陡地淒涼——下一回別說是擁吻了，哪怕只是單獨相見，又要等到何年何月呢？

他對她來說，是一個可見而不可觸的戀人。因為她的心雖是他的，人卻是上官驪的！

從她嫁給上官驪的那一天起，她便鮮少能再跟上官夜天有所連繫接觸，若兩人有機會見上一面，不是在亭台樓閣等處偶然相遇，便是碰上佳節壽宴那一類日子，大夥兒同室慶賀。

算下來，一年見上面的次數不會超過二十次，至於單獨相處，那更是屈指可數了。

她眼角斜睨，瞥向方才那株快枯死的牡丹，霍地就是一扯，狠狠扯斷綠莖。

她倒要仔細瞧瞧，這株花兒為什麼這麼的不中用？都已經用了最適合的土壤、最乾淨的山泉、最優秀的花匠，這花竟還連炎夏都捱不了，這樣下去，她要等到什麼時候才能種出最理想的牡丹花呢？

她不要這種荏弱的花！

眉尖微蹙，手上便洩恨似的開始慢慢搓捏，讓一片一片的蕊兒瓣兒，都無力地墜到地上。

原來，她並不是真的愛花。

她隨手拋下蹂躪過的斷莖，更不再向它們看上一眼，轉過身子，眼神幽邃地望著楓紅小築方向，撫著自己方才被激吻過的唇瓣，用一種說給自己聽的聲音喃喃道：「為了你，我一定會種出在冬天也能盛開的牡丹。夜天，你一定要等我！」

✻

◆

✻

也只有在蘇娃面前，上官夜天才會有剛剛那麼溫柔的眼色，那麼和煦的笑容。一踏入楓紅小築，他整個人就變了，變得昂然挺拔，精神抖擻，走路俐落穩健，散發一種蒼鷹般的王者英氣。

廊道上正在說笑的兩名侍女驀地見他歸來，臉上一肅，立刻站到旁邊讓出路來，把頭低到只能看到自己的腳尖的程度，恭謹道：「見過少主！」

上官夜天遠遠的就看到前方來人，行速卻不因此緩下，直到她們低頭行禮，才吩咐道：「傳雪琳來。」一眼光未曾稍落於兩人身上。

楓紅小築名稱小築，其實一點也不小，單是大小房室就有十多處，單是侍女就有二十人，再加荷塘一座、練功場一處，簡直不像跨院，反像一間中型武館。

惟世上當然不會有這麼華貴高雅的武館。

小築設計乃是依著東瀛風格，整棟屋宇地板架高，鋪貼的全是上等檜木，由房內遍佈至廊道。每一片木板都經過磨光打蠟，反射如鏡光；庭中則有楓樹數十棵，每到深秋，綠葉轉紅，更是在風中灼舞如火。

世人只怕作夢也想不到，傳說中的『殺神』，居然是住在這樣一個雅潔詩意的地方！

頃刻間，上官夜天已來到平日辦公的書房，而桌上情況果然也如他所料，疊放著厚厚文書，正待他的批示。

他一直都很忙碌，除了要決定分舵的設立地，上官驪更在一年多前，將雲城所有的兵器防具採購事項都交付給他。他知道此事關係著門派競爭力，因此也做得很認真，經常派人查訪江湖各派又有了什麼新式兵器，以及哪裡有好的鑄鐵師傅、好的鐵砂，故幾天不在城內，累積的文書已達十多份。

但他熱愛他的工作，絲毫不以為苦。

就在這時，開啟的房門外頭走來一人。

「少主。」那人站在門外打了聲招呼，即步入室中。

那是一個身材頎長，穿著米色武服的女子，其黝黑的肌膚、剛毅的眉毛、尖削的下巴，散發著一種石頭般的冷硬氣質，毫無半分溫柔嬌媚之態。

她，就是雪琳。模樣平凡，那也罷了，偏偏那張臉幾乎沒什麼表情，也很少說話，整個人平淡如水。如不是她的眼睛實在剔亮，隱伏著一種野獸般的精光；如不是她的刀術厲害非凡，讓人見之心折，似她這樣的人，只怕早就在美女如雲、高手濟濟的雲城中，遭人遺忘。

然而上官夜天卻很信任她，就像信任顏克齊那樣。

雪琳來到房間中央，離上官夜天約八尺之遙的地上直接跪坐下來。她不必行禮，這是上官夜天的特許。

上官夜天知她進來，卻未抬頭向她看上一眼，只是一面看著手上的文件，一面問道：「我不在的時候，城中可有什麼要事？」

「城裡大致安好，若要說有什麼特別的，大概就是八天前，城主派了韋千里前去江南，捉拿盜墓賊聶長鴻。」

上官夜天這才抬眸看她，奇道：「這是為什麼？」

聶長鴻是武林上惡名昭彰的盜墓賊，向來與雲城無涉，他想不到有什麼理由，讓上官驪竟不惜派出韋千里這樣的高手，遠赴江南拿緝。

「其中內情，屬下不清楚。城主知道您回來，方才派人來傳話，戌時要在聚星樓議事，屆時少主可以親問城主。」

上官夜天停了一下，才道：「好，我知道了，你下去吧。」

「是。」雪琳立刻起身走向門邊，正要開門——

「等等！」

「少主有何吩咐？」她回頭問。

「替我挑三十名高手，去燒了苗族大寨，我要看到苗王跟苗族公主的人頭。」

雪琳只微微一愣，即應聲道：「是。」不再過問原因，轉身即去執行。

這就是她的好處，永遠一派淡然如水，明明上官夜天要找苗族麻煩，原由令人費解，但是不該問的她就絕不會多問，亦不會想問，總是木訥樸實得讓人放心。

雪琳走後，上官夜天立刻沐浴梳洗，打扮整齊，準備今日要呈報的機密資料。他知道，上官驪今晚一定有大事要說。

上官驪很少開會，通常都是把部下叫到他的書房，各別發落事項，像這樣集體到聚星樓共議的機會，一年通常不會超過三次。

這是今年的第一次。

他的直覺告訴他，必定跟聶長鴻的事情有關。

可惜他猜錯了，為的不是聶長鴻，而是韋千里——

「韋千里失蹤了。」低沉的嗓音道。

在一間華麗舒適的房間裡，在一張寬八尺、長丈餘的黑曜石桌子旁，依次坐著六名男子，個個樣貌不俗，氣韻非凡。

南向坐著的是巫羽，年紀與上官夜天相若，身穿一襲淡藍絲袍，斯文儒雅，頗有幾分修道人的仙氣，是雲城的藥師。

東向坐的是費鎮東與杜紫微。

乍然望去，最顯眼的人當屬費鎮東。他從鬢前到頷下，留著一排又硬又直的棕色鬍子，氣勢宛如雄獅。據聞他母親是羅剎國人，因此遺傳了部分羅剎國人的特徵：五官深邃，雙目如電，身材高大魁梧，散發一種悍烈逼人的武將氣息。他在城中擔任兵馬總教頭，擅絕馬術、刀劍、兵法，所有士兵皆由他負責訓練，原本也是顏克齊的直屬上司。

至於杜紫微，相較於豪放陽剛的費鎮東，他完全是另一種人。除了輕功高超、指法精妙，亦精通琴棋詩書、易容毒藥、命相玄通等諸般雜學，深得上官驪的信任寵愛；但，這還不是他最特別的地方。

如不是認識他的人，乍然見到，必定會以為他是個「她」，十中十矣！

事實上就算是花樣年華的二八佳人，也很難尋出這樣超逸的。

他的皮膚細若白瓷，連一丁點瑕疵都沒有，五官輪廓秀氣俊美，盡褪男兒的陽剛霸氣，僅餘男兒的飛揚颯爽。人常言「陰柔」，他絕對是陰而不柔。而這等得天獨厚的俊雅皮相，自然也是他出道以來，無往而不利的武器了。

但就算費鎮東與杜紫微已然如此出眾，他們仍只是四天王當中的第二跟第三。

天王之首就坐在上官夜天左側，是雲城總管——朱銘，人稱「筆落驚風」。因為他的判官筆，太神奇！

「判官筆」一向是冷門兵器，因威力太弱，作用僅於取穴打位，不若刀劍槍戟那般易置人於死地。可是尋常的判官筆到了朱銘手中，就會變成一柄神奇的判官筆。

他曾用此器封住韋千里最得意的絕陽掌，也曾在上官驪面前，破擊費鎮東自鳴無雙的降魔六劍。當時他倆錯愕震驚的神情，曾逗得上官驪忍俊不禁，縱聲大笑。

因此，就算他總是一身白衣，一副斯文敦厚的書生模樣，真動起手來，連「殺神」也無把握取勝。四王之首，他當之無愧。

然而他比上官夜天足足大了十歲，經歷過的戰役也遠較他多，縱使稍勝一籌，也不足為奇。

真正能夠制霸全場，主控一切的，正是坐在主座，冷靜宣告韋千里失蹤消息的雲城城主——上官驪！

上官驪，上官夜天的義父，今年已五十有二了。

可是，他的頭髮烏黑光潤，沒有半根銀絲；他的氣度偉岸軒昂，不似半百老人。

他看起來根本不像是上官夜天的父親，而像是哥哥。時光彷彿就在他年華鼎盛之際驟然凍結，縱然經冬歷夏，春去秋來，他仍永遠活在壯年。就算跟人說他比朱銘還小個一、兩歲，也不會有人懷疑。

他，簡直年輕得不可思議！

但這也是他的祕密，沒人知道他究竟是用什麼法子駐顏長春的。會不會過了二十年後，他仍是眼前這副模樣呢？

若說他臉上還有什麼是會洩露年齡的，大概就是他的眼睛了。那並非一雙年輕的眼睛。

年輕的眼睛不會這麼深沉幽闇，就彷彿兩個無從探底的黑洞，深不可測。如不是飽歷紅塵淬鍊，蒼桑流轉，人類的眼睛，如何能這般光芒遁隱？

在座諸人，幾乎沒有人敢直接與他目光相對，一相對，就會有一種連靈魂也要被看透的感覺，令人惴惴。故開會的時候，他們只敢聽——

「我派韋千里到湖南捉拿聶長鴻，命他每到一個分舵，都須傳信讓我知道行蹤，可他在三天前抵達岳陽後，就再也沒傳信回來了。」

雲城分舵遍佈中原兩百多個大小城鎮，只要韋千里催馬夠緊，每日都能留宿不同分舵，按理說，上官驪應每天都會收到韋千里的傳信。且韋千里忠心耿耿，如何會不依命行事？必定是出事了。

可是——

「城主，那姓聶的根本不是千里的對手。」最先開口說話的，是杜紫微。因為他是杜紫微，所以才敢先開口說話。

令人訝異的，他的人本已俊極，不意竟連聲音也這樣好聽，亦如他的外表，不慍不火，暢如春風。

上官驪接他的話，道：「這我知道，但是要算計他人，武功不一定要比對方高明，你應深諳其中道理。」

杜紫微笑笑道：「您這麼說，好像屬下很奸巧似的！」

「你若不奸巧，雲城也挑不出第二個奸巧之人了。」他隨口取笑，餘人也跟著笑將出來，氣氛頓時輕鬆不少。

過一會兒，上官驪道：「想來你們還不大清楚，我為何要拿下這盜墓賊匪。」話鋒忽一轉，問：「你們可曾聽說過『天舞劍』？」

第七回　天舞劍

原來近日江湖興起了一則八字傳言：『天舞劍出，雲城主滅。』意即誰習得天舞劍，誰就有那本事可以將我上官驪殺了這就是上官驪，身為雲城之主，武功蓋世，高高在上，彷彿活在天界與人界之間，可是他對所信賴所器重的部下說話，一向十分的溫和客氣。

他問話，沒人回答，也許是因為大家並沒聽說過「天舞劍」；也許更因為大家知道問非真問，等會兒問的人便會自行說下去。

「巫羽，聽過嗎？」在短暫的靜默後，上官驪直接點名，點了自己的專屬藥師。

「是，屬下若沒記錯，那似乎是一套劍訣。」

原來天舞劍不是寶劍，是劍訣！

上官驪微微點頭，示意他說下去。

「相傳二十年前，有個名喚蕭朗的少年英雄，曾以這一套天舞劍殺死當時的武林第一魔頭——悲聲島主。那悲聲島主武功奇高，死在他手上的高手，粗略計有紅梅山莊的『神劍手』紀華平、宗禪寺無方禪師、『金環浪子』孟拓、寰宇樓第一殺手愁雨、寒山派掌門歐陽烈、『鐵手』素英、峨嵋長老公孫軒齊……」

巫羽每唸出一個被殺高手的名字，每人無不暗自驚異。那些被殺之人雖正邪各異，卻均是各地成名之人，懷有驚人業藝，在身死之後，聲名餘威仍殘延至二十年後的現今。

但，他們雖了解這些高手的武學成就，卻不熟悉其生平經歷，更別說是知曉他們原來是被一個叫悲聲島主的人所殺了。

這就是上官驪之所以點名巫羽，為什麼巫羽乃區區藥師，卻能與四天王同室而坐，共商機密的原因。

他就像一座寬大的書櫃，塞滿了種種關於武林軼事的書。但凡門派恩怨、勢力消長、歷代名人、知名戰役……，問巫羽，巫羽鮮少答不上來。連那些高手的出身門派及外號，他也都能說得正確無誤。

「……為了那個悲聲島主，九大派的高手折損近半，這時候不知從哪兒冒出一位劍術精絕的年輕人，名叫蕭朗，據說是『天上劍』余樂梅的秘傳弟子，腰間總是掛著一柄黑劍。」

「天上劍」余樂梅，是武林史上的一代奇人。

古往今來，劍術高手何其多？絕頂劍手固然難得，但若自悠遠的歷史長河中細數，亦是不乏其人。那，憑什麼只有余樂梅可以得到「天上劍」這樣崇高的稱號？

因多數的劍手，只是愛劍、練劍、用劍；卻鮮少思劍、論劍、鑄劍。

余樂梅不只是把劍術習至高深，更進一步思考在前人的苦心耕耘之下，劍術還有何可開發拓進的空間。

於是，他親自鑄造了十九柄造型殊異而又有其獨特功用的長短劍，並創寫《南北十家劍派招式風格論析》，建立了一種獨到的論劍方法；而在他生命的最後十年，則又寫了《流水劍》、《開山劍》、《心劍》這三部他以為初入門的劍手應知的招式心法。他並不藏私，使之廣為流傳，結果這三部秘笈在問世的五年之後，均已在多數劍派的藏書閣中佔有一席之地。

所以，江湖人讚譽他，因他的成就意義非凡：發前人所未想，開今代之視野，胸襟境界更遠遠超越時人。

哪怕在場只有上官夜天與費鎮東精研過劍法，每個人對余樂梅這個名字均不陌生，就像不擅畫者也必聽過吳道子；不擅詩者也必熟知李白杜甫。余樂梅聞名江湖之況，大抵類此。

巫羽續道：「也不知道蕭朗跟那魔頭究竟有何不共戴天之仇，竟誓言不除此獠，絕不返回中土。

據聞他隻身一人，殺上了南海悲聲島，自那天之後，江湖再也沒有人死於魔頭的悲聲掌下，卻也同樣沒有人再見過蕭朗的天舞劍了。」

「同歸於盡嗎？」上官夜天問。

「這個屬下就不清楚了，郭靈子的《武林軼事錄》對此事記載僅此而已，但是同歸於盡之說，殆成定論。」

「這可奇了！我學了二十年劍法，這麼厲害的高手、這麼絕妙的劍法，還是第一次聽說。」費鎮東道。

杜紫微也道：「是啊，江湖傳言多半言過其實，未必真那麼厲害吧？」

「杜天王，其實蕭朗的故事在江南幾可說是婦孺皆知，也有人目睹過他的本事，但因他出道的年月尚不足兩年，又未曾收徒，就算手刃魔頭，在武術傳承的歷史上依然杳無痕跡，僅僅是一則捨身取義的傳奇。

「更何況，當年九大派幾乎被悲聲島踩在腳底，極不光采，故悲聲島主死後，九大派重掌聲威，均有意無意的隱去此事。我們這一輩人，如不是刻意翻閱書史經典，大多不知有這一段江湖風波。」

巫羽說的故事很精彩，每個人也都聽得很入迷，可是故事說到這份上，他們還是不了解這跟追拿聶長鴻有何關係？

上官驪適時道：「上個月，韋千里去了一趟伯樂莊。」

伯樂莊，一個愛馬的江湖巨富所建的莊園，佔地整片山頭，養著來自中土各地的成千良駒。

韋千里也愛馬，更擅相馬，有好馬的地方就有韋千里，所以他隻身前往伯樂莊，參與了那場三年一度的相馬大會。

須知，一匹好馬，跟一件上等兵器同樣，都是能象徵身分地位的事物。所以那天江湖上有頭有臉的人物都去了伯樂莊，從莊內的上千馬兒當中選出自己認為最好的，然後再由莊主評論高下。

不問可之，最後奪魁之人自然是韋千里了。天下簡直沒人比他還要了解馬、還要真心愛馬的。於是韋千里風光的帶著他的戰利品「玄麟馬」回到雲城，並將之獻給了上官驪。上官驪不缺良駒，但他知道韋千里必然愛極這匹馬，又將馬兒賜予。

然，上官驪並沒有損失，因為韋千里帶回了一個比玄麟馬更重要的消息——

「他告訴我，不少成名高手都去了伯樂莊，私下都在論著一件事。原來近日江湖興起了一則八字傳言：『天舞劍出，雲城主滅。』意即誰習得天舞劍，誰就有那本事可以將我上官驪殺了，重現當年蕭朗誅滅悲聲島主那樣的豐功偉業。」

此話一出，每個人臉上都是一陣動容。

這則傳言，也未免太大膽、太天真、太狂妄！

可是這事由上官驪親口說出，他本人卻不如何生氣，只是默默將部下們的神情變化看在眼裡，道：「怎麼，你們不相信？」

上官夜天道：「義父，雲城的武學奧秘已臻當今武林的絕頂，那天舞劍縱然曾經威風一時，也已是二十多年前的事了。」意即武學水平乃是不斷演進的，在過去能稱霸武林的絕世劍法，未必也能在今日獨領風騷。

上官驪自然聽懂他的意思，微微一哂，忽問道：「可有人去過巫山神女峰頂？」又是一個看起來跟話題無關的問題。

這就是上官驪的說話方式，意念所至，隨心而問，讓人難以捉摸。

「屬下去過。」巫羽道。

「可曾發現山頂上有個石碑？」

「是，那石碑名曰『唯我獨尊碑』，因上頭竟不知給何方人士刻著『唯我獨尊』四字，當真好生狂妄。」

「那人有本事狂妄，因那四字不是刻的，而是寫的，是當年悲聲島主用指頭寫的。」

眾人一聽，無不悚然：以人指之力，如何能在石上刻字？

「阿穎，你精擅指法，卻能在石頭上刻字嗎？」

杜紫微字子穎，所以上官驪一向慣稱他阿穎，可見得兩人之親近。雲城上下，也只有城主跟城主夫人，會這樣喚他小名。

「城主取笑了，我就是再修練二十年內功，只怕也未能夠。」

杜紫微這話說完，眾人心中皆想：「這悲聲島主內功之深，真可說是百年僅見，高強得匪夷所思！」

「這下子你們總該明白，那蕭朗以三十歲不到年紀，誅除內功高他數倍的悲聲島主，是何等艱辛為難之事！如不是仗著天舞劍奧妙無雙，他如何可得？就算那八個字是謠言，也可能是真話。我不冒這個險！」

這是命令，他要每個人把那八字傳言嚴肅看待。

「方才巫羽已說了，蕭朗沒有徒弟，九大派如果想取得劍訣，就只有一個方法了——朱銘，你以為呢？」他的目光望向方才就一直沒說上半句話的朱銘，要他也表示意見。

每次開會，上官驪一定會讓每個部下都說上話，好讓他知道他們對該事務的看法。

只聽朱銘道：「是，既然天舞劍劍訣未傳於後代，若要求尋，就只能著落前人了。九大派這半年來共計給我們殺了三十七名高手，多半是給逼得急了，一心要得到天舞劍，這才把腦筋動到了余樂梅的墳墓上；而若論盜墳掘墓的本事，自是首推聶長鴻，他們雙方因此勾結，也是情理之常。」

「不錯。」上官驪微微點頭：「據聞余樂梅前輩葬於鳳凰山的一處山穴裡，我讓人去察看情況，果然已遭盜掘，這才命千里前往江南，活捉那姓聶的，不料他此去竟然音訊全無，只怕遭遇不測。」

「人既是在岳陽消失的……那可是鐵膽莊的地盤！」杜紫微沉吟道。

「阿穎，我若沒記錯，你似乎跟鐵膽莊有過節？」

杜紫微輕笑道：「何止過節，三年前我把鐵膽莊已經上了花轎的媳婦兒，也就是華山掌門的么女『方素霞』拐跑了七天六夜，嗯——這應該算是『戲妻之恨』吧！」回想往事，他一臉悠然自得，帶著幾分戲耍良家婦女的冷酷。

可是他這樣說，大家反而笑將起來。嘲笑的不是女子的不幸遭遇，還不配，而是鐵膽莊少主撿人破鞋的綠帽之辱。

過一會兒，笑聲漸歇，上官驪斂色道：「雖是如此，若我要你去岳陽把韋千里救出來，你敢不敢？」

杜紫微也立即正色斂容，道：「有何不敢？鐵膽莊不是屬下對手。」

「很好，此事便交給你。依慣例，當地分舵的人手全由你調動，儘快完成任務。」

「是！」

「費鎮東。」

「屬下在！」

「派探子查訪天舞劍的下落。我不要九大派有任何人看過它，若有，不論是誰，都給我殺掉。」

「是！」

比起杜紫微，上官驪的冷酷才是真正的冷酷。言談之間，視人命如草芥，或生或死，總是那麼樣的淡然無感。

「朱銘，上半年各分舵的營利，可已結算出來了？」

「稟城主，已經整理好了，資料在都在這兒。」他恭謹的呈交文書。

上官驪點了點頭，道：「很好。你們三個，還有巫羽，都先下去吧。」

「是！」四人齊聲回答，很快的退出房間。

上官驪不待他們走淨，便向上官夜天問道：「此次去南疆，一切可好？」話說到這，房門已由最後離開的巫羽反手關上。

「大致都好。」

「決定新分舵的地點了嗎？」

「決定了，我要苗疆。」

上官驪微愕道：「苗疆？」跟著，他緩緩攤開了一張地圖——南疆的地圖。

「你曾說過，魏蘭離白馬堂比較近，是首選，怎麼回來之後，改選苗疆了？」

「就地緣位置來說，魏蘭是較佔優勢不錯，可那裡卻有個大問題：每逢夏季，珀源河必定暴雨成災，洪水氾濫，所以不適合設分舵。」

「有這等事？」

「是。」

上官驪面無表情，沉吟琢磨良久，方道：「罷了，苗疆就苗疆，反正分舵地點，你說了算。」

「謝義父。」

「設舵之事不急，先緩一緩，我要你再辦一事。」

「義父請說。」

「我要你去湖南益陽，把迴燕嶺拿下來。」

「您要迴燕嶺做什麼？」

「上個月我命益陽的成舵主在山嶺上頭修築一條棧道，好便利那裡與北山分舵的交通往來，誰知白馬堂卻說那片山頭是他們的家業，不許我們動手，頑強得很。你想個法子跟他們周旋，無論如何都要把那條棧道修築起來。」

上官夜天點頭道：「孩兒知道，一定不負義父所託。」他心裡很清楚，若北山分舵的人馬能順利往來益陽，無異就有兩個分舵掣肘著白馬堂。若之後再連同南疆的那個新分舵，三邊互通，就能將白馬堂長久困在益陽了。

「很好。你一路車馬疲倦，先回去休息，三天後即出發。」

「是！」

離去時，上官夜天心裡一舒：好在是保住了魏蘭。他對沈菱跟沈冰頗有好感，不欲他們遭受波及。

惟步出後要將廳門闔上時，竟聽上官驪喃喃低語道：「真奇怪了，珀源河上回鬧水災，不是七、八年前的事嗎？」

上官夜天頓時心一抽，耳一熱，微低下頭，趕忙退了出來。

第八回　潛入

女子冷笑，笑得十分嫵媚，也十分輕慢。

「你以為你是誰，癩蛤蟆也想吃天鵝肉？快放開我！」女子輕輕掙扎。

韓超卻似打定主意調戲到底，竟往她臉頰放肆地摸了一把，笑道：「偏不放，你待怎樣？」

人們都說，武林中有九條龍，霸據著中原上空，仰即翻雲，臥則覆雨。他們權勢之強、聲威之壯，連少林、武當這些昔日的泰山北斗，也莫能與之爭輝。

但不知從何時開始，蕩蕩天宇忽地晦暗陰沉，一片無垠的烏雲遮住天際，不論九龍如何翻騰飛躍，始終無法逃脫烏雲籠罩，重浴日光。

這九龍便是：天山、華山、廬山、峨嵋、柔雲莊、桃花莊、鐵膽莊、白馬堂、天龍會──人稱「四山三莊一堂一會」。

九龍之首，即是天龍！

蔽天烏雲，即是雲城！

雲城與九大派的纏鬥，已逾十年。

這十年來，隨著門派間的各自發展，與雲城因細故或地緣對特定門派發動攻擊，九大派彼此的強弱之別也愈趨明顯。

四山早已式微，因雲城當先把幾個主要分舵設在他們左近，監視用意明目張膽，近乎挑釁。雙方因而開始衝突，但吃虧的從來就不會是雲城。

數年下來，四山高手死於費鎮東手上的有十一個、死於上官夜天的有八個、死於韋千里的有四個、死於杜紫微的有三個──

共計二十六個。

這個數目已超過四山高手總數的一半。

也因此，中原武林的勢力逐漸由餘下的五大派掌握，幾乎可以給個替稱──「司空世家」。

天龍會的幫主司空淵自己位高權重也就罷了，白馬堂堂主涂松巖是他妹婿、鐵膽莊夫人是他表妹殷琴、桃花莊莊主是他親家彭華靖、柔雲莊莊主是他妻舅向曉潭。

五大派相互聯姻，同氣連枝；一派有難，四派傾扶，形成一股難以撼動的勢力網，掌握雲城以外的半壁江山。

其中，以鐵膽莊跟杜紫微糾葛最深……

三天後，杜紫微已乘車來到岳陽分舵。

在一間雅致的房間裡，他一身月白衣裳，泰然坐在分舵舵主讓給他的紫檀大椅上，靜靜聽著舵主稟報：

「韋天王前一晚從恆陽分舵派人傳信，信上說十八日即會抵達岳陽，可是小人等了一天一夜，仍未見韋大人前來。」

不想可知，韋千里極可能是在途中遭人攔截了。

「鐵膽莊近日可有什麼不尋常的動作？」

「小的每日監視動靜，並無異狀。」

他眉毛一挑，「你怎麼監視的？」

「鐵膽莊東向半里有間茶樓，莊中弟子時常結夥上門，掌櫃一年前已換成是我們的人；南邊三里有間布莊，賣著上好絲綢，鐵膽莊的女眷是常客，布莊老闆娘是小人的師妹。」

他微微頷首，這是很不錯的監視手法。弟子無心的閒聊、女人隨性的攀談，往往會不經意的洩露出有用的訊息，只不過……

「另外，小人的徒弟跟段家鐵鋪的大兒子交情匪淺，鐵膽莊不少兵器都是由段家打造的。」舵主續道。

杜紫微點了點頭，道：「是不錯，但若鐵膽莊真的擒住了韋千里，似這等大事，你以為會從弟子、女眷、跟打鐵師傅那裡洩露出來，好讓我們打探得知嗎？」

「這……」舵主語塞。

「不入虎穴，焉得虎子？不潛入鐵膽莊一趟，我們沒辦法知道真正的情況。」

「可是鐵膽莊戒護森嚴，均非庸手，一旦被發現行蹤，手下們送命不說，就怕打草驚蛇，往後更難找著韋天王的下落！」

杜紫微嘴角輕笑，「那就得看你是用什麼方法混進去了。」

＊　＊

杜紫微的方法果然與眾不同，除他外，別人根本用不來。

幾天下來，他對鐵膽莊已有了更詳細的了解，除了聽舵主說明，他也親自去了茶館、布莊、打鐵鋪這些其門下弟子常出入的地方。

很快的，他就聽到了一些八卦風聲，不論鐵膽莊護衛得多麼周全，終是讓他找著了一處缺漏，可以趁隙而入。

只是，卻必須等，等到一個最好的時機切入，才有相對勝算。

就在那天，天色已晚，很多店家都已關門歇息，可是太白酒店卻還開著。

這種酒店不比王孫公子們聚會暢飲的上等酒樓，求的是簡單、隨意、平價，往往都是些三教九流的人物聚集歇腳的地方。

卻有個人，不是三教九流的人物，偏生喜歡往太白酒樓跑，尤其是心情不好的時候。就是鐵膽莊的三師兄——韓超。

就在今天，韓超的心情又不好了，臉色沉悶的走入酒店，找了個中央的位置坐下，粗聲喊道：「小二，老子要三斤紹興，一盤切牛肉，快些送來！」說著，即從腰帶摸出一枚不小的銀錠，大聲地捺在桌上，出手十分闊綽。

其時店裡恰好沒什麼人，除了那位坐在東面，穿著桃紅絲服的女子。

那女子原本背著韓超，一個人靜靜的喝酒吃菜，這時聽他無禮的扯嗓喊叫，剛端起的酒杯還沒來得及送入嘴裡，便先忍不住回過頭來，蹙眉看向來人，瞧瞧到底是誰如此唐突，肆意打擾小酒店難得的清靜。

這一回望，韓超恰好便和她照了面，雙眼霍然一亮。

他活了三十二個年頭，得過的女子實不在少數，卻從來也沒見過這般俊美出眾的！

雖不是瓜子臉，鵝蛋似的下頷卻更加勻稱柔潤。

雖不是柳葉眉，微挑的眉峰卻更顯秀挺飛揚。

渾身上下，神秀清華，從骨子裡透出非凡的好看。

真絕色也！

只是，這樣的美人、這樣秀逸的眼睛，竟一面冷冷斜視著寒超，一面緩緩將杯子裡的酒喝盡，然後咚的一聲放下酒杯，轉頭喊道：「小二，算帳！」那神情口氣，就像是不屑跟韓超同店喝酒似的。

這倒讓韓超的眉毛挑了起來——

這女人，有意思！

就在女郎起身離開，經過他桌旁時，他腳一踢，右側的板凳立時一橫，擋住女郎去路。

「做什麼？」女子斜眼問他。

「太高了！」韓超沒頭沒腦的蹦出這話，一面緩緩搖頭。

「你說什麼？」女子瞇起眼睛，渾然不解。

「我說——」他忽然出手，猛地一把將女子拉進懷裡，女子的肩背便架在他左臂上，冷漠的神情頓時一臉驚愕。

「你差不多跟我一般高，以女子而言，實在高得有些顯眼。如果能再矮我半個頭，豈不與我更加匹配？」

女子冷笑，笑得十分嫵媚，也十分輕慢。

「你以為你是誰，癩蛤蟆也想吃天鵝肉？快放開我！」女子輕輕掙扎。

韓超卻似打定主意調戲到底，竟往她臉頰放肆地摸了一把，笑道：「偏不放，你待怎樣？」

女子蹙眉道：「瞧你身上佩劍，應也是江湖人物，難道不知道岳陽城乃是鐵膽莊的地盤嗎？」

「那又如何？」

「你在此地胡作非為，若給鐵膽莊門人瞧見，可有你苦頭吃的！」

韓超聞言，身子顫動地低笑數聲，好似她說了什麼很好笑的話。

「你笑什麼？」

「你好像很崇拜鐵膽莊門人？」

「哼，鐵膽莊門下盡是劍術高強的少年英豪，岳陽哪個姑娘不崇拜他們了？」

韓超細聽這話，不禁有些出神，女郎立刻掙脫他懷抱起身，要往外逃，驀地身子一歪，竟又被他拉住手一把扯回懷中。

女郎氣得大罵：「你幹什麼？放開我！」

「姑娘，既是這麼，有沒有考慮要結識鐵膽莊的弟子？」

「呸！我縱要結識鐵膽莊弟子，又關你什麼事了？」

韓超忍不住一笑，道：「若然我真是鐵膽莊弟子，且武功僅次於莊主與夫人，你待如何？」

「怎麼可能！」

「你要跟我打賭嗎？」

「賭便賭，還怕你嗎？」

「好，我若不是，便任由你處置；可若我是呢？」

女郎聽他說得認真，雙眼便也直勾勾的打量起他來，半晌，忽然微低下頭，一道輕輕媚笑：

「我紫玫瑰生平最仰慕的就是武功高強的英雄好漢，若然你真是鐵膽莊弟子，武功又高強出眾，那麼——」她伸手輕推他胸膛，緩緩地坐直身子，「今晚你想讓我怎麼，都可以。」

韓超不意她竟會如此出言，渾身情態，直是撩人勝酒。頓時喉結滑動，心頭火熱。

這樣的女人說這樣的話，誰能抗拒？

「紫玫瑰」當然不是真名或外號，那只是杜紫微隨口亂取的。

打從他在茶館第一次聽到鐵膽莊的弟子憤慨批評起這人，就留上了心，向掌櫃詢問後，才知道原來鐵膽莊內武功最高強的弟子，竟不是大師兄張德，也不是少莊主趙劍飛，而是那個帶藝投師，曾在江湖上憑著一套「瀑雨劍法」小有名氣的華南劍手韓峻。

而「韓超」，自然就是他拜入鐵膽莊後才改的名字了。

原來這韓超出身草莽，毫無名門正派的規矩習氣，莊規明定門人不許上酒店、賭坊、妓院，韓超不但視若無物都去全了，還曾在妓院跟人爭風吃醋鬧出事來，大辱門派名聲。

此外，他自己武功根柢佳，悟性又高，學新劍法往往遠較他人來得快，沒耐性之餘，便常嫌棄其他弟子蠢笨無用，耽誤他學習進程。因此莊中弟子往往不與他交好，種種排擠傾軋之事，層出不窮。

然而韓超本性非惡，否則當年也不會誠心拜入鐵膽莊了，故雖好色，從來也不曾騷擾良家女子，一旦慾念萌動，不是從妓女身上尋樂子，就是找像「紫玫瑰」這種本身也有意的。

對，有些女人看起來彷彿很驕傲、很冷漠，實則她們是以一種驕傲冷漠的姿態來勾引男人，因為她們知道有些男人就是喜歡這樣的女人。

韓超看得出來，紫玫瑰如果真的討厭他，一來她大可不必一面斜睨著他一面喝酒；再者離開酒店時更不必非得從他身邊經過；三來他強抱住她的時候，她表面斥拒，卻不曾真正的反抗掙扎。

結果果然如他所想，這是一個成熟的、曉事的、很懂男人心理的風流女郎。

「你說你在莊內行三，可是房間怎麼這麼小？」杜紫微坐在茶桌旁，一面接過韓超遞來的杯水，一面打量四周。

他總算順利混入莊內了，但是混入莊內本就不難，難的是在佔地廣大、房室無數的考驗下找出韋千里的囚身之處。

韓超道：「除了莊主一家，每個弟子的房間都是這麼大。我一個人住，並不覺得小。」

杜紫微斜看床鋪，道：「若這張床擠上兩個人，你也不會覺得太小嗎？」

韓超聞言先是一愣，繼之才哈哈大笑起來。他碰過這麼多女人，還真沒看過這麼坦白直接的。

隨即，他笑聲一歇，正色道：「誰跟我擠在這張床上？你嗎？」說著，已一把抓住杜紫微的右手，不打算放過他了。

杜紫微根本不怕，媚笑道：「不是我，還有別人嗎？」

韓超一聽，渾身都被撩起了火，不再拘束客氣，一把抱住杜紫微就要親吻。杜紫微連忙伸指抵住他熱情的雙唇，道：「慢著，你還沒有證明自己武功高強呢！」

韓超一愣。

「就算是名門弟子，也是有中看不中用的草包。你不顯露幾招，我怎知你的本事是不是隨口吹噓的？」

「你想我怎麼證明？」

「你能一劍斬開這張桌子嗎？」

「什麼？」

杜紫微用指節叩了叩桌面，發出沉悶濁重的聲響。

「這是用上好木料做的實心圓桌，若要一劍斬開，沒上乘武功可辦不到。」

韓超眉頭一皺，沉吟道：「以我的武功，把這桌子一劍斬開也不是什麼難事，只是如此一來，師父必然追問，那我……」

杜紫微立板起臉，道：「哼，辦不到就直說，少浪費我時間。」冷眼斜睨，靈巧的將他推讓開來，去時腳下佯裝無心一拌，教韓超跌跤，自己趁機快步走向了門邊。

韓超如何捨得讓他離開，右手忙撐扶桌面穩住勢子，道：「紫玫瑰，你別走，我斬給你看就是了！」然才說時，杜紫微已將門扉拉開，忽地——

「嘔！」杜紫微一聲慘叫，仰天噴了一大口鮮血，身子驟跌至牆邊，頭一歪，雙目圓睜無神，動也不動的，竟似氣絕。

突生變故，韓超先是一呆，繼而肩頭顫動、胸膛起伏，震驚、怒極！

他看見了，門外有一雙粗壯的手臂，猝然向紫玫瑰的胸膛發掌！那一掌，殘暴、猛烈、冷血至極，只一眨眼，就這麼無端端的奪走一個姑娘性命！

韓超激憤難當，咒罵一聲後，立刻抽出牆上佩劍，箭步襲向那門外高手，誓替佳人報仇。

便在此時，那人也已踏入房裡，橫眉怒目，一臉殺氣，不是別人，赫然就是那個應該鎖在地牢中的韋千里！

「是你！」

韓超雖然驚愣，出劍卻未有絲毫遲疑，唰唰兩劍，矯若游龍，直取對方頸項要害。

韋千里單看這勢端劍氣，便知是殺招，卻也不懼。他右掌一伸，便貼合著一架木櫃側邊，聚氣於掌，跟著霍地將櫃子「甩」向韓超——那勢子若不以「甩」字相稱，也不知該如何形容了，彷彿韋千里掌心與櫃子有什麼事物黏合著，右臂一揮，櫃子也順勢飛了過來。

須知，雲城四王，各有所長。韋千里精通「拳掌爪腿」四大肉搏技，手上勁力非同小可。這一著，木櫃來勢猛烈，韓超忙側身讓開，櫃子直撞上牆面，發出了四分五裂的驚人聲響。

韋千里回擊猛烈，威勢懾人，卻不戀戰，擋止了韓超的攻勢後，扭頭便往外跑，直向莊外逃去，不一會兒即隱於黑暗之中。

韓超隨之搶出門外，提氣大喊：「快來人，韋千里逃跑了！韋千里逃跑了！」

這話比喊「失火了」更能引起騷動，頓時，只見兩排原本覷黑寂靜的房間，不是亮起了燈就是推開了門，弟子紛紛從房裡衝出，穿著睡衣，手上提著兵刃，圍住韓超追問「怎麼回事？」、「韋千里怎麼逃跑了？」

韓超急道：「今晚我帶一個姑娘回來過夜，豈料韋千里竟忽然闖進我房間，將那姑娘殺了，我瞧他往那邊逃走了！」原本韓超此舉大違莊規戒律，可當此之時，沒人還有心思去追究這等小事。

大師兄張德奇道：「你確定是韋千里？」

「照過面了，確實是他！況且那名姑娘當胸中掌，死不瞑目，絕對是絕陽掌，錯不了！」

九大派人所皆知，韋千里的絕陽掌剛猛霸道，觸身即斷骨碎心。勁力所及，直上腦頂，故死者無一不是瞠著大眼，死不瞑目之狀，正是因此掌法過於猛急之故。

張德大聲道：「所有師弟馬上隨韓師弟去把逃犯追回來，郭師弟去通知師父，快！」

「是！」答應之後，每個人各就各位，進行任務。

這時，躺在房裡的杜紫微眼珠一溜，站起來躲在門邊偷看。

他等的就是這一刻！

原來，方才的韋千里根本就不是本尊，而是岳陽舵主戴上他特製的人皮面具偽裝成的。

從太白酒店勾引韓超開始，一切就是他一手策劃，目的不是讓舵主冒充成韋千里引開一部分的弟子，而是要那負責管理犯人的弟子，摸不著頭緒，在第一時間到地牢探看究竟。

一會兒弟子們就全散了，他鎖定的人是張德。

因為他既不去追人，也不去稟報恩師，唯一能做的，自然就是去看看地牢到底發生何事。

張德離開中庭，迅速往一條幽僻小路走去，完全不察身後有個人如影隨形。他只覺得事態詭異，今晚是他親自送飯給韋千里的，離開地牢的時候，他記得很清楚，自己確實有將地牢的鐵門仔細鎖牢。那是特製的精鋼鎖，除了他腰帶裡的鑰匙，別無他物可以解開。

過了片刻，張德已來到後院，此處不若其他園子造景別致，栽種花卉，只密密種著好些柳樹，景色單調。張德逕往垂柳遮掩處走去，深處設著一道鐵鑄大門，被柳葉遮著，不顯。他掏出鑰匙、開鎖、拉門，正要走入地下，忽然間，一道勁力從他身後無聲無息逼來，瞬間疾點他身上八處大穴。張德一昏，立即倒地。

杜紫微拎起地上的鑰匙與油燈，代之而入。他知道，韋千里一定就在裡面！

這間牢房不小，牆上每隔一丈就掛著一盞油燈，視物無礙。他快步走下階梯，果然在半途就看到下方一根十字木樁上縛著個人，上身赤裸，滿是鮮紅鞭痕，長髮散亂，垂著頭難見其面目。

杜紫微臉色一變，立刻快步走下，來到那人身畔，道：「兄弟，是我，我來救你了！」他抬起那人臉龐，果見就是韋千里，只見他雙頰消瘦，神情委頓，也不知受了多少零碎苦頭。

「是……紫微？」韋千里雙目微張，迷迷糊糊之間，依稀看到了一張極熟悉的臉。

「是我，我現在就帶你走。」他身上帶著一柄鋒芒絕利的匕首，搭配他的內功，斬斷鐵練不是問題。

「走？」韋千里忽地苦笑，道：「你若能破解出金蠶蠱毒，再帶我走不遲，否則就算犯險將我帶走，我韋千里也命不久矣。」

杜紫微一怔：「怎麼，有人對你下了金蠶蠱毒？」這一下出人意表，九大派是從不用毒的。

韋千里嘆道：「我遭擒後，趙家夫婦對我施加各種折辱，鎮日逼問我雲城的諸般機密。我自是不肯輕吐一字，反正時日一久，他們自會厭乏，將我一劍殺了。誰知趙劍飛居然帶來一個苗女，在五天前餵我吞下金蠶蠱卵，說蠱卵七至十天內便會孵化，到時候我再不屈從，她就會摧動金蠶咬得我腸穿肚爛，生不如死！」

杜紫微心頭一凜，金蠶蠱卵珍貴稀罕，極為難得，乃是江湖上惡名昭彰的七大毒物之一，不意鐵膽莊居然會跟苗人勾結，用上了這等陰毒手段！臉色亦隨之沉了下來。

他本熟悉武林上大多毒物，唯獨對苗疆之毒絕少接觸，所知甚少，一時也沒有把握能否解毒。

「紫微，你聽我說——」韋千里道：「你別管我，由著我自生自滅無妨，你只記得回稟城主，九大派的的確確派了聶長鴻盜取『天舞劍』，如今劍訣只怕已送達天龍會，落在司空淵的手上了！」

杜紫微輕輕「啊！」了一聲。在聽說過天舞劍的威力後，認為這實在是最遭糕的情況。又問：

「你是如何落在他們手裡的？」

韋千里冷哼一聲，恨聲道：「說到這事，可就真有鬼了！離開恆陽分舵的那天晚上，我在高昇客棧打尖，當時便覺得掌櫃瞧我的眼神有些不對勁，卻沒多想，因那是當地有名的客棧，總不會是黑店，只當自己多心。不料夜裡佯睡，果真便聞到了安息香之類的氣味。我立刻閉息，不一會兒，便進來兩名男子來到我床邊，其中一人道：『大名鼎鼎的雲城韋千里，也不過如此。略施小計，就睡得跟豬似的。』說完大笑起來。我趁他們鬆懈，立即發掌襲擊他們心口，先下手為強，孰料他們身上居然穿著勾刺護衣，雖抵受不住我的掌力當場死亡，惟我雙掌也給刺得鮮血淋漓……」

杜紫微聽著，立端起他手掌看去，果然佈滿細孔，針針入肉。

「敵人擺明是算計我擅掌法，才有此一著。我知此間絕不能久留，拿起行李，即要離開，想不到門外另有埋伏，出去不久，走廊前後兩端，立有金錢鏢暴雨似地打來。我避無可避，只能縱身躍至樑上，唉，真沒想到，對方的心思盤算竟如此縝密……」

「怎麼？」

「我這一躍，上頭立刻罩下羅網將我擒住。」

「竟連這一層都算計到了！」

「不錯，此乃一套三連環的陷阱。我就算不著了迷香的道，也要吃了金錢鏢的虧；就算僥倖躲開了暗器，這情急當下無可奈何的縱身一躍，卻非自投羅網不可。」

「哼，聽來像是聶長鴻早知道你會來江南拿他，因此聯合鐵膽莊暗算你似的。」

「正是，鐵膽莊在在是有備而來。」他頓了一頓，恨聲道：「有內賊賣了我！」

杜紫微顯然也早作如是想，順接道：「若教我查出是誰，必教他不得好死！」

兩人說到此處，心中皆蒙上一層陰霾，覺得那內賊能跟九大派暗通消息而不被覺察，絕不簡單！

杜紫微一直暗中估量時間，知道莊主趙正峰在經徒弟稟告之後，必定會過來察看，他不能再待下去，便道：「我會設法幫你拿到解藥，再回來救你。」離去前輕拍韋千里肩膀：「兄弟，保重。」

「你也一切小心！」

杜紫微轉身快步走上台階，心中迅速動念，只想著該如何尋出那苗女，驀地，門前看到一道影子斜映在牆上，外頭的人喊道：「張德，快醒醒！」聽聲音口吻，似乎便是莊主趙正峰。

杜紫微如今進退維谷，登時目露殺機，心想：「不動手，看來是逃不出去了！」就在趙正峰走進門那一剎那，杜紫微也同時出指，身奔如電，直取敵人雙目！

若說韋千里精通各家的「拳掌爪腿」，那麼杜紫微最擅長的肉搏技就是指法了，他的「摧仙指」共有十三式七十八招，聚勁指端，力能破碑。如此猝不及防的出手襲擊，焉有不中之理？

偏生趙正峰這邊亦早有防備，甫覺眼前有影子晃動，不必等到看清來人的面目身形，便已先出劍疾刺。這一劍老練迅捷，追風似電，雖是後發，仍能制敵。

杜紫微不敢硬拚，指勁雖出，連忙生生收回，身子急旋翻轉，卸去勁力，同時避開這千鈞一髮的一刺。

然那一劍卻是虛招，暗藏必殺後著。

趙家八卦劍法之巽風式，以凌厲精準著稱，招式連綿，一招不中，後頭已計算出數種敵人可能閃躲的方向動作，緊迫追殺。自趙正峰成名以來，不論對方身法如何迅速變幻，此招絕少失手。

他一刺落空，第二劍才真正運上了真氣，削向杜紫微腰側，只當一擊必中。孰料紅色身影一晃，竟在劍鋒與磚牆不到十寸的空間處「滑」了出來，連他衣角也沒劃破！

趙正峰微愣之餘，亦不讓敵人有喘息的餘地，不必細想，第三劍、四劍、五劍……已又迭起而出，招招殺手。

可是「巽風」再狠，又如何能折斷「柳枝」呢？

杜紫微所使的身法就叫「柳身」，盪身如柳、搖柳如身，乃是集各家一流身法的菁華薈萃。雖說步法與運氣訣竅繁複艱澀，練成者百中無一，然一但練成，便是身如鬼魅，飄忽無定，難防難測。

縱趙正峰為當世十大劍術高手之一，在不到四尺寬的石梯上，將一柄軟劍舞得流光洩幻、盡施變化；可惜，他遇上的敵人太棘手，一樣也在不到四尺寬的石梯上，迴身旋舞、紅袖翻飛。

不過片刻，趙正峰屢攻不下，便察覺關鍵所在即是下盤：要封住柳身，就得先攻取下盤！便趁對方凌空轉圜身勢之際，疾刺膝蓋，惟這招對杜紫微來說已是老招了，曾有多少人想攻他下盤而未得！雙腳運勁，恰恰好夾住劍身，一個轉勢，將軟劍折成半圈，更拉近與趙正峰的距離，指尖相襲，迫在眉睫！

「嘿！」杜紫微雙目獰狠，臉上揚起一道狡獪笑容。

趙正峰心頭暗凜，手上一抖，掌心立刻貫勁於劍。那劍身本給杜紫微雙腳夾得彎了，忽經真氣貫注，陡地復挺。杜紫微本將取對手性命，頓時整個身子反給長劍彈了開來，旋身一飛，屈膝落至三丈之外。

趙正峰見機不可失，當即轉守為攻向前急掠，挺劍直逼而來。

這一劍如挾風霜，又急又險，直朝杜紫微胸膛疾刺。

杜紫微此刻不但中門大開，且劍勢逼近，已不及旋步閃躲。生死之際，他只能選擇硬接。

可是，赤手空拳的他，該用什麼接劍？又該如何接劍？

只見他大喝一聲，凝氣於指，疾點而出，竟是以指尖抵劍尖！

血肉之指，如何能敵鐵鑄之劍？然而——

噹噹啷啷，連趙正峰自己也想不到，那柄跟隨他十三年的龍泉軟劍，霎時竟脆餅似的落在地上，斷成數截！

杜紫微指力餘勁未了，斜指而上，瞄準的正是心臟。

這一招，即是摧仙指法裡的穿心指，搭配他修練多年的玄黃真氣發動出手，勁道銳狠剛厲，就連高強如上官驪，也無法不閃不避受他這一指。

趙正峰渾想不到對方斯文秀氣，出手卻這般悍勇毒辣，不下生平所遇。便在他剎那分神之際，指尖已觸及心口，只聽趙正峰大叫一聲，整個人跌至石梯，嘴角溢出一道血痕。

但，沒有死。

杜紫微擰眉咬牙，心道：「該死，護心鏡！」

不錯，趙正峰之所以沒死，正是因為胸前恰好暗藏一塊極好的黑玉護心鏡，替他抵消了至少五成的指力。故這一指只傷了心脈，而未要了性命。

趙正峰按著心口，瞪著眼前俊麗的人影，咬牙道：「你就是雲城摧仙指——杜紫微？」那塊護心鏡在他衣裡崩碎成數片，除了傳說中的雲城摧仙指，當今世上，誰還有這等強悍的指力？只是他卻萬料不到，當年淫他兒媳，讓他鐵膽莊淪為笑柄的罪魁禍首，竟是這樣一個雌雄莫辨的美男子！

勝負已很明顯，杜紫微只消再補一指，趙正峰必死無疑。

可是杜紫微卻沒有任何動作，他的臉色比紙還白，他整條右臂都在微微顫抖，甚至，他連指尖都在滴血……

方才，杜紫微在別無選擇的情況下，發動全身真氣灌聚指尖，才能將龍泉劍挫成數截。然而那實是一「殺人一萬，自損八千」的險招，因龍泉軟劍上頭也引動著趙正峰精純的天罡正氣，兩股真氣牴觸，趙正峰只是斷劍，他卻是以肉身承受，渾不可相提並論。繼而見趙正峰因震驚劍斷而疏於防備，欲取其性命，竟又在受傷的情況下勉強發動穿心指，如此一來，對身體的負擔更是非同小可。

但若能順利殺死趙正峰也值得了，偏偏……

實則，他消耗的真氣，比趙正峰更重。

這時外頭人聲嘈雜，卻是來了好幾名弟子，當先一名錦衣少年走了進來，見趙正峰躺在梯上，關切道：「爹爹，您無事吧！」挺身檔在趙正峰之前，瞪著杜紫微喝道：「妖女，休傷我爹！」

杜紫微方知眼前這個形貌敦厚的少年，就是戴了他給的綠帽的趙劍飛！

不知道為什麼，一想到此，他嘴角竟忽然揚起一絲輕慢冷笑。儘管眼下情勢實在沒什麼值得他笑的，他根本已無招架之力！

「妖女，看劍！」趙劍飛挺劍而上，趙正峰顧不得胸口疼痛，急道：「快退下，你不是對手！」

然而杜紫微右手雖不能動，還有左手。他左袖一揚，數顆彈丸從他袖中飛出，頓時地牢便瀰漫著又濃又嗆的白煙，不但無法視物，每個人更是被嗆得淚涕齊流，咳嗽不止。

不多時，只聽得地牢外頭傳來嚴厲警告：

「好好看照我兄弟，韋千里如有任何閃失，雲城杜紫微，必定讓鐵膽莊上下全部陪葬！」

等到白煙散開，弟子連忙出去尋人，哪裡還有蹤影？

第九回　以毒攻毒

這樣一個嬌媚少女，當然逃不過杜紫微眼睛。他用眼角餘光向她一掃，已猜到她多半就是就是那個給韋千里下毒，與趙劍飛很要好的苗族姑娘了。

銀月當空，已是中夜，可是鐵膽莊上上下下的燈籠卻都點著，所有門人弟子四下逡巡，似在搜找著什麼人。

就在一處精美跨院裡，一名美婦早已入睡，卻也被外頭的敲門聲驚擾起來。

她帶著濃濃睡意下床開門，見是兩名認識的女弟子，卻來半夜敲門，不由得一臉疑惑。

「打擾少夫人清夢，望諒。」

「怎麼了嗎？」

「沒什麼，只是有個偷兒似乎跑來跨院附近，不知夫人是否有聽到不尋常的聲響？」

美婦搖了搖頭，道：「我這裡什麼事也沒有，你們到別處找去吧，若那偷兒真敢跑來，我會拿住他交給你們的！」她一說完，就將門帶上，狀似一心只想回床上歇息。

過一會兒，兩名女弟子離去，美婦背貼著門，居然吁了一口長氣，輕聲道：「紫微，她們走了，你可以出來了！」

床下這才緩緩爬出了一個男扮女裝的男人，自然就是杜紫微了。

「素霞，多謝你……」他話還來不及說完，方素霞已奔身至他懷裡，就像恨不得把自己連皮帶骨都交付給他似的，身子貼得他好緊好緊，緊得連一絲空隙都沒有。

她垂淚道：「你這狠心的！你知不知道，這些年來，我每天都想著你……」

杜紫微對她可就沒這般熱切了，淡然道：「你每天都想著我，怎麼跟趙劍飛過日子呢？」說到這他才發現，這處跨院也未免太偏遠了，離莊主一家的房室足足有一段距離，宛如客房。

方素霞嘆道：「你是知道的，我在嫁過來之前，根本就不認識趙劍飛，爹爹也不過就是依著九大派相互聯姻的慣例，決定我的終身。若是我沒遇到你，嫁進來安安分分地當鐵膽莊的少夫人，糊裡糊塗過完這輩子，也還罷了，偏偏——」她又深深嘆了口氣，「偏偏上蒼教我遇上了你，心裡又如何能再容得下其他人？」說到此處，她忍不住擦拭眼淚，顯然這些年來，果真飽受著相思煎熬。

杜紫微由她挨靠著身子，不由得也嘆了口氣。方素霞固然有幾分可愛可憐之處，但如此癡纏，就不免讓人有些生厭了。

但他的聲音仍十分溫柔：

「我是雲城四天王之一，你自小就應該聽過身邊的人說盡我壞話，很多壞話都是真的，我本不值得你如此牽念。」

「怎麼，難道你……你又要離開我了？」方素霞驚慌的仰起小臉，彷彿就算天崩地裂也不在乎，只怕他又像當年一樣拋下自己。

像方素霞這樣，與杜紫微相識日短，卻已連人帶心都被他澈底俘虜的女子，並不在少數。對杜紫微來說，她除了家世背景與夫家身分比較特殊外，並沒什麼好稀罕的。

所以杜紫微對這問題避而不答，只問道：「你告訴我，趙劍飛對你到底好不好？」

「唉，洞房花燭之夜，我已非清白之身，也難為他對我始終十分客氣有禮，飲食起居從不曾有半分虧待。相比下，確實是我虧負他。」聽起來，夫妻倆是真正的相敬如「賓」。

「既是這樣，你們怎麼分房了？」

「我跟他實在無話，他有任何心事也從不跟我說，所以一年多前，我就提議要搬到這處跨院，他也馬上就同意了。這樣也好，日子比較清靜，現在他也帶回了一個苗族姑娘，我跟他，總算是互不相欠了。」

「什麼苗族姑娘？」這才是杜紫微想知道的。

「上個月他去雲南吃一位朋友的滿月酒席，不知道怎麼，回來竟帶著一個挺漂亮的苗族姑娘。聽下人說那姑娘家裡被人一把火燒了，如今無親無故，遭遇十分悽慘……」

「她跟趙劍飛住一塊兒嗎？」不待她說完，杜紫微已先搶問。

「只是住同一個院落，沒有同房。」方素霞緩緩道來，連一絲吃味的情緒也無。

杜紫微微微頷首，大致了解了。

要救出韋千里就必須先替他解毒，要替他解毒就必須先拿住那半路殺出的苗族少女。若在平常，此事自然毫不為難，可是如今杜紫微身受重傷，只有左手可用，又該如何拿人？

就在他盤算思量之際，忽聽有人從遠處以內功傳音道：「雲城鼠輩，我知道你還躲在鐵膽莊裡頭，限你一盞茶的時間內過來校場，否則，我就當場廢了韋千里全身筋脈，教他一輩子只能去路邊討飯。不信的話，只管試試！」說話的人雖是女流，但聲音雄渾清亮，甚有威勢。

方素霞變色道：「是我婆婆！紫微，你千萬別去，你若是現身，她絕不會讓你活命的！」

「我若不去，千里就完了。」

「你去了，只是徒然陪韋千里送命罷了！算我求你，你別去好嗎？」

她殷切懇求，杜紫微仍一派平靜。

「放心吧，我不一定會有事。」又道：「我要你幫我一個忙。」他從衣內掏出一枚黑色毒針，放在帕裡仔細包好了，才拿給方素霞，道：「把這枚毒針交給岳陽分舵的石舵主，跟他說……」

方素霞一面聽著，一面點頭，過得一會兒道：「我知道了，我這就去。」

「千萬小心，絕不可被任何人發現你的行蹤，路上若有人阻攔你，你就偷偷用這根毒針刺他。」

「這毒針會要命嗎？」

「當然。」

方素霞臉色一變，道：「可是……我不想殺人。」

「別緊張，只要你小心些，別被人發現，不就得了？」

方素霞微微點頭，道：「是啊，可是萬一……」她本性荏弱良善，實不願傷及無辜。

杜紫微見她躊躇遲疑，臉色也冷了下來：「我能否活著出去，就看你了。你若不願替我跑這一趟，我也不勉強你。」

「不！不！」方素霞連忙道：「你有危難，我豈會見死不救？我現在就去！」就在她轉身之時，杜紫微忽然又拉住了她手腕，道：「去了分舵之後，就留在那兒，別再回來了。」

方素霞不解，只聽他續道：「倘若你真的願意捨棄鐵膽莊少夫人的身分，從此跟著我，待此事一完，我帶你回雲城。」

方素霞登時雙眼一燦，神情動容。這分明就是她日思夜念的渴切盼望，如今居然聽得心上人親口說出，不由得又驚又喜，彷彿身在夢中。

「紫微，你──當真嗎？」

「自然是真，只要你不後悔……」

話猶未了，方素霞已狂喜激動抱住他頸子道：「我怎會後悔？我怎會後悔？只要能跟你長相廝守，我什麼都不在乎……」

於是，在一個甜蜜的長吻後，方素霞就這麼帶著興奮雀躍的心情出門替杜紫微通風報信，也真正成了鐵膽莊創派以來，第一個背叛者。

杜紫微只覺得她傻得可愛，他們相處也只七天，她根本就不了解他呀，卻為何願意這樣賣命奔走，甘之如飴？

難道情之為物，當真令人一蠢至斯嗎？

校場中央，比武台上，韋千里被縛在一架十字樁上。他雙掌掌心已被透骨釘洞穿而過，牢牢釘在木樁上；他的長褲自膝蓋以下鮮血淋漓，只因為他的膝骨已被人以一種凌厲的腿法踢碎。

可是，韋千里沒有叫饒，一聲都沒有。儘管已是遍體鱗傷，憔悴狼狽，他的眼神仍深藏著一股倔傲之色，絕不向敵人示弱低頭。

卻有一雙極冰極冷極驕的眼睛，用一種看垃圾的眼神斜睨著韋千里，正是殷琴。

她之所以極冰極冷極驕，正因她覺得自己的出身不凡、地位尊貴、武功更是卓絕。可是找遍武林中其他條件相當的女性，卻鮮有第二個似她這般，把自尊自奉的心態，如此鮮明飽滿掛在臉上的。

在被弟子環繞的校場中央，殷琴微抬下巴，望著無垠星夜，緩緩道：「看來你的朋友很無情，我都已準備要將你抽筋拆骨了，他仍然不為所動，像隻耗子似的躲在暗處，不敢見人。哼，真是可悲！」

韋千里呸的一聲，罵道：「臭婆娘閉上屄嘴！一開口就臭得要命！有種的話，現在就把我殺了，否則等我同伴救我出去，我一定教你比死還悽慘十倍！」

殷琴聽他出言相辱，雙眉霍地一豎，森冷道：「你若真的想死，不必心急，等我連你的肘骨也廢了之後，自會把你扔到郊外讓野狗飽餐一頓。至於我『冷霜劍』，慣殺的是邪道高手，可不是邪道廢物。想死在我手上，你還不配！」

殷琴縱佔盡上風，仍要用刻薄言語，大削韋千里顏面，正得意時，囂張的神態忽地一肅，逼人的高手氣息從後方電閃似地刺來，她立即轉身望去。

只見一道紅影翻飛，來人竟是以快疾的輕功踩著圍觀弟子的頭頂飛奔而來，一眨眼間，已落足在比武台上，斯文挺拔，神色泰然。不是阿穎，還能是誰？

「千里，她的嘴果然臭得很，我還以為來到了茅廁！」他一來便出言不遜，故意擺出皺眉掩鼻的姿態。

殷琴瞧著，氣得喝罵：「什麼人放肆無禮，雲城杜紫微嗎？」雖當盛怒，仍不禁細眼打量起眼前之人，只見對方一身紅裳，俊雅絕倫，眉宇輕狂，氣質惑魅，一時間竟讓人分不清是男是女！

杜紫微聽到這樣的問話，失笑道：「我若不是杜紫微，天下間還有誰能是杜紫微？」

原來，江湖上早有歌謠流傳：

左配刀，右背劍，紫衣棕髮羅剎鬼，曾與四山共周旋。
黑斗篷，冰霜臉，若遇此人須避忌，三魔難敵殺神鞭。
愛馬癡，狂酒客，絕陽掌下無活口，死者仰目問蒼天。
摧仙指，摘花手，雌雄莫辨勝潘郎，清白女子勿近前。

這是從天山一帶先流傳出來的歌謠，將費鎮東、上官夜天、韋千里與杜紫微這四名危險人物的外型、武功、嗜好及事蹟編成歌謠，意在提醒初入門的弟子，若在道上遇到這四個人，莫與爭鋒，走為上策。至於武功最高的總管朱銘，由於負責的主要是各分舵的人事及財務，中原門派對他反而最不熟悉。

其中，就屬杜紫微的詞兒最奇怪，因為詞中並不強調他的戰鬥能力，卻再再言及他的外貌與風流，暗示此人極易與女子發生曖昧情事。

然而，卻不是每個女人都會為他的「美色」所惑。

至少殷琴不會。

她戒慎瞪著眼前這個挫毀龍泉寶劍，繼之以指力震傷她丈夫心脈的對頭，不想竟這樣年輕！冷冷一笑，道：「好哇，雲城四王之二，居然雙雙落在鐵膽莊的彀中。姓杜的，有什麼遺言，這就說吧！」說著，玉手一挪，已緩緩拔出了腰間那柄號稱江湖第一，「薄如紙、輕如羽，殺人不見血」的冷霜軟劍。

她雖然拔得很慢，彷彿不帶殺氣，但杜紫微輕佻驕慢的臉色下，已不禁暗自警戒。

須知，劍之為物，在江湖一向分為兩派，就是輕劍與重劍。

劍走輕靈，本為正宗，意求快捷迅敏，使敵難防。可是，劍身若太過輕薄好使，縱使貫注內力，威力也必然銳減，因此後來又生出一重劍派，一反傳統的輕靈之道而走威猛之路。此最具代表性的就屬余樂梅的「開山劍」了。

兩派理論各有千秋，互有高下，惟輕劍的極致境地，就是軟劍！

有人說，軟劍就像是帶鋒的短鞭，揮擺時隨心所欲，靈動至極。固然因劍身太薄，不利砍刺，卻擅長割、削、挑、抹等式，威力依然不可小覷；而且，那柄寒霜軟劍，也實在是薄軟得太不像話！出鞘之時，僅只是襯著雲邊月光、襯著周圍的燈籠燭火，它所吞吐的劍芒，就已讓杜紫微心凜難忘。

這樣既利且軟的寶劍，若是給殷琴那樣的高手來使，只怕將會快狠勝風，直逼「柳身」。

可是，杜紫微仍十分沉著。

沒有人知道他在想什麼，一向都是他在揣摩他人思想，卻將自己的心思深藏得密密實實。

只見他輕輕一笑，正要說話，韋千里忽然斷聲道：「杜紫微，你瘋了嗎？你還來救我這廢人幹什麼？快走！不要管我！」

杜紫微道：「得罪鐵膽莊的人是我，與你何尤？要殺的話，也合該殺我。」說完瞧向殷琴：「放過他，我便任憑處置。」

殷琴低聲笑將起來，道：「瞧你也是老江湖了，怎麼說話這般天真？淫賊，你聽好了，今日不管是你還是韋千里，我一個都不會放過。韋千里欠了九大派十幾條人命，已是死有餘辜，而你這淫賊，又比姓韋的該死十倍！你淫亂好色，奸污女子不計其數，總算老天有眼，教你落在我手上。哼哼，我今晚一定讓你後悔，為什麼當年竟蠢得來招惹鐵膽莊的人！」

只見她軟劍銀光抖動，即要發招，杜紫微忙道：「你們打算以多欺寡，一擁而上嗎？」

殷琴以為杜紫微心生怯意，冷笑幾聲，道：「鼠輩就是鼠輩，還沒開打呢，居然先怕了。」

「我為什麼不該害怕？若論單打獨鬥，想來貴莊無人能是韋千里的對手，所以只好派出一大夥人，使上迷香羅網之類的下三濫手段，方能得手，否則以韋千里的能耐，焉能成了貴莊的階下之囚？有道是『猛虎難勝猴群』，這話用在我身上也是一樣，我可不怕跟任何人較量，怕就怕等會兒閣下居了下風，輸不起，吆喝一聲，把台下的『猴兒們』都叫上來，那我恐怕就得反勝為敗了！」

殷琴聽他死到臨頭，還冷嘲熱諷了這麼一大串，怒道：「好個貧嘴的妖人！好，我便跟你單打獨鬥，誰都不許插手，今日必定讓你死得心服口服！」

事實上，就算杜紫微不說，她也不允許任何人相幫。

因她知道，杜紫微已受了重傷。這世上絕沒有人用肉指挫斷龍泉劍後，還能行動如常的。這樣的杜天王不留給自己獨佔，難道還讓旁人分功嗎？

登時只見她身影一挪，劍影一晃，唰唰唰唰的四劍盪去，直接便劃破了杜紫微雙肩雙膝上的桃紅絲服。

這一手又快又帥，台下弟子一片鼓掌叫好。

杜紫微瞇起了眼，讚道：「果然高手！」雖是初次交手，但殷琴是九大派的成名人物，早耳聞她劍招靈動，能將冷霜軟劍使得如蛇如電，劍術造詣不在趙正峰之下。

然殷琴心下對杜紫微亦是同樣讚佩。須知，方才她那四劍不過隨意揮灑，不成招式，乃是欺他身上負傷，無法招架，故意戲弄要教他出醜，不料對方氣息凝定如山，不驚不懼，端的是高手風範，心想：「此人年紀輕輕便能晉升雲城四王，果然有過人之處。」但卻道：

「哼，知道躲不開，索性連動也懶得動？」

「知道是虛招，何必要動？」

「下一回就不是虛招了，倒瞧瞧你還能從容到幾時？」她「時」字還沒出口，身子已然躍起，軟劍激昂矯動，直取對方中門。

但她一動，杜紫微的柳身亦動，若說劍光如電，那麼杜紫微的一身紅服就是鬼影，兩人所較勁者，就一個「快」字！

頓時，劍纏人，人躲劍，銀光紅舞，交織成團。

台下弟子瞠目瞧著，心神俱奪！

劍法快捷無倫，那也罷了，人是殷琴、劍是冷霜，焉有不快之理？何況軟劍隨著肘腕轉換，原就瞬發瞬動，千般巧妙，難為杜紫微竟能每每在招式隙縫間僥倖避開，貌似驚險，實如游刃。這下盤功夫、身法造詣，竟教人想不出九大派中還有何人可比！

殷琴見十餘招眨眼過去，自己居然還攻取不下，怒氣暴熾，心一橫，那軟劍登時硬如常劍，大開大闔。此乃她娘家家傳的「穿針劍」，不同於趙家的軟劍劍路。既云「穿針」，便擅穿刺，她內功火候深厚，足可揮綢成棍，如今繃挺軟劍，不過等閒小技。

只見她嬌吒一聲，冷霜劍盡往杜紫微胸腹要穴落去。此時杜紫微已給逼到擂台邊緣，難以隨心閃躲，眼見對方來勢洶洶，又知趙家夫婦的劍法一向暗合易經八卦術數，後著變化繁複，甚是棘手。然，卻也只是淡淡一笑，輕輕道：「你要死了！」

「什麼？」殷琴不想他在這必死的境地，還敢出此狂言，便在此際，杜紫微不待劍尖相及，雙足已使勁一蹬，高高的翻上天去。

殷琴驚疑更甚，只見他這一躍莫約有三、四丈高，整個人縮團如球，遮覆在衣袍裡，驀地——針雨！

「啊！」殷琴驚呼出聲，緊急揮劍格擋。

隨著杜紫微雙袖揮擺，數不清的細針立時從天而降，所發所射，全直向殷琴。

殷琴倉猝間只能揮劍格檔，然而夜空闃暗，細針難見，杜紫微又佔了居高臨下的便宜，縱使她將一柄軟劍舞得銀光燦爛，遮掩周身，手背仍忽地一陣刺痛，略一分神，緊接著左肩、右腿，也已分別中針。

「該死！」她落針處又麻又癢，顯見針上必定有毒。

然而杜紫微攻勢未了，一落地，雙袖一甩，居然又有毒針往她射來。

殷琴心神未定，右手亦覺麻酸，難以靈活用劍，眼看難逃此劫。杜紫微嘴角勾起一抹邪氣微笑，等著看殷琴哀叫求饒。頓時，一道人影飛速躍上擂台，擋在殷琴身前，急急轉弄長劍，把毒針及時擋下來。頓時，各色毒針散在地上，頗見繽紛。

杜紫微挑眉笑道：「喔，我道是誰，原來是你這急色鬼。」

原來此人不是別人，正是韓超。

韓超聽他取笑前事，臉色漲紅，又羞又惱，罵道：「雲城妖人，你利用我混入莊內，我還沒跟你算帳呢！你最好快些把解藥交出來，否則我們師兄弟一擁而上，你跟韋千里都休想活命！」

杜紫微見台下弟子聽了這話，都有些勢態蠢動，心想只有儘快拿住殷琴，方可全身而退。當下便有計較，從衣裡掏出一只藥瓶，在韓超眼前晃了晃，道：「這便是解藥了，你若想要，只管拿去吧！」語音方落，將藥瓶高高拋向韓超的上空。

韓超見狀，立刻躍起要拿，不想身在半空時，忽聽暗器破空聲響，心頭一凜，隨之雙膝劇痛難耐，似是連骨頭都碎盡了，哀叫一聲，整個人直墜地上。

「超兒！」殷琴大驚，她平素不甚喜歡這個帶藝投師又性情狂縱的弟子，而今見他挺身護衛，也不禁改了印象，為之擔憂。

血！韓超的雙膝之下全是鮮血，跟韋千里一樣。

「哈哈哈哈——」

杜紫微走了過去，從容接過那從空墜下的藥瓶，得意朗笑。韋千里本給折磨得氣衰力竭，如今也雙眼一亮，精神大振，喜道：「杜紫微，好兄弟，真有你的！」

「可不是嗎？」杜紫微撥開因風散亂的頭髮，大方接受讚賞。

台下一干弟子見情勢瞬間翻轉，均是忿怒難當，不必私下計議，不必眼神交會，每個人都同心拔出兵刃，要將敵人圍攻至死。

杜紫微何等乖覺，立時收起笑臉，峻色瞪著台下眾人道：「誰敢再上擂台，我立時殺了你們師娘！」左手同時摸出兩枚鐵膽，表示自己可不是說說而已。

殷琴沒料到對手的暗器功夫竟這般出神入化，偏又千般奸狡，明明身上負傷，自己竟還是著了他的道兒。她生性極易動怒，正待唾罵幾句，卻發現自己竟已連話都說不出來，只是雙眼發昏、臉色泛黑，氣息開始急促……顯然心氣浮動，更加速了毒癮發顯。

如今，杜紫微已全然掌控了局面，他要救同伴，只差一步——

「若想救你們師娘，就把那下毒的苗女交出來！」

說話間，只見一道迅捷的身影從外圈一舉躍到台上，搶來殷琴身邊。此人一身白衣，手持長劍，雙眼迸射的殺氣彷彿要將人撕裂，正是方才在地牢與杜紫微照過面的趙劍飛。

「少莊主，別衝動，快下來！」台下的師兄弟緊張叫喊。

而緊接在趙劍飛之後，一名素衣少女也快步跑來，大眼燦燦，朱唇小巧，本該十分嬌媚，可是，眼中沉鬱黯然，像是近期曾發生什麼讓她傷心欲絕之事，現在還沒從傷悲中走出來。她全神的看著趙劍飛，雖未發一言，目中全是關心之色，盈滿著一種很特別的感情。

這樣一個嬌媚少女，當然逃不過杜紫微眼睛。他用眼角餘光向她一掃，已猜到她多半就是就是那個給韋千里下毒，與趙劍飛很要好的苗族姑娘了。

杜紫微一見這兩人，神色更形陰沉，傲慢地打量趙劍飛道：「瞪我作甚？瞪我你娘也不會好。」

趙劍飛見娘母親神情痛苦，已然支持不住，便道：「一句話，咱們交換解藥，你肯不肯？」

「哼，這回倒乾脆了。早些如此豈不省事？」杜紫微冷眼斜睨，一臉煩耐之色。他只擬順利救出韋千里，在雲城人前賣弄本事，無意另結深怨，能早些了結此事，自是遂其心意。

「既然是你提議的，你先把解藥給我。」

「不成，你先給我娘服解藥，我再給你！」

「嘿，萬一你給我假的……」

「憑閣下本事，解藥是真是假，一嗅便知。」台下的苗女插道，手上也已拿出一只藥瓶。

杜紫微轉頭望去，與她四目相對。她的神情只是淡淡的，既沒有一般少女對他的仰慕羞澀，更沒有被強敵盯視的膽怯心驚，她只是看——

看這人究竟有多少本事、多少手段、多少心計，可以把人再逼到什麼地步？

「能說出這話，看來姑娘果真是使毒的高手。」杜紫微打量著道。

「彼此彼此，我看閣下的毒針顏色鮮異，也非凡手。韋千里的解藥再此，咱們就此交換，如何？」

「好，我數到三，一齊交換。」他左手不住搓弄鐵膽警示著：敢搗鬼，立時有得好受。

苗女點頭，待得數到三時，便將藥瓶往上拋，同時順手接過他丟來的解藥。

兩人一得到對方解藥，俱從中倒出一枚藥丸，用指頭捏碎，湊到鼻下嗅聞，甚至用舌尖舔嚐。

頓時，勝負立分——

「哈哈！原來是這麼回事。看來，是我太高估苗族的毒術了！」

這當中的較勁，只有使毒的行家才知道。

原來，天下毒性共分八類：幻毒、死毒、癢毒、痛毒、迷毒、怪毒、潛毒、蝕功毒。八種毒性，各俱特徵，解法也不相同。

江湖人多用死、癢、痛、迷四毒，並且相混相雜，抹在兵刃或暗器上傷害敵人。但不管是什麼毒性，都有解方，所難者乃在解毒的順序及偏重上，以及解藥的用法！除了直接吞下，有的解藥必須先溶於酒中再飲；有的解藥則要在特定時辰服下，並運氣行走特定筋脈；有的解藥則須搭配針灸及特定穴位，方能生效……

愈是厲害的毒手，自能調配出愈刁鑽難解的毒藥。

現在，杜紫微既朗聲大笑，表示他已經知道韋千里所中何毒，解藥又當如何運用了，可是那苗女呢？

趙劍飛瞧不出其中的心計，只當解藥得手，母親有救，立時抱著殷琴退到台下，大喝：「大夥兒動手！」

然根本不需要他下命令，每個弟子人同此心，心同此念，早就打算等他們倆人退下後，衝上去將敵人亂劍圍剿。

劍出鞘，在月光斜照下，六十多柄長劍耀眼生光。

韋千里大驚道：「紫微，你快逃！」

杜紫微還是一副天不怕地不怕的模樣。只見他從衣袖裡拿出一只箭筒，嗤道：「我就知道，不使出這等下三濫的手段，你們也奈何不了我！」說著，箭筒已朝天際發射，發出破空銳響。

霎時，只聽道一聲豪氣的嗓音隨之響起：

「弟兄們，殺！」

聽位置，來人竟是來自四方的瓦簷上！

轉頭瞧去，數十名黑衣人不知何時，竟已佔據簷頂，如嗜血蝙蝠，洶湧而來，大喊：「殺——！」

氣勢沖天。

趙劍飛忽見變故，一時間不由得慌了，手上扶著母親，偏又顧念著心上人安危，只能大聲喊道：「快護著小翠！快護著小翠！」

張德當機立斷，發令的聲音蓋過了他：「師弟們，快擺四象劍陣！」

那四象劍陣是鐵膽莊威力最強的陣法，須六十四人方能成陣，密佈如天羅地網，攻守皆強。弟子們平素也不知道將這套劍陣練了多少回，每回總想這麼規模龐大的劍陣，練得再熟，也未必有用得著一天。想不到用得著這套劍陣的時機，也總是忽來得讓人無法事先預料。

弟子們迅速站定方位，橫劍在前；待得黑衣人們愈漸接近，這才發現，他們居然沒有兵刃！

赤手空拳，他們如何敢跟鐵膽弟子動手？

卻見，每人拳頭鼓漲，似乎都握著什麼事物，奔至劍陣前方三尺，便將掌中事物往高台奮力擲去——

「大家小心！」趙劍飛大喊，因他在那事物擲來之際，已瞧見赫然便是杜紫微在地牢時所使的煙霧彈。

話音甫落，白煙也已漫起，再度嗆得他猛咳不止。

咳——咳咳——

一時偌大校場，居然每個人都做不了任何事情，只能顧著咳嗽。

趙劍飛原還有話要說，可話還沒說出，就先給濃煙嗆住了。

過得好一會兒，晚風送涼，煙霧漸消，他咳嗽稍止，即道：「快殺了杜紫微，別讓人跑了！」說著，自己已忍不住躍上石台要動手，但待看清，空餘十字樁佇立台上，哪裡還有人在？

第十回　投誠

她的手在顫抖，她本是高高在上，飽受尊榮的苗族公主，如今竟然……

素白的肚兜落在地上，彷彿有千鈞那麼重。

一夜的心計鬥智，武功相拚，韋千里雖是救了回來，惟杜紫微也已累去了半條性命。

他右手筋脈為天罡正氣所傷，本已該仔細調養，然後來為勢所迫，又勉力運勁發射暗器，這麼一來傷上加傷，至少長達三個月的時間，他是不能再用摧仙指了。

除非，有高手運氣助他療傷，兼用靈藥輔助，或可將時限縮短，而現在，一間密室裡，石舵主就在做著這樣的事。石舵主與剛服下「青石行氣散」的杜紫微坐在蒲團上，盤腿相對，四掌相貼，鼓足自己修練三十年的內功灌勁於主上體內，助其通脈療傷。

密室是絕對封閉的，練功及療傷時，最忌外物打擾，輕則五內俱傷，重則走火入魔。是以，兩人凝神運氣，摒絕雜思，室內靜得連彼此的呼吸心跳也可聽見。

如此過了一個時辰，杜紫微才緩緩睜開眼睛，見石舵主整片額頭都是汗珠，雙眉深鎖，似是極為辛苦。他不言語，只稍稍在掌心施勁，把輸送而來的內力緩緩送了回去。

石舵主感受到掌心的熱勁逆回，也睜開了眼睛。杜紫微緩緩點頭道：「可以了。」兩人同時收回雙掌，調勻氣息，結束今日的療程。

杜紫微稍復元氣，道：「石舵主，辛苦你了。這個月分舵營利的一成半，歸你。」

石舵主道：「謝謝天王！」

雲城事業龐大，各處分舵皆有不少營生，依規定，每位分舵舵主每月都可以領取分舵的一成利潤。杜紫微因這回石舵主表現不錯，便調高他這個月的月俸。這是他身為天王的權力，只消一句話即可，不必再向上呈報。

可是石舵主臉上並無太多喜色，因為真正迷人的，不是增加月俸，而是蒙受天王指點，學到更高層的武功。

數年前他因一次機緣，得韋千里傳授一套「納石掌」，威力竟遠勝生平所學，從此念念不能去心。也是因此，他今晚假扮韋千里，才能瞞過對頭去。

他方才灌輸真氣時，覺得杜紫微的體內隱隱潛伏著某種深沉的吸力，緩緩地將他的內功攝入體內，助己運行奇經八脈。惟真氣一去無蹤，飄蕩無跡，彷彿江溪匯入大海，無從探測邊際窮盡。

這，就是雲城第一內功心法「玄黃真氣」的境地。

練一載玄黃真氣，更勝十年尋常內功心法。

惟也正因為兩人的內功質量俱有不小的差距，儘管石舵主已傾力相助，也只讓杜紫微恢復三分的元氣。若杜紫微再不暫停運功，石舵主只怕遲早要油盡燈枯了。

四更剛過，已是五更。

精緻的繡房裡，厚重的床幕中，透過桌上幽微的燈燄，映出帳裡兩道相擁的人影，不時傳出激烈的律動與喘息。一時，風月撩人，情思旖旎，過了許久許久，才漸漸恢復寂靜。

兩人幾乎同時臥枕，心臟都還在劇跳，直過好一會兒，體內的餘波漸漸平息，女子才慵懶道：

「紫微，你真的把我婆婆給毒死了嗎？」

是的，床上的男女不是別人，正是杜紫微跟方素霞。

分開了三年，他們終於又再續前緣——儘管這對杜紫微來說，可有可無。

「嗯。」他淡淡回應，一會兒又道：「死了活該，誰教她跟我作對。」

「可是小翠也會毒術，說不定能救回她。」

「憑她？她還早呢！殷琴受了三種毒針，三毒相混，解法更形複雜。就算她有解藥，也不可能知道如何運用。」

「是嗎？」

「怎麼，你是想要她死，還是想要她活？」

「我……」

「你記住，既然跟了我，九大派就是你的敵人，我可不許你眷戀從前。」

「我不是眷戀從前，只是婆婆若真就這麼去了，我總覺得十分對不起她……」

她話還沒說完，杜紫微已悶咳兩聲，峻色道：「殷琴已不是你的婆婆，以後別再讓我聽見你這麼稱呼她。」雙眸瞬也不瞬迸射出的寒意，有些森冷。

方素霞見著他臉色，怯道：「紫微，你生氣了嗎？」

「哼。」杜紫微冷笑著，逕自穿起外衣，「還不致於生氣，但我一向不允身邊的人心思向外，這點你最好記清楚。」

「我知道了。」

「嗯，這才乖。」

杜紫微輕輕摸了摸她的頭，然後揭開床帳。

「你要去哪裡？」

「我去寫信，你繼續睡。」

寫信？

杜紫微還能寫信給誰？自然只有上官驪了。

今晚發生了太多事情，他務必讓上官驪儘早知道。他在時限內救出韋千里，並重傷了趙家夫婦，如此耀眼成績，固然值得提筆，然更要緊的，卻還是司空淵得到了天舞劍，與雲城出了內賊之事，務要早些防範！

正行走間，前方一名護衛向他迎來，恭敬道：「天王，有名叫『小翠』的姑娘在門外說要見你，從三更時分一直站到現在。」

杜紫微奇道：「她有什麼事？」

「回天王，不管小的如何套問，那姑娘就是不肯說，只說有一件萬分要緊之事求您相幫，倘若您不見她，她就在外頭等到您見她為止。」

杜紫微略一沉吟，道：「雞啼之後她若還在，就帶她到我書房。」

天色昏暗，至少還要一個時辰才會雞啼。惟他要見就見，不要就不見，為何要等雞啼？

原來，杜紫微預想小翠多半是為了救殷琴性命而來，然此事全無商量餘地，殷琴非死不可。以她的內力根基抵擋三毒，最多也只能捱到雞啼，他相信這一點小翠應該也看得出來。

所以，小翠若在雞啼前返家便罷，否則，就表示她是為了其他事情前來。

不巧的是，江南逢夏多雨。

雖然連著幾日都是大晴天，偏偏就從這一刻開始，下雨了。

雨滴如豆，愈來愈大，耳邊淅瀝瀝的只聽得到雨聲，天空也灰濛濛的無半分光亮。這種天氣就算日出，公雞也不會知道。

所以這天早上，沒有雞啼。

但小翠仍只是默默的等著、等著，木然的臉上沒有任何表情，直等到巳時二刻，雨收雲散，她身後厚重的扇門方終於開啟，一名年老的僕役請她進去。

杜紫微住的閣樓異常豪華，偏偏現在的小翠，狼狽異常。

她等了一夜又濕了一身，連身前這個帶路的老人，似乎都比她乾淨。

然而她渾無所謂，直挺著身子，隨著老人走入宅院。那宅子從外面看去，只像是尋常大戶人家，裡頭亭台樓閣、園林植栽，也頗多講究，所不同者，只在於多了一個校場。那是操練門人武功的地方，鐵膽莊也有，她無意間看見，也不以為意。

走了好一會路，老人領她來到一處精美閣樓，上了三樓，老人道：

「天王就在直走到底的那間房裡，吩咐姑娘自己進去。」

「多謝。」

這段廊道並不長，可是在她走來，每一步竟都如此沉重，只因為離房中的那個人愈近，便是離趙劍飛愈遠了。

趙劍飛……

悵惘之際，漸聽房間裡傳出極為悠揚美妙的琴音與歌聲：

「……小令尊前見玉簫，銀燈一曲太妖嬈。歌中醉倒誰能恨？唱罷歸來酒未消。春悄悄，夜迢迢，碧雲天共楚宮遙。夢魂慣得無拘檢，又踏楊花過謝橋。」

小翠步至房門前，凝神聽著，竟似癡了。

南疆從來也沒有這樣好聽的樂器、溫柔的曲調、旖旎的詞令，讓初聞中原詞曲的她，彷彿如聆仙樂，為之醉心。

這是多美的唱詞，多浪漫的情調啊！

可是很快的，她就從如癡如醉的夢境中清醒過來。若是以前，她一定會悠然的欣賞品評；但現在，她馬上收回心思，輕輕推開虛掩的扇門走了進去，不安的左顧右盼著，因大事當前，已全無心思留意耳目感官之樂了。

房內布置華美，陳設著各類金石古董，氣派豪奢，渾不亞於她以前的家。此間的主人，看來也很懂得享受人生。

還記得上個月前，有個人也曾對她父親作過同樣的評論，是在賞玩她家藍瓷茶杯的時候。事隔未遠，然她如今回想，竟覺得那彷彿是上輩子的事！

歌已罷，琴聲仍在。

杜紫微就坐在碧紗窗前，撫著一台雕工精細的瑤琴，在每一根弦上流暢運指，自如地操控音色的強弱緩急。

「你不是為了殷琴而來的？」他抬眸問她。

小翠再度與他對眼，心中微微一悸。他如今已不是女裝打扮，披散著一頭濃黑如墨的頭髮，穿著一襲淡金色寬大絲袍，雙目銳冷、氣概昂揚，霎時竟讓小翠有一種他很巨大的感覺。

不是外形的巨大，是氣勢上的，彷彿她面對的不是一個人，而是一座山——一座被重重雲靄遮掩，看不清面目的山。

她強自定神，道：「自然不是。她已經沒事了。」

「她沒事？」

「是，因為我救了她。」

「喔？」

「你以為我絕對解不了你的毒？」

杜紫微凝眸冷視，把頭緩緩一點。

「趙夫人中毒之後，眼神煥散，胸悶氣滯，四肢發冷，掌心與腳心泛黑。很明顯，三根毒針的毒，分別走入她陰蹻脈、沖脈，還有手少陽經。走入陰蹻脈的毒針是黑色的，走入沖脈的針是紅色的、走入手少陽經的是青色的。我捉了三隻耗子試針，第一隻耗子不住在籠子裡轉圈，片刻也靜不下來，那是幻毒；第二隻耗子中針之後全身攤軟，動也不動，那是迷毒；而第三隻耗子中針後，看上去十分正常，絲毫沒有中毒跡象，我懷疑是潛毒。

「若人同時中了兩種以上的毒物，須得從徵兆強烈的開始化解。所以我請大師兄封住趙夫人周身大穴，獨讓陰蹻脈的穴位暢行，才讓趙夫人吞服解藥，果然不久之後，藥力盡往陰蹻脈去，她手心與腳心的黑氣漸漸淡了。我依法炮製，又解了餘下兩毒。敢問杜先生，我的解法，對是不對？」

杜紫微沒想到這苗女居然頗有本事，倒也不禁詫異，惟他本料算殷琴今晚必死，不意又起變化，再想韋千里先前之所以多受折磨，也是因為她從中作梗。原本的好心情頓時一掃而空，琴聲頓停，沉聲道：「既然她沒事了，你來幹什麼？」

「我……」被問及來意，小翠一時間竟然支吾。

「如果你在外頭等了一夜，只為來向我炫耀解毒的手段，你可以走了。」他手一擺，做了個「請」的姿態。

「我——」

她不走，當然不走！只是握緊雙拳，深深吸了口氣，道：「求求你，傳授我摧仙指！」咚的一聲，話才說完，人也霍地跪了下來。

杜紫微的神情似也愣住了，過了好一會兒，才道：「你說什麼？你要學摧仙指？」由他高揚的語調，詫異的神情，就知道這話在他聽來，多麼的荒謬可笑！

「嘿！」杜紫微搖了搖頭，冷冷一笑。逕自端起身旁的蔘茶啜飲，道：「不簡單，真是不簡單！想不到你的野心這麼大，救了殷琴之後，轉頭就跑過來向我跪求絕技。」喀的一聲，茶盅擱桌的聲音清脆響亮。

「你當我是傻子嗎，平白無故，我為什麼要教你摧仙指？別忘了你還是趙家的人吶！」

小翠對他的冷嘲熱諷沒有任何反應，只是定定的望著他，道：「我不是趙家的人，只要你願意教我摧仙指，我就不是！只要你願意教我摧仙指，我甚至可以幫你做任何事，包括殺掉所有你覺得礙眼的人！」

「包括你才剛救回來的殷琴？」

「是！」她答得又快又大聲，展現鐵一般的決心。

這下子，杜紫微也不得不重新審視她了。

「為什麼？」

「因為——我有一個仇家，一個滅我苗族、毀我家園的仇家！」一憶前事，她的眼睛就像是要冒出火來。

「當時我以自己的性命，向我爹還有所有被燒死的族人發誓，今生今世，我一定會將此人碎屍萬段，以慰他們在天之靈。可是對方武功太強，我根本不是他的對手。」

「你有鐵膽莊倚靠，還有什麼仇報不了？」杜紫微語態懶淡，事不關己。

「你不知道，我那仇家並非常人，他發怒時，身上殺氣之強，簡直藏也藏不住！我雖認識他不過兩日，可也看得出來，他的武功，只怕比之趙家夫婦還高。」

杜紫微心想這樣的人物放眼武林，也屈指可數，必定是成名高手。

「他叫什麼名字？」

小翠搖頭嘆道：「我不知道。」這事令她悔恨，怎麼當時竟沒先將他銬打逼問，只是迷昏那麼仁慈！

「你覺得我比你那仇家厲害？」

「你是否比他厲害，我不清楚，卻絕對在趙家夫婦之上。」她的「厲害」指的不只是武功，更包括了心計、手段，以及陰險狡獪的秉性。

也不知道杜紫微聽出她的言外之意沒有，惟看他容色微霽，眉目舒展，似乎頗為受用。

「你過來，扶我起來。」

小翠微愣，不知道他要幹什麼，卻還是乖乖的聽話，走到他身旁。眼看就在伸手相扶之際，杜紫微以一種肉眼看不清的速度倏地出掌，確實俐落的打在她肩上。

「幹什麼……」她大驚，惟身上已經中掌，頓時不由自主的踉蹌倒退，無從稍止。退了好幾步後，方才跌坐於地，一臉錯愕。

這時，她離杜紫微莫約有七、八步的距離。

「你學過武功，可是底子並不好。」

原來，他方才只是在試她的內功與反應來著。畢竟想學摧仙指，也得要有那天份資質。

「這等水準，連進入雲城前的我也打不過。」

「你這是……什麼意思？」她有些不知所措的緩緩站起身來。

「我原是唐門弟子，十六歲時轉投雲城，四年後得城主賞識，賜學指法。你可知道這門摧仙指，我是練了幾年才竟功的？」

「我不知道。」她茫然搖頭。

「六年。」

「六年！」

「那是依我二十歲的功力來練，所以只花了六年。倘若是你，恐怕要十二年！」

小翠一聽，簡直要昏過去。她如何能等上十二年這麼久！

「只要你願意當我的手下，我是可以教你摧仙指。但，若得要花上這麼久的年月時光，你還是要學嗎？」

「我……我要學！」

就算要花上十二年、等上十二年，她還是要學，因為這很可能已是她報仇的唯一指望。

尤其，在親眼見到了地牢裡那柄被指腹生生挫成數段的名劍龍泉，至此，她還有什麼好猶豫的？摧仙指，非學不可！

杜紫微打量著她的氣韻神色半晌，方道：「好，很好，你既要學，我便遂你心意。但我教給你摧仙指，你願意給我什麼？」

小翠臉色微變，低聲道：「你想要我給什麼？」

「第一件，殷琴既是你救回來的，你就得想辦法再把她弄死。」

「她會死的，只要我不回去，她就會死。」

杜紫微眉毛一挑，「什麼意思？」

「我早已盤算好要過來找你，故在給她服下解藥時，偷偷在水裡放了金蠶蠱卵。蠱卵寄生在人體內，七天後就會孵化，如果我不回去讓她吃下殺死幼蟲的解藥，等到幼蟲長成成蠱，她自會被金蠶噬心而死。」

杜紫微聞言，立時恍然，輕笑道：「相對的，若我不教你摧仙指，你也不會有太大的損失。七天後待殷琴毒發，你可以再救她一次，如此一來，她便欠了你天大人情，屆時不管你有什麼要求，她都會答應你。」

「那你就錯了，她其實很討厭我。」這話另藏玄機，但她不給杜紫微問下去的機會，即又道：「總之我跟你保證，趙夫人絕對活不過十天之後，你只管放心。」

杜紫微點了點頭，道：「果然有幾分聰明。似你這樣的人物，待在鐵膽莊裡，未免埋沒了。你若肯好好跟著我，盡心伺候，我總有提拔你的時候。」

「多謝天王賞識，小翠但憑天王驅策，絕不言悔。」

「口說無憑，何不這就展露決心，讓我瞧瞧？」

「天王的意思是……」

「脫衣服，現在。」

小翠一震。她知道杜紫微喜歡招惹女人，早就想到極可能要經歷這一關，只是想不到居然來得這麼快。

「不肯嗎？」

「誰說的？我自然肯！」她的眼神彷彿在說：只要能夠報仇，別說是肉體了，就算是出賣靈魂，她也願意。

杜紫微單手支頤，一付準備欣賞好戲的姿態。

小翠話雖說得強硬，雙頰卻是一路燒紅到耳根，低下頭來，身子微顫，緩緩解開了腰帶、裙繫、上衣……

「肚兜跟褻褲也要脫乾淨，知道嗎？」他在她解開肚兜繫繩遲疑的剎那，好心提醒。

「是。」小翠低頭答應，根本不敢看他。

她的手在顫抖，她本是高高在上，飽受尊榮的苗族公主，如今竟然……

素白的肚兜落在地上，彷彿有千鈞那麼重。

這一刻，房間陡地陷入詭異的沉靜裡。

她全身僵硬，一動也不敢動，甚至不敢想像杜紫微正用著什麼樣的眼神，細細打量自己的身體。

半晌，只聽他道：「你喜歡趙劍飛，對吧？」

忽然，小翠羞紅的血色一下子退得乾乾淨淨，抬頭用著詫異的眼光問向他：為什麼你會知道？為什麼你要故意挑這種時候說出來？

杜紫微輕笑道：「看來我猜對了。那時瞧見你看他的眼神，就覺得不尋常。」那是一種全神關切愛人的眼光，他也常被女人用那種眼光看待，自是知之甚詳。一會兒道：

「好了，我看見你的誠意與決心了，把衣服穿起來吧！」這並不表示他就放過小翠了，來日方長呢！他昨天已很澈底的縱情雲雨，所以現在無此興致。

小翠如逢大赦的轉過身子，一件件穿回連她自己也不知道是怎麼脫下來的衣裙內裡。

杜紫微又道：「真奇怪了，你到底看上趙劍飛那一點？莫不是你家破人亡後無依無靠，連雞肋也當成了寶貝？」

「他不是雞肋！」小翠把腰帶繫好，轉身時的氣勢彷彿在捍衛著什麼。「他是我在落魄之際所遇過的，最寬厚最善良的人。他比你強十倍！」

若是從前，雷翠絕不會說出這樣的話。以前的她，只會喜歡沈冰、上官夜天，當然也包括了眼前的杜紫微，這類挺拔體面的美男子。

可是現在……

果然，經歷了滄桑巨變，人多少都會變的。

杜紫微的臉色馬上沉了下來，他從來也沒被女人這般輕賤過！

他用一種比冰塊還冷的聲音道：「如果你捨不得他，你可以回鐵膽莊去。」

小翠知道自己一時口快，說錯了話，忙忍著氣，斂顏道：「對不起，我把方才的話收回去，請您別跟我這等南蠻女子一般見識。」為了求杜紫微原諒，她竟不惜自稱為「南蠻女子」，可知她已把尊嚴下放到了何等地步！

但杜紫微仍不願就此輕饒，正準備開口訓斥之際，忽聽門外有人道：「紫微，我可以進來嗎？石舵主有封密件要給你。」是方素霞的聲音。

由於扇門是虛掩的，故方素霞不待他答應，逕自推門而入。

這一進來，不禁錯愕，房裡不但多出了一名女人，且這女人竟還是——

「小翠！你、你、你……怎會在這裡？」

杜紫微也不怕她看見，自若道：「從現在開始，她就是我的部下。」即將手伸出來，問道：「石舵主有什麼密件給我？怎不自己拿來？」

方素霞刷白著臉，拿出一封信函給他，道：「我過來找你的時候，恰好看見他拿這個要給你，就順道替他拿來了。」她說話的時候，眼睛眨也不眨的看著小翠，小翠也一樣定定的看著她。

這下子事情已很清楚，方素霞就是引路的內賊。那些黑衣人沒驚動到任何護院，順利地潛入校場，又順利的全身而退，顯然就是她將鐵膽莊的路徑地圖，毫無保留的出賣掉了。

好！很好！她若碰不著她也就罷了，既然碰上了……

說來矛盾，她自己雖也叛離鐵膽莊，然見他人向敵，亦不禁頓生忿懣不平之心。

小翠就那樣陰沉的瞪著方素霞，看得她心裡發寒。方素霞不知道她為什麼要這樣看著自己，卻像是心虛著什麼，怯懦地避開她眼光，不敢多問。

杜紫微早已把信封撕開，不過一張極簡單的字條，惟看時卻皺起了眉來。上頭寫著：

杜天王：

若已救出韋天王，請速至益陽定音城。

少城主

杜紫微看罷，心道：「奇了，他才剛從南疆回來，又去定音城做什麼？要我速去，難道他還能遇上了什麼麻煩？等等，該不會——」他像忽然想起什麼事似的，看向小翠，問：「你那仇家，是不是一個莫約二十五歲，神情冷漠，身材高挑的年輕人？」

小翠倒抽口氣：「你認識他?!」

杜紫微猛地雙掌相擊，縱聲大笑——天底下竟有如此巧合之事！

「哈哈哈哈……我怎麼不認識他？他，正是我這世上唯一妒忌之人！」杜紫微眼神犀利閃爍，透著一種奸狡邪惡之色。

不想似他這般溫文若君子，燦雅如美玉一般的人物，居然也會有嫉妒的對象！

如是，他究竟嫉妒上官夜天什麼呢？

第十一回　江南劍少

「我掌上唯一的明珠，就交給你了！」沈幽燕做此決定，還不單是為著全族大計，哪怕不為結盟，涂爾聰也是個無從挑剔的女婿人選。

白布輕覆，官府的人將今早發現的屍身抬往義莊，讓仵作驗屍。

這已經是定音城從上個月來發現的第七具屍體了！

圍觀的居民們交頭接耳，議論紛紛，眼神流洩著恐懼的情緒。

第七具屍體跟前六具的死相一模一樣：雙眼翻白，七竅出血，然而全身上下卻找不到任何傷口！

定音城從來也沒發生過這麼邪門的事情，因為這裡是南武林第一大派白馬堂坐鎮的地方。

誰在定音城鬧事，誰就是在挑釁白馬堂！

別說是黑道上的邪道妖流未敢染指，就連一般的強豪劣紳、地痞流氓，也不敢恣意欺負良善，魚肉百姓。

因為白馬堂在這裡，代表著一股伸張正義的絕對勢力，比官府還威風。

可是，從上個月開始，白馬堂的威風已然開始減色，就從那些死相詭異，而又完全驗不出死因的屍體開始……

＊　◆　＊

「晴兒，想不到你原是住在這麼熱鬧的都城裡！」

沈冰是第一次來到秋晴的家鄉——定音城。

他從來也沒見過這樣的城鎮，街道齊整，白橋青瓦，水路縱橫。人人穿著薄短紗衫，舉止斯文、步履從容，較之南疆，更多了一股靈秀風流的氣韻。秋晴生於斯長於斯，也就難怪這般雅致出挑了。

一會兒四人行過一座寬大石橋，只見橋下水道小船來往，兩側岸邊許多小販叫賣魚蝦，看去肥美可口，端的是物產豐饒；到了市集，更有許多從未看過的玩意，攤販賣的東西稀奇別致就不說了，還有當街耍槍賣藝的精彩表演、茶樓前說書人編製的好聽故事；至於吃的更多，湯包、削麵、千層糕、豆腐花……哪一樣是南疆有的？光聞香氣，就讓人食指大動。

與他一樣好奇張望的，還有沈菱，看見一柱招搖顯眼的糖葫蘆迎面而來，立刻驚奇問道：「這什麼東西？」眼睛眨也不眨，彷彿從來也沒見過這麼豔紅特別的小食。

「姑娘，這糖葫蘆是用上好的甜棗做的，很甜很好吃喔！」小販笑道。

「給我兩串。」秋晴不待沈菱開口，已先拿出四文錢給小販。小販稱謝，取出兩串糖葫蘆，秋晴即接過來遞給沈家兄妹。

「吃看看，味道不錯。」她頰上漾著淺淺的微笑，就像個溫柔慈靄的姊姊。

「咳，阿晴，怎麼就他們有好吃的，我的份呢？」同行的沈幽燕佯怒地沉臉道。

秋晴信以為真，臉上閃過一絲尷尬，忙道：「爹，您一向不愛甜食，所以我才沒買您的。您要吃的話，我馬上再幫您買去！」

沈幽燕見她急著拿出荷包，笑道：「別忙、別忙！我跟你開開玩笑，別緊張。」

看到向來沉穩深細的秋晴，難得露出不知所措的窘態，沈家兄妹忍不住笑將出來。

這一行四人，言笑晏晏，就像是一家人，實則，他們也真的是一家人了！

怪不得秋晴看起來，渾身上下都散發著幸福的微光，神情溫婉，舉措輕柔，顰笑間更透著一種難以形容的韻致嫵媚。

而今的她，不管是什麼女人見了，都會想變得跟她一樣；不管是什麼男人看了，都會想把她娶回家。

原來就在苗族大寨失火後，沈冰跟秋晴也完成了他們的終身大事。

這是他們老早就訂好的婚期，儘管大寨失火一事引發南疆各部族不小的騷動，可是他們仍不因此而改變任何決定——

苗族受到重創那是苗族的事，跟魏蘭沒有任何關係。

所以婚禮如期舉行了。

然而當日的熱鬧景況，連他們自己也料想不到。

前來送禮祝賀的，除了平時跟魏蘭交好的部族，也包括不少原是服膺苗族的部落領袖。這無疑意味著，在南疆各族的心中，皆已預算未來的南疆霸主，就只有沈幽燕一人了，除他外再無旁人堪配。

沈幽燕雖然也嗅到其中意味，可是他並不開心，他實在不知道該如何開心。

他老早便巴不得能脫離苗族的控制，也一直勵精圖治，使魏蘭自立自強。可他當真從未想過，等到苗族終於傾覆，還未曾安穩度日，另一股更強大的威脅竟已隨之迫來！

沈幽燕私下與好友翟抱荊商量之後，決定聯合其他勢力一同抵抗雲城。惟具有這等實力的盟友並不多，再考慮地利之便，唯一能選擇的對象，只有座於定音城的白馬堂了。

正好秋晴不但是定音人士，與白馬堂少堂主涂爾聰還是青梅竹馬，得知魏蘭極可能已被雲城盯上，很是樂意居中牽線，先行託人捎信到涂家。

所以，他們一家四口絕不是來遊山玩水；遊山玩水的表像下，沈幽燕肩負著極重大的任務。

秋晴領著眾人走向東城門，城門口已有涂家的僕役及車馬前來接應。

車子是雙馬駕轅，車內鋪著竹席，坐起來沁涼透膚，迎著窗外涼風，暑熱頓消。

沈幽燕不禁讚道：「阿晴，你這位朋友很是體貼人意啊！」

秋晴微微一笑，道：「涂爾聰待人接物向來如此，九大派間曾有言：『九龍之後，涂家最秀』。等會兒您見到他，自然就知道了。」

那駕車的車夫年紀雖輕，駕車的技術卻甚是精熟，一路不疾不徐，四平八穩的將人直送至郊外山丘上的一處廣廈。

那廣廈規模當真寬闊得驚人，門口兩旁的石獸不是常見的獅子，而是奔昂白馬，從白馬座處向左右兩邊望去，外圍的石牆竟不見盡頭！

若說這處山丘就是白馬堂，白馬堂就是這處山丘，一點也不誇張。

朱門是大開的，似乎主人早已等著貴客上門。

沈冰不禁道：「好驚人的家業，真不愧是南武林第一劍派！」

秋晴道：「中原九大派除了天龍會，就數白馬堂最為殷富。涂家與司空家是妻舅姻親，盟主司空淵上頭的四個姊姊，全都嫁與王侯將門，算是半個朝廷親貴。涂家則是靠鏢局發跡，祖上三代皆是經營此道，至今在南武林已有二十多個武館跟鏢局……」

說話間，四人也已走了進去，眼前所見，又是一派宜人風光。只見前庭鋪著一道蜿蜒迴折的青磚石路，兩旁梅樹成林，垂掛著纍纍黃梅，鮮妍飽滿，迎風時拂面來的全是梅子清香，令人胸懷舒暢。

沈菱仰望著梅樹，不自覺地漾起笑容。她向來喜歡自然山水的花花草草，何況這些梅樹又生得極好，若不是別人的地方，她早爬到樹上採收，將之做成醃梅或梅酒了。

四人除秋晴外，從未見過這般景色，都不禁出言讚賞起來。過得一會，見青磚石路旁又接著一條碎白石子岔路，直通往一間大屋子。沈菱一向喜歡走捷徑小路，遂笑道：「哥哥，你走大路，我走小路，看誰先走到屋子！」說完逕自快步而去。沈幽燕朗聲道：「小心腳下，別摔著了！」

沈菱孩子心性，一意要跟沈冰爭勝，走得步伐更加快了。轉眼將至梅林盡頭，只見樹影遮掩間，中庭卻有座白石雕像，她心想此地如何會置有雕像？又會是何人雕像？好奇心起，立刻上前一看究竟。

其實並沒什麼特別，就只是一個手持長劍，衣袂翩翩的男子雕像，只不過其一臉的正氣凜然、周身的英武手采，確是雕琢得分外傳神，栩然如生，教人瞧見，一時間難將目光移開。

沈菱瞧一陣子，喃喃地脫口道：「這是誰的雕像，難道是白馬堂的堂主？」她本是自言自語，不料居然有人搭腔：

「不，那不是我爹的雕像。它是蕭朗。」

聲調雖然溫和，仍把她嚇了一跳，循聲望去，立見前方石階上頭站著一名背倚門樞，雙臂交叉於胸前的年輕男子，正瞧著她。

說話的顯然就是這個人了。

沈菱一向怕生，頓時尷窘得不知該如何應對，轉頭看父親等人還未走來，只好愣愣的看向對方，細聲問道：「你是誰？——啊，你是秋晴的朋友？」

男子莞爾一笑，緩緩走來沈菱面前，抱拳道：「敝人正是涂爾聰。幸會，沈小姐。」他神態親切，措詞有禮，舉動間散發著一種超俗親和之氣，就連沈菱這樣沒見過世面的，也隱隱覺得此人不凡。

雖然，他不過穿著一套半舊不新的淡黃長衫，頭上也未整冠，只隨便用繩子將頭髮束在腦後，一派率意隨性的作風。可這樣平凡無奇的著裝打扮，仍絲毫遮掩不了他澄亮眼眸裡所蘊含的內斂、睿智、凝定。

「幸、幸會。」只怯怯說了這兩個字，沈菱已微低下頭來，有些緊張的絞著手指，不知道要說什麼。

好在這個時候，沈幽燕一行人也已到了。

三人的目光先是落於那尊石像，接著是沈菱，然後就是涂爾聰了。

秋晴先打招呼，微笑道：「好久不見了。」涂爾聰也友善的點頭回應。

沈幽燕跟沈冰眼中則閃過幾分訝異：白馬堂的少堂主居然是這麼樣的一個人！

人，其實是可以貌相的。

所貌者不是皮相美醜，而該是眼神、情態，以及氣度。

若論皮相，很少有男子可以比沈冰還好看。他的眼睛又圓又大，眼皮又深又長，連睫毛都又濃又黑。

這是何等多情的一雙眼睛啊！

在魏蘭，甚至沒有少女可以抵擋他的凝眸一笑。

可是這麼俊秀的男子如今跟涂爾聰一比，氣度完全被比了下去。

明明兩個人看上去差不多年紀，都是二十幾歲的青年才俊，可是沈冰看來卻似比涂爾聰小了好幾歲，無論如何也摹學不來那份出於天成的沉穩持重，格局大器。

在場唯一可稍比肩的，只有沈幽燕——然而沈幽燕比他大了近二十歲！

沈幽燕第一次看見這樣與眾不同的後輩。上官夜天的銳氣凌發固然讓人印象深刻，似也有所不及。

秋晴道：「爹，這位就是涂少堂主。」轉頭又道：「爾聰，這是魏蘭沈族長，這是外子沈冰……」她臉上微紅，最後道：「這是沈菱。」

涂爾聰雖為江南第一大派的少堂主，但是全身上下完全嗅不到半分驕氣，臉上始終帶著十分和氣的微笑，目光逐一在每人臉上照過，並點頭示意。

「各位遠道而來，一路辛苦。裡頭已備好酒菜，請。」涂爾聰展臂相邀，眾人隨之步入其間。

這廳堂的布置也跟整座莊院一樣，只是乾淨雅潔，沒半分豪奢布置，似乎此間的主人完全不在意這些彰顯地位的身外之物。唯獨桌上的酒菜極好，都是當季最肥美的河鮮，烹調講究，香氣四溢，引人垂涎。

然而更教人覺得妥貼的，還是涂爾聰的態度。

這趟江南之行表面上是秋晴返鄉訪友，實則是魏蘭有求於人，可是涂爾聰始終一派謙厚，毫無慢色，既與秋晴敘別後之事，又同沈家父子暢談武林近況。應答圓融得體，恰如其分的拿捏言談分寸。

可儘管他已如此周到，沈幽燕的微笑看起來仍帶著三分勉強：畢竟，他可不是為了吃這頓河鮮才大老遠的從南疆過來。雖一直想切入正事，卻不知該從何挑起話頭，再者有些事情，他也並不想讓最寵愛的女兒知道太多。

他只願看她歡笑，讓她的心靈永遠快樂純樸，不知紅塵煩惱。

過得半個時辰，大夥兒都已酒足飯飽。撤席之後，秋晴似與沈幽燕心意相通，說要帶沈家兄妹到外頭見識見識，便把廳堂留給了沈、涂二人。

三人離開之後，廳堂的氣氛陡地不同。

「唉。」沈幽燕啜了一口西湖龍井，將瓷杯擱在几上，忍不住輕聲嘆息，再不掩飾內心憂慮。

「沈族長是為了雲城心煩嗎？」涂爾聰嘴角微勾，索性也把話說開。

「雲城如今掌握了整個西武林，無人敢逆其鋒，誰能不為它心煩？」意即雲城勢力之壯、野心之大，九大派亦不可能置身事外。

涂爾聰於此也認得乾脆，點頭道：

「雲城這些年確實是愈來愈囂張了！不到十年，中原九派中的四山派已經式微，再這麼下去，也不知道剩下的『一會一堂三莊』，還能支撐多久？」

「在下雖遠居南疆，亦聽聞貴派的勢力幾乎掌握了半個南武林，若再兼同其他四派的高手，還愁制不了雲城嗎？」

涂爾聰苦笑道：「不瞞沈族長，秦始皇如何吞併六國，遲早雲城就怎麼消滅餘下的五派。不怕閣下取笑，五派的武功雖高，畢竟不能一心，別的不說，就說我跟我舅舅司空淵，可就不太合拍呢！」

沈幽燕聞言一愣，礙於對方家私，不便多問，乾笑道：「少堂主說笑了。」

涂爾聰嘴角揚起習慣性的微笑，不多作解釋，接著道：「秋晴在信上提到，沈族長似乎是收留了一名多年前從雲城出逃的叛徒，這才顧忌雲城用兵。難道族長沒想過索性把那位翟先生交出去，此事不正一了百了嗎？」

沈幽燕緩緩搖頭，道：「這等動念，沈某連想也未曾想過。」

「這是為什麼？」

「翟先生不但是魏蘭的軍師，也是沈某最好的朋友。沈某不會出賣部下，更不會出賣朋友。若是，今日也不會大老遠的前來求助貴派了。」

終究，涂爾聰還是讓沈幽燕老老實實的說出來意了。

「嗯，這倒也是。」涂爾聰點頭道：「賣友求安，原非大丈夫所為，沈族長果然仗義不屈，惟白馬堂近日亦逢大敵，此刻只怕自顧不暇。」
沈幽燕一聽，心已沉了下去。
「除非——」他眸光一閃，「在魏蘭城左近，讓我白馬堂設立分堂，從此兩派同盟，齊心抗敵。沈族長以為如何？」
沈幽燕臉色有些驚訝，彷彿想不到對方居然會開出如此教人為難的條件，沉聲道：「聽少堂主言下之意，是要與魏蘭一同瓜分南疆了？」
涂爾聰自是看出了沈幽燕眼底的怒意，卻是淡淡一笑，道：
「我以為，就算不把翟先生的因素算在裡頭，雲城遲早也會找上魏蘭。沈族長可知道原因？」
「閣下有話便說吧。」
「衡山以西，就屬四川、陝西跟山西，是雲城勢力滲透得最徹底的三個省份，若他們要再進一步拓展版圖，就只剩下雲、貴兩省了，尤其貴州緊臨湖南，更佔地利之便。如果我是那上官驪，滅了苗族之後，索性就連魏蘭也一起滅了，把整塊南疆納入掌中。」
沈幽燕頗不以為然，道：「但上官驪沒這麼做。」
涂爾聰道：「這是因為上官驪如今忙著應付比這更要緊的事情，等他忙完之後，一定會再把心思拉回南疆。魏蘭是逃不了的。」
沈幽燕不解：「什麼意思？」
「在下施了一點計謀，讓鐵膽莊擒住了雲城四天王之一的韋千里，想必上官驪為了救人，現在也頗費躊躇吧。」涂爾聰從容的啜飲茶湯，眼神頗見三分快意。
沈幽燕則像是發現了這年輕人的另一面似的，不禁更加著意端詳。

來此之前秋晴跟他提過，這個涂爾聰是她從小認識的朋友，親和沉穩，處事周到，但在沈幽燕看來，此人恐怕不只這麼簡單。聽其言下之意顯是暗示，魏蘭夾於雲城於白馬堂間，遲早要臣服於一方，既然無法保有自主性，何不趁還有談判籌碼的時候早作選擇？

果聽他道：「實不相瞞——」涂爾聰的臉色忽然嚴肅起來：「在下打算讓白馬堂脫離九大派，形成武林的第三勢力，與天龍會、雲城鼎足而立。」

沈幽燕心中一凜：「此人果真野心非小！」

「這等盤算，閣下何必跟我說？」

「因為江西、福建、兩廣、湖南五省，都已有白馬堂的據點跟人馬，與當地官府的關係也都很好，但在下若想把雲貴兩省也納入版圖，實非得靠族長成全不可！」

「這——」

「我雖讓白馬堂的勢力伸入南疆，卻不會干預魏蘭城的事務。可若換作上官驪——您應該也聞說過他滅幫併派的手段，可不是一般人招惹得起的。」

沈幽燕當然知道雲城厲害，因為苗族就是借鏡。

「沈族長不妨仔細考慮其中的利害得失，白馬堂不會讓閣下吃虧的。」

沈幽燕沉吟良久，嘆了口氣。這樣一來，情勢便跟原先沒有兩樣了，只是苗族換成了白馬堂，魏蘭始終是屈於人下。

「白馬堂的武功遠勝魏蘭，為了魏蘭的安全，我需要一個保證。」終究，沈幽燕還是不得不接受涂爾聰的條件。受制於人，總好過全族遭滅。

涂爾聰微微笑了，「族長要什麼保證？」

「我要聯婚。」

涂爾聰聞言，低頭沉思。這聯婚之策，原就是各方勢力取得友好互信的最佳做法，九大派間亦如是，可是，雙邊卻是誰跟誰要聯婚呢？

他雖還有兩個妹妹雲英未嫁，可惜沈冰已經成親，如此一來——

「您要我娶沈姑娘，當沈家女婿？」

沈幽燕搖頭：「不，阿菱是我最疼愛的女兒，我捨不得她嫁到外地。是我自己要來聯這個姻。」

涂爾聰沒想到他貴為族長，居然要親自聯姻，當即微微一愣，但又想他年方四十，春秋鼎盛，不但貴為一方霸主，而且喪妻多年未娶。若是他要聯姻，那麼涂家的女子嫁去，就是現成的族長夫人了！這樣的安排可比原先預想的還好，可惜——

「沈先生雖可聯姻，涂家卻沒有可以嫁過去的。家姊已經出嫁，大妹已許了人家，而么妹才剛過十六歲生日，她的年齡跟沈先生差得太多，不是良配。目下涂家能跟沈家聯姻的，只有區區了。」

「是嗎？」沈幽燕雙眉微蹙，陷入躊躇。

「君子結盟，說話算話，本不必靠聯婚取信。若然您真的捨不下沈姑娘，也不必勉強。」

「話雖如此，但不聯婚，我心難安。這事可否讓我考慮幾天？」

涂爾聰不置可否，心裡卻怕夜長夢多，盼能早些定下，便道：「在下以為，比起家族遭戮、門派被滅，個人的終身大事，實在微不足道。」

沈幽燕聽他語音有異，不禁凝神細聽。

「沈族長莫看白馬堂如今為湖南第一劍派，蜚聲武林，可知在二十五年前，並不似今日風光。當年九大派招惹了一個武林魔頭，門派險遭覆滅，就連家舅回思此劫，心下猶有餘悸。」

沈幽燕詫道：「有這等事？這魔頭是誰？」

「此人比上官驪還更邪惡可怕，姓孔名聖，統管南海一座名喚悲聲的小島。」

「莫不是傳說中，那個專吸取武者內功，令人聞之喪膽的悲聲島主？」這場武林浩劫，他曾聽翟抱荊說過。

涂爾聰點頭道：「不錯，正是此人！」

儘管事過二十餘年，悲聲島主之名，在南武林仍很少有人沒聽說過。

因為在數百年武林史上，從來也沒人像他這樣，以一種毀天滅地的暴君氣燄，恣肆擾亂南武林的秩序平衡。若不是天可憐見，降世一名劍法高超的少年英雄挺身誅邪，傷亡慘亂的景況，只怕還會橫越江北。

「孔聖武藝蓋世，計畫要做整個武林的帝王。九大派中，就屬白馬堂位置最南，與悲聲島地緣最近，理所當然就成了他殺雞儆猴的目標。」

「莫非九大派共同出手，也擋不了他？」

「擋不了他。」涂爾聰搖頭。「當時白馬堂原本有五十名弟子，二百名門人，竟給殺得只剩下二十名弟子，五十名門人，幾乎快翻覆無存。就是家父家母，也險些無法全身而退！」

涂爾聰話到此處，身子微微一悸，只因，這實在是一場讓人終身難忘的悲劇！

「無奈的是，悲聲島雖成過往，雲城卻在這十幾年來大肆拓張，搜羅各地高手，挑明與九大派為敵。我實不願當年滅派之事再度重演，因此，只要是為了白馬堂的前途著想，做什麼事我都願意。」

說到此處，他凝眸看向沈幽燕，道：「我向族長提起這段往事，族長可明白我的意思？」

沈幽燕是聰明人，如何還聽不出言外之意：他是少堂主，都可以為了門派義無反顧，何況自己身為一族領袖，公私之間如何抉擇，已不必旁人多言。他微微頷首，打量的眼神也不同了。不想這涂爾聰雖然年輕，卻胸懷大志、思慮深遠，比沈冰還強上十倍！

「我明白了。」沈幽燕釋然一笑。他笑，不單是因為豁然開朗，更因為他發覺涂爾聰很可能就是世上最好的丈夫、最好的女婿。試問，他上哪兒再找到這般談吐不凡、讓人心折的名門公子？就是他自己年少之時，也有所不及。

「我掌上唯一的明珠，就交給你了！」沈幽燕做此決定，還不單是為著全族大計，哪怕不為結盟，涂爾聰也是個無從挑剔的女婿人選。

涂爾聰報以一笑，道：「族長深明大義。今後在下必盡全力，護衛魏蘭周全。」

雙方聯姻之事，就此說定。

就在兩人舉杯互敬之際，一名弟子匆匆而入，慌張抱拳道：「少堂主，出事了！」

「這裡沒有外人，有話直說。」如今，沈幽燕可是他的準岳父了。

沈幽燕捋著鬍鬚，微笑頷首。

弟子道：「有人來堂裡找麻煩，夫人請您快過去一趟。」

「誰找麻煩？」

「是成思理為了修棧道的事情，又上門來理論。」

「有娘在，還打發不了他嗎？」

「成思理帶了一名厲害角色，好像是他們的少城主，連夫人也應付不來。」

「上官夜天?!」兩個人異口同聲。

第十二回　迴燕嶺

最後，他總算是凝視了沈菱一眼，才又轉身而去，心想如果他是那色魔，可不會放過她。

原來秋晴帶沈家人去的莊園，不是白馬堂，而是涂家的家宅。

真正的白馬堂在定音城裡的東街街口，極熱鬧菁華的地段上。

今個兒所有打這裡經過的行人，都忍不住朝白馬堂好奇張望，因為外頭站著二十名黃襟黑衣的配劍武人，以特定的陣式包圍大門，面向大街，凝立如石像。一看即知，這是有人上門找麻煩！問題是，誰敢找白馬堂的麻煩？

堂外已然如此肅殺，堂內的情況更是可想而知。

大廳之中，堂上東側的太師椅坐著一名中年婦人，一身銀絲鏽邊的杏黃綢衫，容貌素雅，端莊華貴，正蹙眉看著一名坐在西側，悠然品茗的年輕人。

雖然，這個年輕人實在是長得非常好看，微側的臉部線條完美如雕刻，劍眉下的眸子黑如墨、亮如星，意態從容，帶著一種低調卻超然的自信。相信這樣的人物不管走到哪裡，都必定是人所注目的焦點。

可是司空雪卻實在是很不想看到他。

因為這個年輕人身上散發的強烈氣燄，冷銳張狂，彷彿冰刀，令人坐立難安。

明明，她身為白馬堂的堂主夫人、九大派領袖司空淵的妹妹，江湖上黑白兩道的人物誰碰上她，都要敬畏三分；可這個年輕人擺明不將她放在眼裡，在她的地方、她的身邊，眼底眉梢居然還如此輕慢悠哉，隨意打量四下，簡直欺人太甚！

「夫人，令郎好慢。他做事情都是這樣拖拖拉拉的嗎？」飲過香茗，他隨意將茶盅喀的一聲放在几上。

司空雪惱道：「上官夜天，說話客氣點，我兒子還輪不到你來批評！」

「我沒有批評令郎的意思，只是他確實讓我等得有些太久。雲城事務繁多，我可不能在貴派身上耗費太多時間。」話一說完，他彷彿感應到了什麼，霍地朝門口一望。

門口其實也沒什麼，不過就是走來一個跟他年紀相若的黃衣男子。特別的是，黃衣男子雖是用「走」的樣子進來，可是從大門穿過前庭，再由前庭步入廳堂的速度，快得讓人以為他是在飛。

「爾聰，你可來了！」司空雪總算舒了口氣。

上官夜天神情仍然淡冷，惟眼睛卻不由自主的亮了起來，心道：「好個漂亮俐落的身法！」貌似從容，實則迅速，正是步法的高段境界。

他立時細看起涂爾聰，涂爾聰也毫不閃躲的迎上他眼光。雖然上官夜天旁邊還站著舵主成思理，涂爾聰卻連看也不看。

「殺神」與「江南第一劍少」，黑白兩道最拔尖的人物，今日終於是對上了。

雲城長年來對於九大派的厲害角色，均仔細監視調查，而這些相關資料，通通都儲在上官夜天的腦子裡。對於涂爾聰，自是早有耳聞：

八歲習畢「小流圓劍」，是九大派中最小的修練者。

十二歲學成「翻燕步」，已可飛簷走壁，奔行百里。

十四歲於中秋劍會的第三代弟子賽場奪冠，打敗司空淵的大弟子——十七歲的鄭丹。

十六歲時已殺了超過十名江湖上頗有威名的惡徒。

十八歲時父親涂松巖練功走火入魔，數月後逝世，便開始一肩扛下白馬堂事務，與高出他一輩的伯叔姨舅們共商「滅雲大計」。

直到現在，上官夜天親見此人，明明身懷絕藝，卻難得如此樸質沉穩、不卑不亢，實不得不承認上官驪曾說過的：「此人心性穎慧，是九大派除了司空淵外，最不能漏算的人物。」

「閣下想必是上官公子了？」涂爾聰先開口。

「是，我就是上官夜天。」他應聲站了起來。

「我是涂爾聰。」

「幸會。」

涂爾聰連一絲笑容都不給，冷聲道：「我不曉得跟『殺神』碰頭，有什麼好幸會的。閣下來訪寒舍，究竟有何指教？」

上官夜天見他敵意明顯，索性也免了這些客套話，直接道：「很簡單，雲城要在迴燕嶺西側修築通往北山的棧道，以便利雙邊往來，還請貴派高抬貴手，勿再強加阻撓。」

迴燕嶺是定音城東北邊的一座山嶺，林樹繁茂，濃蔭涼爽。由於每年秋冬，都會有成千上萬的燕子南渡而來，逗留至春夏才北返，故得此名。

涂爾聰道：「這是什麼話？迴燕嶺原就是涂家的基業，本就有權處置外人堆放在上頭的所有事物；若要再做得絕一點，禁止任何人踏上山頭，也無不可。」

「喔？」上官夜天的表情就像涂爾聰說了什麼笑話。「據我部下調查，迴燕嶺原是涂家的地方不錯，然而在二十五年前，早就獻給了悲聲島主，不知是也不是？」

司空雪跟涂爾聰聽了這話，臉皮都不禁微微抽動了一下。上官夜天所說，正是他們最不願重提，亦最想遺忘的不堪往事。

只要想到當年一個威懾南武林的堂堂大派，竟給孔聖那妖邪霸凌到如斯狼狽境地，便不由得既痛且窘，尷尬萬分。

涂爾聰其時雖未出生，但從父母的言談中遙想當年景況，亦甚覺悽愴。連忙要帶過此事，便道：「是又怎麼？悲聲島主既死，迴燕嶺自當歸還涂家。」

上官夜天聞言，不禁莞爾一笑。

涂爾聰反感那笑容，揚眉反問：「不對嗎？」

「涂公子這話，也未免太過想當然爾了。閣下須明白，當年貴派是把迴燕嶺『獻』給悲聲島主，可不是被搶劫。比方說……」上官夜天目光緩緩掃向成舵主，道：「比方說成舵主身上那件護身寶甲，是蛟海幫李幫主去年端陽節送給他的禮物，依你的說法，萬一哪天成舵主出了事，難道這寶甲便又算作是李幫主的事物了？連以前送禮給成舵主的朋友，都可以一件件再收禮回來？呵，天底下好像沒有這種道理。」

他振振有詞的舉例言說，涂爾聰雖知其狡辯，一時間也不好反駁。立時了悟雲城乃是對修築棧道一事勢在必行，才扯來這些陳年舊事，以擠兌白馬堂對迴燕領的所有權。

涂爾聰道：「江湖上誰都知道，當年孔聖乃是以武力威逼南武林大小門派，因此各派投誠，原非真心……」

上官夜天插道：「世上之事若要考較這許多，可真是沒完沒了。我只問閣下一句：按世情，東西送出去後，到底跟自己還有沒有干係？」

涂爾聰聽此問話，就知道對方接下來會如何藉題發揮，一時間卻無辭可對。

上官夜天冷笑一下，道：「看來涂公子果真心虛，連這麼簡單的問題都答不上來。那麼我便教教閣下，論世情，禮物送出後就跟自己沒有關係了，全隨受禮者隨意處置，所以悲聲島主死後，迴燕嶺就是無主之地。這樣二位可聽明白了？」

「簡直強詞奪理！孔聖當年是拿著南武林的人命逼本派交出迴燕嶺，家父迫於無奈，才萬不得已將之獻出，說好聽些是呈獻，惟事實上就是遭人豪奪強取。你以為你混淆舊事，倒因為果，就能折服我們？笑話！」

上官夜天見他眉宇間漸顯怒色，卻未隨之動氣，只是淡淡道：「既然閣下這麼理直氣壯，堅持迴燕嶺是涂家的地方，不知方不方便拿出地契，讓我見識見識？」

涂爾聰跟司空雪聞言都是一怔，母子互望一眼，神情就像是被戳到了要害。

「怎麼，口口聲聲說迴燕嶺是你家的，卻拿不出地契來？」

「地契自然是在當年給了悲聲島主，後來他被蕭朗所殺，我們始終沒有機會拿回來……」

「哼。」上官夜天又是一聲冷笑，道：「怪不得涂公子老說當年白馬堂被悲聲島欺負得多慘，原來是想以此為由頭。反正悲聲門人早就亡盡死絕，無人可以對證，隨你們愛怎麼說都行，卻想用這等藉口打發我，嘿，真當我是傻子嗎？」

「上官夜天，你以為你在誰的地方？仔細你的口氣！」

「不客氣又如何？現在拿不出地據又想吞佔山嶺的，可是貴派！」

司空雪素來溫婉敦厚，如今聽了這話，忍不住也動了氣，沉臉道：「就算迴燕嶺是無主之地，也不是雲城的地方，你們又憑什麼在山上動工了？」

上官夜天搖著頭，冷笑道：「好個白馬堂，你們已經霸佔了迴燕嶺二十五年，竟還容不得雲城修築一條小小棧道嗎？」

「你──！」

「我看我們來打個賭注如何？」上官夜天不再理會司空雪，只看著涂爾聰。

「什麼賭注？」

「定音城近來好像出現了色魔。」

「不是色魔，是殺人魔。」

「是色魔，也是殺人魔。從上個月初開始，定音城每隔幾天就會出現死因不明，七竅出血的屍體；但閣下恐怕還不知道，城裡還失蹤了四個模樣不差的姑娘。」

涂爾聰聞言一愣，這個他可就未曾聽說了。

「一個是醉香閣的紅牌姑娘月華，一個是西街劉員外的閨女，最後兩個，則是益陽分舵裡最具姿色的雙生婢女。」

涂爾聰略為一想，也不禁覺得事情詭異。這四位姑娘背景懸殊，惟一的共通點就只是長得漂亮。那劉家小姐曾聽人誇獎，是個端雅秀麗的大家閨秀，而那名月華姑娘既是青樓名妓，模樣自當不在話下。唯一令人費解的則是——

「敢問貴舵那兩名小婢是如何失蹤的？」

「夜半失蹤的。」

「人是在分舵裡失蹤的?!」

「是。」上官夜天聽著涂爾聰些微高揚的語音，心想自己當初聽說時，也同樣這般吃驚。想這益陽分舵是何許地方？佔地之廣直逼白馬堂，築房迴繞，高手過百，乃是南武林護衛最嚴的分舵之一，豈會讓人這般不明不白的來去自如，將美婢劫走！

「你怎知道幹這事的人，也是殺人兇手？」

「定音城能有多大？難道真這麼巧，同時出現兩個詭異莫名的高手，剛好一個殺男、一個劫女？」

這推論不無道理。

涂爾聰立道：「好，你要賭什麼？賭我們哪一邊誰先抓到這色魔？」

「正是！誰抓到色魔，迴燕嶺就歸誰。」

「很好，我接受這賭注。」

「一言為定！」

雙方擊掌為誓，倒是俐落乾脆。

因為就算不為打賭，他們也有著非抓住兇手的理由。

對涂爾聰來說，定音城一向是白馬堂當家作主，有人在定音城作亂，自是義不容辭，何況，他的兩個妹妹也都長得不錯。

至於上官夜天，他更是非殺了那色魔不可。雲城的權威，從來不容人挑戰，那怕只是一處小小分舵。且他在此事上比涂爾聰來得有利多了，只要一封密函傳到岳陽，自會有個雌雄莫辨的美男子前來相幫，還愁那色魔不落入彀中嗎？

上官夜天說完後，與成舵主一齊告辭。成舵主一直是站在上官夜天身旁，卻一直都像是個影子，毫無一絲存在感，就連與之交手數回的涂家母子，也只朝著上官夜天說話。兩者之份量輕重，別若天淵。

不意步出廳堂，來到前庭，上官夜天的眼睛又再次亮了起來，這回不是看到高手，而是見著了三個他前不久才認識的人——

沈菱、沈冰還有秋晴！

雙邊照了面，都忍不住停下腳步，就像是作夢也未曾想過，竟會在這個時候、這個地方，再度相遇。

「啊，是他?!」沈菱心裡低呼。自上官夜天離開魏蘭，她這一個多月來每天都想過他好幾回，如今他陡地出現眼前，雙眼只是瞠得大大的，一時間竟不知如何反應。

只見他穿著一套純黑緞面武服，好似黑夜一般，比起上回在魏蘭身著白衣的氣韻，更見深沉、神祕，而且倍加好看！絕難想像有人能把黑衣服穿得這樣分外精神，彷彿黑色才是他的顏色，只有他才配穿黑色。

秋晴最先上前去打招呼，道：「葉公子，你怎麼會在這裡？」外頭黑衣人的服飾她認得，是雲城益陽分舵的人馬，莫非——

上官夜天也客套道：「三位好。我是來找涂少堂主的。你們是白馬堂的朋友？」

這時涂爾聰聽到聲音，連忙走了出來，聽到雙方交談，奇道：「秋晴，你們認識？」

秋晴點頭，道：「葉公子上個月來過魏蘭。」

沈冰順接妻子的話，道：「他還救了阿菱，是沈家的大恩人。」神情像是見到了好朋友，沒留意涂爾聰跟秋晴的臉色都有幾分尷尬。

上官夜天原就知道秋晴來自湖南，現在看來，她跟涂爾聰是舊識了——這麼巧！他淡然一笑，道：「在下還有要事，先告辭了。」他說完便走，經過沈菱身旁，不曾遲疑更不曾凝眸。

沈菱實在也好想跟他說說話，哪怕只是寒暄幾句也好，卻始終咬著下唇，連感激他上回救命之恩的言詞都吐不出來。臉蛋更是怯怯低了下來，不敢露骨朝他望去，就怕一看，自己的目光再難移開，便要被他瞧破心事了。

驀地，沈菱心頭不禁怦然而動，原來是上官夜天行經她身畔時，無意擦過了她肩膀。她腳下便不由自主地，隨他轉過身子，哪怕只是背影，也想多看幾眼。

「葉公子，你現在也住在城裡嗎？改天咱們約出來，再喝他幾杯！」沈冰熱情道。

上官夜天回頭道：「多謝相邀，可惜在下尚有要事，無法相陪。」想了想，又道：「最近定音城不太平安，三位若無要事，還是快回魏蘭。尤其是兩位姑娘。」

最後，他總算是凝視了沈菱一眼，才又轉身而去，心想如果他是那色魔，可不會放過她。

夕陽方下，杜紫微就已抵達了益陽分舵，比預計的時間還早。

他不是一個人來的，還帶著一個白淨秀美的少婦，見其打扮氣韻，就知道原本也該是良家婦女。

杜紫微身邊的女人來來去去，就算哪一天見他帶著王妃娘娘，也沒什麼好吃驚的。惟他對這少婦似乎真呵護得緊，親自攙她的手走下馬車，在她耳邊輕聲道：「他就在裡面，我這就要去見他了。你一個人待在房間裡，記著我跟你說的話，別露出破綻，知道嗎？」

少婦點頭道：「我知道。」一聲音脆嫩，十分好聽。

杜紫微吩咐下人好好伺候她後，逕自去了。

上官夜天此時正在書房的茶桌旁看些文件，見到他來，臉色既沒有任何變化，亦沒有任何寒暄言語，只是比了個手勢要他坐下，即道：「韋千里救出來了？」兩人互動隨意不拘禮，直接切入主題。

杜紫微道：「人是救出來了，可惜狀況不好。」當下便將過程擇要說了，當然，碰上雷翠一事，可是隻字未提。

上官夜天聽罷，心想韋千里的掌心遭到洞穿、雙膝膝骨又給人踢碎，如此重傷，就算能完全養復，至少也要一、兩年光景。如此，四天王等於是少去一個了。惟這樣的事不便說破，只隨口帶過，道：「千里的傷勢雖重，想來還難不倒巫羽。倒有件事，非得馬上調查不可：那奸細到底是誰？」

杜紫微推敲道：「起初，千里是在伯樂莊聞說聶長鴻盜劍譜一事，回來稟告城主後，這才奉命追殺聶長鴻到岳陽，不料鐵膽莊早有布局，反而失手遭擒。屬下後來細想，這個計劃要成功，也不一定需要奸細。九大派刻意在伯樂莊放出風聲，也許早就料算到千里會追蹤此事。」

上官夜天緩緩搖頭。「此事非有奸細相幫不可，因為千里是第一次參加相馬大會。」

「啊！」杜紫微恍然大悟。

不錯，韋千里愛馬成痴，人人皆知，然而由於身繫要務，他直到今年方才第一次得空參加了這個相馬大會。緣於手邊的工作恰好提早完成，直至馬會的前十天才得到上官驪允許離開雲城。

「所以九大派不可能事先得知千里的行蹤，韋千里前去伯樂莊及追殺聶長鴻兩事，都是我們內部有人把消息傳遞出去的。」

杜紫微雖也同意這個說法，仍然大惑不解：「這樣說來，此事當真奇怪。城中防範奸細甚嚴，嚴禁部下暗通消息，就連各分舵間，亦不得私下往來。只有城主、您，以及四天王可以使用信鴿與信使，但信鴿信使也只會往來各省分舵，並不會去其他地方！」

上官夜天道：「信鴿不會飛到別的地方，信使就難說了。城主跟千里不算，我當時人在南疆，你、費鎮東與九大派結怨亦深，也不太可能私通他們……」

「莫非是朱銘？」

「朱銘？」上官夜天略一想，道：「似乎只剩下他最有可能，但我想不出他有何理由要背叛雲城。雲城給他的權勢榮華，九大派根本給不起。」

杜紫微冷笑道：「哼，人心難測，誰知他背後有何圖謀了？」

上官夜天於此不加評議，只道：「此事還須琢磨，沒有真憑實據之前，我們別胡亂猜測，一切等回稟了城主再說。」

「是。」

此事到此，暫算告一段落。

「我找你來，是有事要麻煩你。」

「少主儘管吩咐。」

「我要你扮成女人……」

才說著，門外忽然多出一道黑影，敲著門板，緊張道：「稟少主、天王，方姑娘失蹤了！」

杜紫微臉色一變，立刻把門打開，見是成舵主，即問：「方姑娘怎麼了？」

「方才方姑娘說要洗澡，我吩咐下人們幫她燒水，不過才離開片刻，我再過去看時，人居然就不見了！」

「她也許只是無聊到處走走，不必大驚小怪。」

「不是的。」上官夜天臉上有些過意不去：「她應該是被色魔擄走了！」

近日定音城接連發生了數起命案與少女失蹤事件，涂爾聰在上官夜天離開後，開始深入了解此事。

他原本應該更早調查的，若不是前些時候跟鐵膽莊撕破了臉，魯達等人又在南疆失去了消息，種種瑣事搞得他憂思煩躁，也不至於拖到今日才介入處理。

「你真的要娶阿菱？」

「嗯。」

書房的桌案散亂著書冊卷帙，涂爾聰彷彿找著什麼資料似的，一冊翻過一冊，身旁只有秋晴。

「可是阿菱已經有心上人了。」明眼人一望即知，她對上官夜天有情意。

「嗯。」涂爾聰埋首書堆，似乎不覺如何，隨口道：「上官夜天好像也有點喜歡她。」

「是嗎？」

「否則你跟沈姑娘危不危險，與他何干？我倒有些吃驚，殺神居然會給出這等善心建言，很明顯是衝著沈姑娘來的。」

秋晴嘆道：「天下男兒何其多，她偏偏看上一個殺不眨眼的魔頭。我若當日便知道他的身分，就不會讓他活著離開別登樓了。」語氣苦恨之餘，難掩惆悵，自知今後是難再有那樣的好機會，可以對雲城的人下手了。

「你不必擔心，反正你公公遲早會把她嫁給我，她今後跟雲城不會再有半分瓜葛了。」說話間，又翻完了一本冊子，將之堆放在左側。

他說得淡然，秋晴卻有些吃驚，道：「爾聰，你不介意自己的妻子喜歡的是別人嗎？」

「我當然介意，我可是醋譚子。」他哂笑道：「只不過，沈姑娘的一時迷戀，又能持續多久呢？」彷彿看透世情，安之若素，認為尋常人心難脫自己算計。

「你也該去收拾行李了，不是明天一早就要回去嗎？」涂爾聰事務繁忙，想把對話做個了結。

可是秋晴連動都不動一下。

「你是不是還有話沒告訴我？」她一雙杏眼直勾勾的瞪著他，「以往你總是主動告知我大哥在雲城裡頭的消息，怎麼這回一句話也沒有？莫非他出事了？」

「不，你多心了，你哥沒事，跟往常一樣，每過一陣子就會傳些消息給我。」

「他是不是傳來什麼壞消息？我總覺得你的心情很不好。」

涂爾聰臉色果然沉了下來，闔上書冊，神情倦怠。

「不是，事實上他幫我了大忙。多虧了他，鐵膽莊這回才能設局擒到韋千里。」

秋晴眼睛一亮，「當真嗎？」

涂爾聰點了點頭。「可是我卻跟姨丈他們翻臉了。」

「為什麼？」

「請出聶長鴻盜墓，本是我的主意。他們得到劍譜之後，原該第一個送交給我，想不到他們為了邀功，竟不經我同意，就拿去給舅舅。」

秋晴聞言，臉色立時僵了。

「我記得你曾說過，若是你練成了天舞劍，費鎮東就不是你的對手了！」

涂爾聰點頭，這話他是說過。

「那你怎麼還不去天龍會討回天舞劍？我們兄妹到底要等到什麼時候，才能替父親報仇？」一提到此事，她文靜的臉上頓時現出怨恨之色。

她的父親，江南名醫秋應白，七年前因為沒能救轉費鎮東愛妾的性命，竟無端受他遷怒砍殺。那時費鎮東舉手揮去，刀鋒便已用一種肉眼看不清的速度斬入秋應白腰際。秋應白的表情因痛苦而扭曲變形，掙扎了兩刻才斷氣。實在，以費鎮東的武功，要殺一名手無縛雞之力的大夫，何以竟一刀不死？自是憤怒難消，要對方也飽受痛楚折磨，方才甘心了。

一生救人無數的名醫，最後竟如此屈死於屠夫手中。這樣刻骨銘心的仇恨，秋晴到死都忘不了！可是涂爾聰也有他的無奈：「舅舅若是那麼好說話的人，我也不會如此煩惱了。」唉，天舞劍，二十五年前英雄蕭朗所使的正義之劍，怎到後來，卻是落入了司空淵手上了？他的劍技雖高、劍術雖強、劍齡雖長，卻真能領會余樂梅當年創此劍法用以斬妖除魔的浩然劍意嗎？

作為一個劍術高手，他比誰都清楚，一套劍法要發揮出十成威力，單憑追求技巧根本不夠，掌握了劍意才是真的！因為招式只是劍法的軀殼，意境才是劍法的靈魂。這個道理他已領會，可司空淵曉得嗎？

秋晴頓時委屈不忿，偏又無從發洩，忍不住落下淚來。

涂爾聰見了，嘆道：「我就是知道你會這樣，才不想跟你多說。事到如今，流淚又有何益？」

秋晴卻更見激動，泣道：「我已經六年沒見到我哥哥啦，我好想他！他去雲城當奸細，如履薄冰，前途難料；你們這些正道君子倒是一派輕鬆，順手取過天舞劍，卻把我們兄妹的期望生生奪走！」

是啊，難道為父報仇的苦心、隻身入敵的犧牲，到頭來只是為了成全他人私欲？

涂爾聰見她這樣，也不禁難受，可他除了陪她一同嘆息，什麼事也做不了。

很多年以前，他們本是戀人，不是乾柴烈火，如癡如狂的那種，而是兩小無猜，無話不談，明明心中都對彼此泛起了甜絲絲的情愫，卻又羞澀拘禮地心照不宣。

若無意外，秋晴現在應該是白馬堂的少夫人，而不是許婚沈冰。但就在秋應白死後不久，涂爾聰竟詢問秋家大哥，是否願意潛入雲城作內應。若秋家大哥拒絕也罷了，偏偏他自己也是報仇心切，經涂爾聰一番說服後，當即應允。

這樣的結果讓秋晴心碎。她已經失去了最敬愛的父親，為何涂爾聰還要把她最親的哥哥也送入虎口？他是不是太自私了呢？那一刻，頭一次，她恨他！

有好長好長的一段時間，她跟涂爾聰就像陌生人一樣，若有攀談，必只繫於雲城與秋家大哥，別無其他交涉。直到許多年後，秋晴親耳聽聞許多雲城囂張跋扈的行逕，才逐漸明白涂爾聰當時的用心良苦。

可惜太晚了，感情有時就像薪火，一旦遇水而熄，縱然將薪柴曬乾，亦不見得能再度復燃。惟涂爾聰多年來始終覺得很虧欠她。如不是司空淵領導無方，長年來遇雲城打壓而無策，秋家兄妹本不必歷此生離之苦。

「你快別哭了，我答應你，一定跟舅舅拿回天舞劍，殺了費鎮東，好不好？」他來到她身邊，輕拍她的肩膀，像哄妹妹一般的哄著她。

秋晴哭了一陣，心情稍稍平復，想到自己已是沈冰妻子，再像從前那樣與他共處一室，終是不妥，便拭去眼淚，要起身告辭。

忽聽門扉「碰」的一大聲，把兩人都嚇了一大跳，卻是沈冰推門衝撞了進來，直撲撞上門前的茶桌。

秋晴驚道：「你怎麼啦？」

沈冰一張臉駭得如同白紙，喘著氣，失聲道：「阿菱……阿菱被抓走了！」他的語調神情，完全失了常色，把秋晴跟涂爾聰也驚得立時站起，上前詢問。

他忘不了那情景，太可怕了！

就在他的面前，大街上一道黑影閃過，當此同時，前方疾奔的沈菱，竟也跟著憑空消失了！

對，一眨眼，完全消失，連尖叫都不曾留下。蒼穹漆黑，無限寂靜。

那，帶走她的到底是什麼？

鬼魅嗎?!

第十三回　地宮

那男子笑了，聲音沙啞低沉。雖然背光看不清面目，杜紫微仍覺得有惡鬼在伸舌舔唇。

「色魔，一定就藏在迴燕嶺！」

上官夜天提著油燈上山，身後只跟著扮作女人的杜紫微，別無旁人。因來的人若是太多，不見得濟事，反而打草驚蛇。

成舵主早就調查過了，七具屍體雖然死因未明，卻有三個共通點：一、皆為習武男子，二、死前皆走過迴燕嶺，三、命門凹陷。

前面兩點也還罷了，第三點卻很值得介懷。

命門屬督脈要穴，為後天練氣之本。練武之人，此處必比常人更堅厚飽實，故除非真氣洩盡，否則絕不該發生此穴凹陷之情事。

然而真氣何以洩盡？唯二：自散功體或遭邪功吸噬。

世上真有武功可以吸攝他人真氣。

《東海異事錄》記載：「東海之外，漳山之北，有島焉，蓄毒蛇逾千。靈蛇夫人居其地，青絲朱顏，貌姣美，練『淫海秘術』，擅攝男陽真元。益功日進，崆峒青雲道長非其敵。」

《西武林邪功誌》亦載：「血刀門叛徒雷豹，私練邪技『化元掌』，攝其師真元，功力增倍，三日內殺絕追緝門人五十又六人。」

根據紀錄，不論是靈蛇夫人還是雷豹，都有奪人真氣，藉以增進個人功體的本事。

可是，他們兩個雖靠著邪功成為一代高手，卻都無法成為天下第一。

因為邪功之所以被稱之為邪功，就是因為修練者本身也必須付出相當慘烈的代價。

靈蛇夫人後來被囚於武當監牢，足月不曾攝元，最後枯老而死；雷豹貪得無厭，一日之內吸攝兩種相剋的真氣，自體不能協調，一夜之內嘔血七升而亡。可見這種吸人真氣的武功，若不是心法艱深難以練就，就是修練過程須承受相當大的風險，反受其害。世上，本沒有不勞而獲之事。

可是這一回定音城出現的屍體告訴上官夜天，又有人在修練這種愚蠢透頂的邪功殘害生靈了。

「少主，這迴燕嶺看來不小，怎麼找？」行至山腰，杜紫微四處張望著。

「所以我才要你扮作女人。」

杜紫微知他用意，原本不想說出此事，但此刻實在是不得不說了：「屬下現在無法使用摧仙指。」

上官夜天一怔。

「屬下在鐵膽莊一晚上連鬥趙家夫婦，被天罡正氣傷了筋脈，至少一個月內不能再發動摧仙指，而且內勁勁力，目前也只恢復三、四成。」

上官夜天暗道不妙。敵人看來不弱，偏生杜紫微戰力銳減，確實讓人頗費躊躇，便問：「你怕嗎？」

「怕是不怕，反正我是男的，色魔吃不了我。只是憑我目前的情況要單獨擒兇，恐怕力有未逮，得先讓少主知道。」

上官夜天道：「那好，殺人的事就交給我。我帶了鱗粉，你繫在腰上，不管他帶你去哪，我必定會去找到你。」

鱗粉，顧名思義，用魚鱗研磨成的粉末，調上了特殊礦粉與顏料，再經曝曬，夜中能發微光。一旦色魔出手擄劫，由袋角洩出的粉末，自會洩露他的行蹤。

杜紫微繫好後，道：「我想色魔應會藏匿在陰面的洞穴。」

「你怎知道？」

「向陽坡人來人往，不夠隱蔽。我若是他，就找山石嶙峋，疊嶂掩蔽的洞穴躲藏起來。」

「有道理。」上官夜天認同他的分析，惟仍不解，那色魔為何要棲身山嶺？

兩人便往背陽的山澗走去，一前一後始終相距三丈。

今晚無月無星，實在暗得有些過分，惟杜紫微手上燈火閃耀，分外惹眼。

如此走了好一陣子，仍不聞絲毫動靜，兩人心中都不禁起疑：莫非色魔已躲回巢穴了？

這樣想著，忽聽林中隱微有樹梢晃動聲響，卻是從一段距離之外傳過來的！

兩人心頭都怦地一跳——

「哎唷，痛死我了！」杜紫微忽地跌坐在地上，聲如女子哀痛啼叫，維妙維肖。

上官夜天暗讚：「漂亮！」

果然，幾乎同時，聲音也隨之轉向，彷彿有狼聞到肉味，忙不迭地奔趕而來。

聲音愈來愈近。

上官夜天立刻躲在樹後，握緊鞭柄；杜紫微亦於指間蓄勁，縱無法使出摧仙指，他仍精熟其他三種威力非小的指法。

可是，還沒看見人影，杜紫微全身的寒毛就已豎了起來：世上，怎會有如此可怕的氣息！

他無法形容這到底是什麼樣的感覺，因為他從來也不曾經歷，只覺得自己像是給毒蛇盯上的兔子，指頭竟不自覺的軟了。所幸仍力持鎮定，暗中忙將布袋戳了個裂口。

一道彷彿沒有體溫的人影，暴風似的襲來，羽毛般的落地。

杜紫微以跌坐的姿勢仰望來人，長髮垂肩，明眸驚疑，乍看下竟真有幾分怯憐憐的味兒。

「嘿！」

那男子笑了，聲音沙啞低沉。雖然背光看不清面目，杜紫微仍覺得有惡鬼在伸舌舔唇。

「最後一個了！」色魔猛地伸手抓向他衣襟，毫不憐香惜玉的，粗暴將他馱在左肩。正欲提氣奔行，忽然間雙眉一豎，就像野獸豎起了耳朵似地全身警戒。只見他霍地轉過身子，舉臂一擋——

啪！

是鞭子！

材質韌硬，鞭身釘滿了細小倒刺，本已毒辣，然那揮鞭人的勁力更是霸道。以他的內功修為猝然以硬氣功抵抗，臂上仍熱辣辣的給劃了一道血痕，換作常人，手臂豈不連皮帶骨的給生生截斷？

好厲害的手段！好狠的人！

色魔身上負人，不便打鬥，挨了一招後趕忙離開。

上官夜天的迴鞭是出了名的快，一招得手，哪容得他逃脫？手臂一轉，第二鞭隨之而至，卻聽「啪」的更大一聲，只見木屑紛飛，大樹樹幹多出一道明顯的溝痕。他忙轉頭瞧去，只見人影飛奔，已在數丈之外，再過得一會兒，即隱沒於山林之中。

「哼，想藉地形躲藏起來，倒看你要躲到哪去？」

上官夜天不急著追敵，低頭看向色魔方才站過的地方，遺落著微光。

❋ ◆ ❋

杜紫微方才便在猶豫著，要不要趁機點這人的背心大穴，可他最後仍沒有出手。

因那人的大掌緊扣著他腰眼，倘若被發現不軌，對方極可能會在他的指勁透入之前，先一爪捏碎他腰際。

杜紫微幾經考慮，決定不冒這險。

如今這人吃了上官夜天一鞭，杜紫微戒慎的情緒亦平復不少。下身的是人沒錯，只是移動太過飄速，恍如幽靈，乍見時可畏可怖。

饒是如此，仍然讓人驚駭。此人如此輕功，只怕是天下第一，無人可及了！只一眨眼間，這人至少就能移動丈餘；山路愈見崎嶇險惡，其身勢縱躍之速，仍如行雲流水，絲毫不滯。

他是修習「柳身」的高手，輕功冠居雲城，亦自忖不能如此；上官夜天方才那鞭顯是用上了八成勁力，亦自問不敢硬接，可色魔挨了，竟只是受了些微輕傷！

太厲害了！若上官夜天無從追至，憑他一人，只怕無法全身而退。

色魔愈走愈隱僻，不多時，從一山岩高地下躍至一處幽暗的山洞前。

洞口不大，僅能容一人進出，裡頭卻很開闊，岔路分歧。色魔左彎右拐了一陣，方來到一條漫長的甬道。

色魔十分熟悉路徑，走得很快，忽問：「那臭小子是你的男人？」

杜紫微應變倒快，啜泣道：「不是的，大爺，我根本不知道那人是誰。他給我銀子，要我一個人晚上來迴燕嶺到處走走，也沒說要幹什麼……我根本什麼事都不知道，求大爺放了我！」說著說著，他還真能擠出眼淚。

色魔也不知信了沒有，哼了一聲，沒再多問。過一會兒，前方隱見微光，卻是左右山壁上間次架著七、八盞燈台。

杜紫微一看，即知道這山腹中必定別有洞天。也只有經人改建的祕密處所，才會在石壁上架燈照明。可他卻想像不到，這『洞天』居然是這樣的，雙眼都怔住了！

甬道盡頭，是一道極其精工華麗的厚重扇門，以黃金雕龍、以明珠為飾、以紅寶鑲邊。色魔輕輕將扇門一推，裡頭所透出的輝煌氣派，哪裡是山洞，根本是宮殿！

「到了，進去吧。」色魔放她下來，命令著。

其實不必他說，杜紫微也要進去看看的。

可是他在進去之前，卻先轉頭向色魔看了一眼。

啊！色魔居然是這個模樣！

此人比他還要略高些，身材威武雄壯，灰白的瀏海刻意將左臉遮住，右半張臉看去約四十來歲，方正乾淨，端眉高鼻，非但絕不難看，甚至，不論眼神還是氣韻，杜紫微都完全尋不出半分淫邪之色。他就像是那些自詡正義的正道人士當中，最剛直不阿的那一個。

惟杜紫微之驚訝，也只在一瞬之間。

因為這種人本來就很多。最怯弱的老人，可能是最貪狠的豺狼；最敦厚的君子，可能是最奸惡的小人；最端素的女子，可能是最放蕩的淫娃……色魔就算表裡不一，又有什麼好奇怪的呢？

「大爺，為什麼抓我來？我……我想回家。」進去之後，扇門一闔上，他便佯作怯弱不安的說。

「嘿。」那人冷笑一聲，「何必回去，這裡豈非比你住的地方還要好上千百倍？」

那人不言不語倒還罷了，一有表情言語，散發出來的就是邪氣，那種讓杜紫微有種自己是小白兔錯覺的真正邪氣。

這內室端是豪奢，地上鋪著柔軟精美的毯子，頂上垂綴著水晶宮燈，紫紗帷幕的中間，架著一座檀木侍女圖八扇屏風，此外種種擺設器物，如象牙、玉石、字畫……，件件看在杜紫微眼裡，無一不是上品。

他疑惑更甚，為什麼在這迴燕嶺山腹，會隱藏著這樣一座地下宮殿？

一會兒，那人帶杜紫微來到內堂的房間，未至前就聽得有女子哭聲從裡面傳出來。不是聲嘶力竭的號啕大哭，而是已經哭到乏力的低微啜泣。

色魔把他也關進了房間裡，門剛闔上，他就看到了「方素霞」——也就是戴了人皮面具的小翠。

方素霞自然也發現新來的姑娘是他，像看到救星似的，向他奔來，忘情的握住他手，道：「你……來了！」聲音跟眼神一樣，充滿了驚恐。

杜紫微點頭道：「我來了，怎麼怕成這樣？」她的手好涼啊！就算是幾天前她在自己面前脫衣服，也沒這樣怕過。

「你看那邊……」

她指向房間最隱蔽的角落，蹲坐著四個女人——老女人。

她們的衣著明明都是年輕女孩愛穿的款式，身材也都纖細苗條；可是她們頭髮花白，雖然以背示人，雙手遮臉，仍遮不住手背那誇張離譜的乾皺枯瘦！

她們看起來，就像是四個早已失去青春卻還要效顰少女的可笑老婦，可事實上不是這樣。

「她們四個，最小的十七，最大的也不過二十二。」

杜紫微聞言，瞠目抽息，難以置信。

「她們被那人欺負之後，就變成這模樣了。」

杜紫微眼中閃過一絲了悟：「原來如此……」

「你知道？」

「她們的元陰被攝走了。」

「元陰？那是什麼？」

「人體皆有陰陽兩氣，男陽盛，女陰盛。自古就有一些房中秘術，透過床第交合來採補對方的元陽元陰，壯益自身，只是我想不到，下場竟會這麼誇張！」

如此，一切便豁然開朗。那人一面吸攝武人真氣，一面採補女子元陰，把靈蛇夫人跟雷豹的本事都用上了。

他望向那些姑娘由衷一嘆：美女衰老，可是比鮮花凋萎更令人惋惜啊！

「那個又是誰？」

過一會兒，杜紫微下巴微揚，示意牆角一個抱膝而坐，埋首哭泣的少女。

方素霞在他耳邊低聲道：「真是冤家！她叫沈菱，我從小就認識。之前那廝為了救她，把我苗族裡武功最高的長老殺了。」

世界可真小，她想不到自己居然會在這種鬼地方碰上了自己最討厭的人。若不是因為沈菱，苗族也不會惹來上官夜天，所以苗族被滅，她也有份。屆時若真逃脫不了，要給變成老太婆，她也定要設法讓沈菱先她一步變醜！

「有這事！」

杜紫微好奇的走了過去，想看看能讓上官夜天著意對待的姑娘，到底什麼模樣？

「小姑娘，快別哭了。」

他的聲音十分溫柔，像是緞子輕輕滑過身體，沒有人能抗拒。

沈菱抬起了頭，見是一個很美的人，泣聲道：「姊姊也是被抓來這裡的嗎？」

杜紫微常扮女人，卻還是第一次被人喊「姊姊」，不禁失笑了一聲。

「是啊，我在附近胡亂走著，就被抓過來了。」又問：「你呢？怎麼被抓來這裡的？」

「我爹……他要把我嫁給一個我不喜歡的人，我一時傷心，跑到街上，就給惡人抓來了。」這麼說著，眼角又淌下了淚水。

杜紫微微微點頭，就這麼觀其神態言語，心裡已大概有譜。這姑娘若只是秀色潤豔也還罷了，惟那眼神真是水晶般的澄淨無邪，彷彿能一望到底，別有繫人心處。他十幾歲的時候，也喜歡這類型的女孩。

杜紫微將隨身的帕子遞給她拭淚後，再度走向方素霞。

「我們得想法子出去，不然你跟她都會變成老太婆。」

「我就是知道，所以才快急死了！」又問：「怎麼只有你一個人來？」

杜紫微將他跟上官夜天誘敵的計劃簡單說了，又道：「雖然沿路都有鱗粉，可是來到這裡之前就已經洩完，我怕他沒那麼快找來。」

「那怎麼辦？」

「我想法子拌住他，你趁機逃出去，無論如何把上官帶來。」

方素霞聞言一凜。此人乃是她今生最仇恨之人，她實在不願意見到他。

「你不是色魔的對手？」

「不是。」

「如果恢復了十成的功力呢？」

「也沒把握。」

方素霞聽了，低嘆一聲，無奈的點了點頭，看來這回他們的性命，是真著落在上官夜天手中了。

這時門忽然開了，是那惡魔。

他見方素霞跟杜紫微正在說話，冷道：「在商量怎麼逃出去嗎？沒用的。」伸手一抓，當先抓住了方素霞的手腕。

「你幹什麼？不要！我不要！快放開我！」方素霞嚇得魂飛魄散，瘋狂掙脫。

杜紫微伸手攔道：「請大爺放過她，我替她！」

色魔哼了一聲，道：「你不用急，早晚輪得到你。」冷眼斜瞟，不吃這套。就在他拖著人轉身欲出之際，方素霞已經哭出聲來：「紫微救我！」

「大爺不妨看看這個！」杜紫微大聲道，他一定要讓對方轉過頭來。

而那人也果真轉過了頭，迎眼而來的卻是一指，要命的一指！

杜紫微出這指疾點對方眉心，絕對不容有失。此乃山西八絕之一的破空指，凝勁時指硬如鐵，穿樹樹裂、點石石碎，也是一記毒辣殺招。

卻不想那人當真應變奇速，在這間不容髮的當下，居然還能仰頭一躲，讓這指擦鼻而過。

杜紫微心頭狂跳，忙縮回手，再度發指，疾點不休。然對方動作更是靈活，雖只是轉頸歪頭幾個看似不甚靈便的動作，亦讓他指指落空。

杜紫微心頭大駭：這是他踏入江湖以來，從未曾有過之事！

「玩夠了吧！」

驀地，那人一把握住他食指，暗合真氣，向後扳折。杜紫微立知不妙，情急下一記連環飛腿，由下至上踢向他腹胸臉面等處。那人亦隨之舉起左臂，將他每一腳都擋在那硬如鋼鐵的臂膀上，毫髮無傷。

好在藉腳踢之力，杜紫微一個後翻，仍是掙脫了箝制，落地後，立刻又向後一躍，來到一架屏風左側，下意識的要與對方保持距離。

對方比他所想的還要危險，他是絕對絕對不可再近其身了！

因為他的食指已被扳斷，以一種怪異的姿態向上方翹起，痛徹心扉。

這時，色魔又發出了詭異的笑聲：「這下子你就不能再使出指法了。你是男人？」他一步步慢慢走向杜紫微，邪笑道：「沒關係，女人玩膩的時候，我也會玩男人的。」

所有人見此變故，都不安的望向杜紫微。方素霞跟沈菱不提，連那四名已被榨乾年華，羞於見人的姑娘，也不禁抬頭觀望，替他的安危擔憂。

但杜紫微的臉色只有更加陰沉冷峻，這樣的話不論是玩笑還是當真，於他而言，都像是龍被觸碰了逆鱗。他朝房門前的方素霞輕輕使了個眼色，隨之一個騰空旋身，足背發勁，將屏風踢向來敵。

他只盼能多與色魔纏鬥一陣，讓方素霞有足夠的時間逃離，故每一招一式，都使出了真本事。

實則也不容他不使出真本事了。

這一腿名曰「龍捲」，乃「江東第一神腿」卓傲來的成名技藝，由他使來，雖未得十分精髓，也有七分威力。那架黃花梨屏風霍然飛起，直撞而去。

力道很足、速度很快，並不易躲，然色魔並沒有躲，反而邁步上前，雙爪一扯，看似堅固昂貴的梨木屏風登時便如敗絮一般四分五裂，殘片四射，撞出驚人聲響與女子的驚恐尖叫。

只見方素霞駭然摀嘴，眼中還殘留著方才的淚光，毅然奪門而出。

她起初還遲疑未走，是因戰鬥正烈正險，她一時神為之懾，竟忘抽身。可如今，憑杜紫微這一腿之厲害，在那色魔霸猛無雙的內勁之前亦猶如以卵擊石，她就徹底意識到：上官夜天再不趕來，杜紫微必死！

她原本並不喜歡杜紫微，甚至有些厭惡；可是，就憑著他挺身相救的這份情誼，他就已是她休戚與共的夥伴了。現在是，今後也是，別無選擇。

她輕功本佳，如今更是沒命狂奔，轉眼已離開地宮，直穿甬道，來到洞外。

她心臟狂跳，實在已喘不過氣來了，惟仍將雙掌湊來嘴邊，拚力喊道：「上官夜天！上官夜天！上官夜天……」

聲音在靜謐山夜中清楚的傳了出去，很快就有動靜。

她的運氣實在不錯。上官夜天追至附近，發現鱗粉已盡，原就在近處徘徊，聽見呼喊，立刻現身。可是循聲過來的還不只他，更兼另一名來歷不明的佩劍少年，與一支舉著火把的尋人隊伍。

當然，上官夜天的速度還是較快，不一會就飛奔至方素霞面前，看著她身後的洞口，問：「色魔在裡面？」

方素霞撫著狂跳的心口，點了點頭，喘氣道：「杜紫微……跟那色魔動手……快死啦！你快進去救他！」

這時涂爾聰等人也趕了過來，看勢態，似也要一併進去山洞裡。

上官夜天手一橫，攔住了他們：「想做什麼？」

他這動作帶有明顯的敵意。涂爾聰板臉道：「自然是進去救人了！色魔在裡頭，不是嗎？」

「這是我跟我部下找來的線索，通報的也是分舵的人，你們白馬堂憑什麼佔這現成便宜？」

涂爾聰立時會意，怒道：「都什麼時候了，你還在計較那個賭注？好，迴燕嶺就讓給雲城，你甘心了吧！」轉頭對其他人道：「走！」

「你們還是不能進去！」上官夜天反向前一步，勢態強硬：「若你們一定要有人進去，那就涂爾聰吧，這是我最大的讓步了。」

方素霞煞白著臉瞪向他，驚詫惱怒。杜紫微正獨自苦戰，也不知道還能支持多久，而他居然浪費寶貴的救人時光，為了這點芝麻小事跟人爭論不休！

簡直混蛋！

這時涂爾聰身後有人站出來大聲道：「上官公子，我妹妹很可能也在裡頭，盼您高抬貴手，讓我們進去找人。大恩大德，日後必報！」

說話又快又急的，正是沈冰。今個兒三方碰面後，他已從秋晴那裡得知葉觀的真實身分，也就隨之改了稱呼。儘管他心中頗為遺憾，他對他原本存有三分好感的。

上官夜天依舊面冷如冰，道：「還是那一句，我只讓一個人進去。不答應，咱們就這麼耗著。」

語罷，朝地面俐落揮鞭，地上即多出一道清晰的鞭痕。

每人既驚且怒，皆目瞪他，均覺此人不可理喻，匪夷所思。

涂爾聰當機立斷，轉頭對下屬道：「每個人都在這裡等著，沒我允許，誰都不准進去。」說完，他再不看向上官，一逕衝了進去。

上官夜天則霍地將方素霞背起，喝道：「帶路！」腳下瞬奔疾動，不願稍落人後。

進入山洞之後——

「左邊……還是左邊……再來右轉……」方素霞急切指路的同時，亦訝異上官那奔行如豹的速度。

她曾與他在苗族大寨追逐，對他的輕功早就有底，惟此刻更勝當時，多負一人還能追上涂爾聰，似乎心中對杜紫微的安危也是著急的。

方素霞卻未因此稍緩對他的厭惡，心中冷蔑依舊：「這時候才急如星火的，是要作戲給誰看？」她自然不會知道身為雲城少主心裡的難處，當然也不屑了解。

天王之一的杜紫微慘敗，絕對比韋千里失手遭擒更加聳人聽聞。

雲城與白馬堂之間如此敏感對立，若給他們瞧見杜紫微遭人挫辱的淒慘模樣，必會將此事大肆傳揚渲染，極盡所能的恥笑羞辱。

這會比打敗杜紫微，還更傷他的自尊。

畢竟，江湖向來傳言，雲城六高手神祕難測，藝業皆達武術峰頂。而不管這傳言是真是假，都對雲城非常有利。

如今，在鐵膽莊的陰謀算計下，他們已經栽了一個韋千里了，事隔未遠，絕不能再多添一人，損及雲城威名，影響部眾信心。

所以，誰若撞見不該撞見的事，他一定會殺人滅口。強勁如涂爾聰，亦然。

第十四回　陷阱

沈菱見他笑顏詭異，不禁嚇得退後兩步。上官夜天輕聲道：「別怕，躲在我身後，我會護著你。」

金碧輝煌的房間裡，那看似堅固昂貴的黃梨花木屏風登時便如敗絮一般四分五裂，殘片四射，撞出驚人的聲響與女子的驚恐尖叫。

杜紫微臉色慘然，實力差別如此明顯，他已不想戰，只想逃。

但根本無路可逃！

就在那一剎那的怔愣間，色魔已鬼影般的襲來他身前，揪住他的衣襟，問道：

「你的名字？」

杜紫微與對方如此接近，頓覺一股地獄般的氣息籠罩，全身不自覺的僵硬起來。

「杜紫微。」他神色戒冷，不露弱態。

「何門何派？為什麼既會山西絕學破空指，還會卓傲來自創的龍捲腿？」

杜紫微心下暗凜，想不到此人居然甚有識見，一下子就道破兩種他所使的武功來歷！

這，或者也是他拖延時間的好機會。

「哼！」他反常地回以高傲冷笑，「我是雲城的天王，要學什麼武功沒有？」

「雲城天王？那是什麼？」

杜紫微聞言，不禁睜大雙眼。他是真的詫異，不是演戲。

「你連破空指、龍捲腿都能道出，怎會不認識雲城？」

「我為什麼要認識雲城？」

杜紫微見他神情語氣，不似作偽，驚訝更甚。「因為我主上官驪，是當今世上武功最高強之人，全天下的習武者或有不識司空淵者，卻絕不會沒聽說過雲城上官驪的威名！」

「哈哈哈哈……」色魔仰頭狂笑，好像杜紫微說了什麼很好笑的事，「老子二十多年不再涉足江湖，想不到出來了好些奇怪門派，連司空淵那小子都坐大啦！」

聽他語氣，竟似多年前就已認識司空淵！

「你想搬出你家主子恫嚇我，沒用的！當今世上，我只怕一個人……不，該說，我怕的是他的劍法。『天舞劍』聽過沒有？」

杜紫微一凜，心想：「怎麼又是天舞劍？」從來也沒有武功似它這般，充滿了傳奇色彩。

但此刻他無暇推敲細故，只是很快的擠出一絲微笑，從容道：「天舞劍嗎？我當然聽過，天龍會掌門司空淵命盜墓賊聶長鴻，從佘樂梅的墓室裡盜出了劍譜，天下有誰不知道？」

色魔有些意外道：「司空淵讓人盜墓偷取劍譜？他真幹出這種事來！」他並非替佘樂梅抱不平，只是驚訝素來自重身分的九大派，居然會幹出這等褻瀆先賢的下格事來。「嘿，好個正道領袖！」

「何必驚訝，司空淵原本就是鼠輩，若不是投胎的本事好，這天龍掌門的位置輪得到他？」

「哈哈哈哈！說得好，我二十年前聽我師兄提起此人時，就已經這麼想了。小子，你很有見識啊！」色魔看來很開心，彷彿喜歡聽別人唾罵司空淵似的。

杜紫微對此雖有些意外，卻也略鬆了口氣，見所有姑娘都已小心的走出房間，他趁勢道：「先生，還未請教高姓大名？」

「你問我的名字？也好，你是該知道。我叫穆琛，是悲聲島主孔聖最小的弟子。」

杜紫微渾身一震，他今夜遭遇的所有驚訝加起來，都不及此刻：悲聲島居然還殘留餘孽！

怪不得這不見經傳的色魔，會是如此超一流的高手。

孔聖的武功曾冠絕一時，嫡傳弟子自非泛泛之輩。

「好了，這下子你應該可以瞑目了。」

杜紫微的臉皮像是給針扎似的抽動了一下，失聲道：「前輩您要殺我？」他忽然對色魔改了稱呼，改得很快很自然。

「當然。」穆琛好笑道：「姑娘們都趁亂逃走了，不殺你殺誰？」他的後腦杓就像生了眼睛，不必轉頭就能知道動靜。

「前輩要美貌的姑娘還不簡單，我可以抓一百個給你。」

「你以為我抓不到一百個姑娘？」

「就算不為了抓姑娘，既然我們雙邊都視九大派為敵，何不一起合作，把司空淵扳倒？」

穆琛點頭道：「扳倒司空淵是一定要的，若不是為了這個目的，我也不會重出江湖。」

杜紫微舒了口氣，正要說話，穆琛竟又已道：「所以我才要把你吸乾。」

「?!」

「像你這樣的高手並不多見，若能攝得你的真氣，定能讓我的功力更上層樓。看在你說話跟我還算投機的份上，我會讓你死得輕鬆點，你就好生去吧。」他高舉左掌，就要朝天靈落下。

「等等！」杜紫微急忙舉手喝阻，對方掌心在離他天靈三吋之處驟然而止。

「還有遺言要交待嗎？」

「我身上的玄黃真氣，乃是用功十年，日夜不息的修練而來。前輩既想不勞而獲，我也無話可說，只求在我死前，前輩能答應我一事，否則我寧可絕脈自斷，也不白白便宜了你！」說時，全身上下立時運勁，隨時都能爆裂自己筋脈。

穆琛眼睛反而亮了起來。想要自斷筋脈，不是一流高手還做不到呢！

「你且說來聽聽，只要別太麻煩，我可以成全你。」

「不麻煩，我只想看看你的左臉。」

穆琛身子忽然僵住了，訝道：「你要看我的左臉！」

「我至少也該知道，殺我的人到底生得什麼模樣吧！還是說，閣下的左臉當真醜得見不得人？」

穆琛陰沉的低笑數聲，道：「好，你既想看，那你便看吧！」他向後退了一步，撥開長髮。

杜紫微瞧見他真面目，心中不由得為之顫慄。

「啊，那是……」

是疤痕，一道至剛至猛至威至絕的疤痕，從穆琛髮際劃下，穿過眉眼與臉頰，直達下頷。疤痕又長又粗又凸又寬，就像臉上貼著一條肉色的大蜈蚣，不但怵目驚心，且傷勢所及，將周圍的皮膚生生拉扯黏皺，以致眉眼鼻側都歪斜得不成樣子，醜怪得令人難以久視。

「哼！」穆琛放下頭髮，道：「看夠了吧！」

「這就是……天舞劍的威力？」杜紫微驚異道。他心思敏銳，方才聽對方言及最怕的武功是天舞劍，便由此推想。

此言果中，穆琛道：「你倒很機伶啊！不錯，這正是蕭朗幹得好事。」

「砍在這種地方還能讓你活命，他當時手下留情了？」

「哼，他怎麼可能手下留情，是我及時把臉偏開，這才勉強保住性命。」他怕杜紫微聽不明白，又道：「他的劍根本沒碰到我的臉！」

「沒碰到臉？怎麼可能！」杜紫微不信。

「你信不信都好，總之這是真的。哼，這世上除了天舞劍，旁的武功我都不懼！」惟這話才剛說完，隨著身後襲來的一道悍猛風勢，他亦霍然轉身，右掌瞬間牢牢握住了滿是倒刺的鞭梢，續道：

「當然，也包括這條破鞭子！」

鞭子的另一頭，自是一臉煞氣的上官夜天了。

他已經盡量壓抑自己的氣息聲響，來到穆琛身後，起手狠狠落鞭，不想對方早已知悉，握勁的準頭力道，在在是早有準備。

上官夜天手上加勁，抖動長鞭，欲甩得對方脫手。然穆琛寧可給倒刺刺得手滲鮮血，也不放鞭，掌心亦運內力，與上官甩鞭較勁。

只見那鞭子在兩人之旋繞迴盪，勁道激昂，方向狂亂難定，惟有風聲咻咻作響。

穆琛心頭一凜：「此人是何方神聖？年紀輕輕，竟能與我僵持到這會兒，比那使指法的厲害多了！」如此想著，愈發摧勁。因他以一敵二，若不盡速取勝，相形不利。

上官夜天眉頭一緊，亦不讓人。他所修習的玄黃真氣，比四天王還更精深純煉。緣於四天王皆是帶藝入門，原已練就他派內功，獨他是從八歲起，便得上官驪親授內息吐納之法，從最淺的《禪水息》入手，再至《無相心法》，末至《玄黃真氣》，一脈相承，層層練就，根基最堅實不過。饒穆琛較他多出十多年的內功修為，一時間也難以攻破。

兩人的額上都冒著汗珠，僵持難下。

杜紫微死裡逃生，早閃身退至牆角，與穆琛拉開距離。見兩人牴觸正烈，知道高手全神比拚內力，除非同時收勢，否則極難善了。

這正是他下手的絕佳機會。

他的六色毒針雖在鐵膽莊已使完，身上還是有許多厲害暗器。只見他雙手往懷中一探，指縫間即各多出了二、三枚喪魂釘。那喪魂釘前端餵有斷腸草毒，中釘者必會熬盡苦楚，直至腸斷氣絕方止。

他瞇起眼睛，陰惻惻一笑，便朝穆琛的眼睛、喉結、心口、膻中、臍間、鼠蹊等處狠辣發勁。十八枚喪魂釘發出破空銳響，挾帶主人的強烈恨意，朝目標追魂索命。

若在平時，穆琛對此或閃或擋，絕無問題，偏生此刻與上官夜天拚勁正緊，鞭勢舞亂，難以罷休。若是此刻棄鞭，對方趁勢揮鞭直取，自己勢必捱上雙方目前積蓄於鞭上的勁力，萬萬非同小可！

既然擋不能擋，躲不能躲，難道只能眼睜睜看著暗器射來，默默待死？

不！既不能收勢，那就發勁吧，同歸於盡，好過束手待斃！

千鈞一髮之際，上官夜天與杜紫微皆暗暗得意，只當這回必定得手，不料——

「喝！」穆琛忽將鞭子脫手，暴聲大吼，打雷似的，震得兩人耳朵彷彿要聾了。

兩人忍不住摀住耳朵，同時也感到一道逼人的強勁氣漩漫天襲來，磅礡之勢，如巨浪及身。整個房間天搖地動，桌櫃震響，宮燈晃墜。喪魂釘噹噹噹的散落在地上，被氣流遠遠掃開。

杜紫微內力未復，禁不住這道勁波襲擊，身子騰起，背脊重重的飛撞至牆，猶未能化解力道，登時狂吐一大口鮮血。他全身的骨頭彷彿都給震散，連抬起一根指頭的力氣也沒有，卻連發生了什麼事都還搞不清楚。

上官夜天的情況雖稍好些，也好不到哪去。事出突然，他未及運功相抗，捱了這著後雖還挺著，臉色亦是慘白如紙，五臟翻攪，忍不住也嘔了一口血。

至於最慘的人，當然還是穆琛了，方才那招『悲聲揚海』，本就是悲聲島主與人同歸於盡的絕招。此招極兇極險，將九成的真氣濃縮於一招，迸射而發，如非遇上必死絕境，絕不可輕出。

他作夢也沒想到，自己竟會被兩個武林後輩逼得使出這招！心道：「嘿……雲城、雲城……好個雲城……」

如今三人俱負重傷，連移動都十分困難，只能各自養傷調息，待得一恢復行動，即搶先殺了對方。

外頭，沈冰與一干白馬堂的弟子，望著不知動靜的洞口，都恨不得能衝入相幫，卻忌憚上官夜天武功強橫，不敢冒然行動。

所幸，他們不必進去，他們想見到的人就已自己出來了。

走在最前頭的是方素霞，再來就是沈菱與那四個老姑娘，涂爾聰殿後。

「阿菱！是阿菱！」沈冰大喜，立刻衝上前去，忘情的抱住妹妹，「阿菱，你沒事嗎？太好了！」他眼見妹子平安，胸中那顆忐忑不安的大石終於落下，慶幸無比，渾不覺有雙幽怨的眼睛就在近旁，陰惻惻的瞪著他。

方素霞上一回見到沈冰，還是那個在馬背上驕縱舞刀的苗族公主，而今竟淪落得只能藉附他人身分而存，此間際遇變化，何止天壤！所以她只要一看到過去相熟的沈家人，她就恨；看到他們笑得那麼幸福開心，她就更恨！世間之事，不應該是這樣的！

涂爾聰先向一名心腹吩咐了幾句，那心腹聽了，便與兩名弟子走向那四個姑娘，低低說了幾句話後，即帶著她們離開。

此時沈冰左張右望，發覺有個人並沒出來，問道：「上官公子人呢？」

「還在裡頭。我們在路上遇著了姑娘們，就先護送她們出來，他則一個人找他的部下去了。」

「涂公子，那色魔也在裡頭，你是不是也應該進去幫忙？」沈菱見他一派從容，彷彿山洞裡的一切再不與他相干，忍不住道。

「沈姑娘恐怕還不知道，我今早才跟上官夜天打了個賭注：誰捉住色魔，誰就是迴燕嶺的新主。我方才已經當著眾人的面前，把迴燕嶺讓給了他，所以那色魔索性也就給他捉去吧！」

沈菱著急道：「怎麼你竟說這種話？這色魔本是定音城的禍患，你如今把這燙手山芋丟給上官公子，萬一……上官公子鬥不過他，色魔又出來害人了，那怎麼辦？」她說這話時，雙耳微熱，因為希望涂爾聰出手的主因，還是為了私情。

「嗯，有道理，沈姑娘果然好識見。」涂爾聰順接她的話，對眾人道：「各位，搬土石，把山洞堵死。人手若不夠，就去通知堂裡的兄弟過來幫忙。」

「是！」眾人興奮而響亮的回應。沒有一個人不想盡快果結色魔跟雲城少主，得到命令，立刻分頭行動。

沈菱則是完全變了顏色，迎面瞪著他，高聲道：「涂爾聰，你幹什麼？」她很兇，難得這樣兇。涂爾聰也很冷，難得對女子這樣冷：「依你的心意，把色魔堵死，免得他再出來害人。」

「但是上官公子也在裡面——」

「這是白馬堂跟雲城的恩怨，不勞沈姑娘過問。請！」他看了沈冰一眼，示意他將妹子先帶回去。

「這……」沈冰躊躇，雖他已知道上官夜天身分，可上官夜天仍對沈家有恩，私心亦不希望他就這樣被封死。

方素霞則胸口猛地一跳，深陷徬徨。洞口一封，上官夜天一死，那麼她便大仇得報，自然很好很好，可是杜紫微怎麼辦？

她不是沒恨過杜紫微。當初的確是她主動去求他的，可是杜紫微玷污她的清白、剝奪她的愛情，令她付出極大代價；雖是為了學習指法，她內心深處仍恨著他。

可就在剛才，杜紫微在那樣毫無勝算的情況下，一心救護著她，她又不是草木，怎麼可能無動於衷？但若不堵死山洞，上官夜天便不會死。這一回他若不死，難道真要她等上漫長年月練就了摧仙指後，再來痛殺仇敵，告慰天靈嗎？

嘿，練不練得成很難說，殺不殺得死更難說。

就在她掙扎兩難之際，又聽沈菱斥道：

「你這是趁人之危！」

「那也不關姑娘的事！」

沈菱氣結，不知道還能再說什麼保護上官夜天，只見白馬堂弟子陸陸續續搬來石塊，往洞口填埋。這洞口不大，很快就能填實。她心急如煮，氣苦道：

「誰說不關我的事了？他曾冒著生命危險，把我從苗人的手裡救出來，是我的救命恩人，我如何能眼睜睜的置他的生死於不顧？若涂公子還是執意封洞，那好，我既阻止不了你，你索性便連我也一起封堵了吧，反正我這輩子，都不想跟白馬堂有任何關係！」她話未說完，頰上已流下了兩道清淚，話一說完，立馬便衝入山洞中，決意跟上官夜天同生共死！

「阿菱，你幹什麼？」沈冰忙要追去，身後卻有人搭住了他肩膀，是涂爾聰。「沈兄，這不是辦法。」他搖了搖頭，將沈冰帶到隱處說話。

「令妹跟上官夜天的事情，一定要有個解決，否則沒完沒了。」方才，他可真是被沈菱的失態嚇到了。

沈冰急道：「我知道，所以我才要把她追回來。」

涂爾聰還是搖頭，苦笑道：「追了回來，她還是不會罷休。我瞧她陷溺已深，若這會兒殺了上官夜天，只怕她是要跟我拚個同歸於盡了。」顧慮到今後與沈家的關係，他實不願沈菱為此仇恨自己，那可就太沒意思了。

「那麼，能不殺上官夜天嗎？可有折衷的法子？」

涂爾聰道：「唯今之計，除非讓沈姑娘看清上官夜天的真面目，從迷夢中清醒，否則上官夜天若再趁隙勾引，此事永遠不會善了。」便朝門人舉起了手，道：「且別搬了，除了阿鴻、大年、子遠、易郡四人留下待命，其他人都先回去。」

眾人都是一愣。

「少堂主，這可是對付雲城千載難逢的好機會，你將沈姑娘帶回來，咱們再繼續填洞不遲啊！」

「罷了，他們到現在還沒出來，說不定已經兩敗俱傷。這事我來處理，你們都回去吧。」又對沈冰道：「沈兄，你若信得過我，此事就權且交給我。你先回去告知情況，讓令尊與秋晴安心。」

沈冰遲疑一會，道：「那好，阿菱就交給你了，你一定要把她平安帶回來。」

「這個自然！」

涂爾聰進去山洞之前，忍不住看了方素霞一眼，心想：「這不是趙劍飛的妻子嗎？她為什麼會在這裡，還認識上官夜天？」惟此刻一心追上沈菱，無暇多想，只待料理了強敵，再來追究。

＊　◆　＊

方才瀰漫著廝殺鬥氣的房間，此刻卻安靜祥和，只聞極細微的調息吐納之聲。

負傷的三個人都盤腿坐著，運功療傷。其中杜紫微因近日連戰，傷勢最重，調息極為不暢，若無外功加及，難以自癒。

如今就等著看穆琛跟上官夜天二人，誰能早一步起身行動了。

正當三人冥思靜息之際，卻聽外頭有人喊道：「上官夜天？上官夜天？……」

三人都不禁睜開了眼睛。上官自己尤其納悶：「怎麼又有姑娘在喊我的名字了？」

不一會兒，伴隨著沉重的腳步，只見一名少女走了進來，滿頭汗水，氣息急促，自然是沈菱了。

她奔至門口，上官夜天與她對上了眼，訝道：「你怎麼又回來了？」

「我……」她才說了這麼一個字，眼眶立溼，摀著嘴，再說不出半個字來。

她一路上瘋狂奔跑，比自己的事還著急，只恐他遭遇不測；如今親眼見他平安，滿腔的憂急霎時釋然，卻又不知該從何宣洩——那就只能流淚了。

「沈姑娘是專程來看閣下死了沒有。」

冷漠的聲調自沈菱身後響起——

「涂爾聰！」沈菱神情一駭，想不到他來得這麼快！渾然未覺涂爾聰方才一路都跟在自己身後。

隨即擋在上官夜天身前，警戒道：「你追過來，是要來殺人的嗎？」

「如果是呢？」涂爾聰暗暗打量環境，一看就知道此地方才發生激鬥，如今三人都受了重傷。

「他不是壞人，你為什麼要殺他？」

「你錯了，他就是壞人，我才要殺他。」他不禁嘆了口氣，道：「沈姑娘你清醒點，你如今這樣袒護他，若有天你終於了解他是什麼樣的人物，你會後悔的！」不知怎麼，他見沈菱這麼又癡又傻的沉陷其中，惋惜之餘，也頗感惆悵。

「他說的對！」上官夜天居然也附和著。

沈菱怔愣的望向他。

「我的確不是好人，我殺過很多人。你走吧。」

沈菱聽他直言不諱，一時也不知該如何應接，愣了一下，方道：「我相信你殺的，一定都是像鐵尋楓那樣的壞人。我不會走的！」

這下子反換上官夜天愣住了。

他沒有接話，因為他想不到沈菱會如此堅定真摯的相信自己，頓時，看她的眼神不覺變了，整顆心暖烘烘的，說不上是何滋味。

緊繃的局面，頓時滲著那麼一絲柔情旖旎，完全沒有人發現涂爾聰眼底，深隱不顯的黯然寂寞。

雖然只相識一天，可是沈菱的身分已很清楚，是他的未婚妻了。

他心裡也已完全準備好，在未來的日子裡，都將會有她的參與；故他原已打算要好好的認識她，了解她，與她共處，可如今……

他吸了口氣，不再看向他們，轉而眼神冷冽的瞪向另外兩人：其中一人女裝打扮，擺明是誘敵之餌，那麼色魔必定就是……

他的目光最後落在穆琛臉上。

「你，就是那個連殺七人，又劫走少女的色魔？」

穆琛直愣愣地瞪著他，雖沒有立刻回話，心中卻無比激昂：「瞧這模樣長相，又是姓涂……斷然不錯，這一定是白馬堂涂松巖的孽種！」心念一轉，已有計較。

「不錯，本座正是悲聲島主座下弟子穆琛。男人是我殺的，女人是我姦的，你待怎樣？」

涂爾聰原待他招認後，即挑斷他筋脈，嚴加銬問，豈料竟會聽見「悲聲島」三字！

「你是悲聲島的人！」他的聲調微微顫抖，完全失了平時的高深冷靜：「怎麼可能?!」

「怎麼不可能？」

「蕭朗殺了孔聖之後，我們九大派立即派出高手，誅殺『悲聲七狼』及其座下餘孽，江湖上誰不知道？悲聲島是絕對不可能再有活口了！」

「嘿嘿嘿……」穆琛陰沉低笑。

涂爾聰說的確是事實。當時的悲聲島已是一個頗有規模的幫派，縱使蕭朗殲滅首腦，它一時間還不致於潰散瓦解；真正給它致命一擊的，還是九大派的趁勢圍殺。

穆琛的六個師兄，就是這樣死的。

所以他深恨九大派，甚於一切。

「姓涂的小子，你太自負了！你單是第一句話，就已經錯了，大錯特錯！」他道：「我恩師根本就沒有死。」

除了沈菱，所有人都大吃一驚。

「你說謊！」涂爾聰當先反應，根本不信。

「哼，我騙你做什麼？江湖上根本就沒有人見過家師的屍體，你們憑什麼斷定他老人家已經死了？」

「他若未死，這些年來何以銷聲匿跡，毫無消息？」

「哼，你這話也真奇怪了，他老人家受到天舞劍重創，不好好躲起來養傷，難道要自曝行蹤，讓你們來追殺他嗎？」

「他躲在這裡？」

穆琛深沉一笑，不置可否，逕道：「這個地宮是當年我們拿下這山頭後，恩師命人暗中修築的地下基地，要作為入侵中原的第一個據點，可惜一廳六房才剛完成，蕭朗那王八就殺上了悲聲島。雖然蕭朗終究被恩師斃於掌下，但他老人家的功體亦遭劍氣重創，近乎全廢。嘿，幸好老天有眼，終讓恩師找到了一種內功心法，不但能恢復功力，而且修成之後，連天舞劍亦不足為懼！」

「什麼武功？」涂爾聰動容道。

「不是別的，就是老子現下正在修練的『乾坤一氣訣』！」

「乾坤一氣訣……」涂爾聰喃喃複誦這個陌生的詞兒，接著道：「你是說，你屢次殺人淫掠，就是為了練這套武功來著？」

「不錯！大凡內功心法，不是偏陽，就是走陰，再不就是非陽非陰，持中庸之道。然而所謂的乾坤一氣，追求的卻是陽旺陰強，交融一體。因人體天生有就陰陽兩氣，惟有同時提升，循環相生，才能真氣永沛，無窮無竭。這，才是真正的曠世神功，小子明白嗎？」

這下子眾人終於恍然，原來他攝男子元陽與女子元陰，俱是為此。惟此功固然厲害非常，修練的方式也未免太過邪異可怕。

「只可惜啊，我七陽七陰尚未竟功，就碰上了雲城的小子來搗亂。否則，你們怎會是我的對手？」

他嘴上雖如此說，臉上卻露出的猙獰的笑容：「不過無妨，等到師父的九陽九陰修練完畢出關，你們就死定了！不，不只是你們，還包括整個武林，到時候可就……嘿嘿嘿嘿……嘿嘿嘿嘿嘿嘿……」

他的笑聲尖銳邪惡，眼神流露著興奮的狂喜，彷彿在可預見的未來，武林必將遍地染血，九大派必將堆起屍山。這情景光用想的，他就開心得發抖。

沈菱見他笑顏詭異，不禁嚇得退後兩步。上官夜天輕聲道：「別怕，躲在我身後，我會護著你。」她受寵若驚，心頭怦然，情不自禁的便真蹲在他身後，低下頭來，帶著竊喜，悄聲道：「謝謝你。」

上官夜天看著她的女兒嬌態，不覺情動。雖自納悶自己也未必能全身而退，怎麼還跟她說出這樣的話來，可至少能確定的是：他不討厭她，不會排斥她的靠近。

另一邊，只聽唰的一聲，涂爾聰已拔出長劍，點著穆琛喉節，抑下他狂妄的笑聲。

「孔聖在哪裡？說！」

「哼，此刻正是我恩師修練的緊要關頭，你以為我會告訴你他的所在，讓你去阻撓他？作夢！」

「就算你不說，我也有辦法知道他在哪裡。」涂爾聰的眼睛早已注意到他腰上繫著一串鑰匙，便扯下來。

涂爾聰心想：「孔聖一定就在哪個房間裡修練著！」登時心急如煮，出手疾點穆琛上身幾處穴道，即出去尋孔聖下落，再不向上官夜天他們看上一眼。雲城固然可畏，然跟悲聲島的兇殘暴戾相比，可就微不足道了。

杜紫微眼睛斜瞟直到涂爾聰離開，心中嘆道：「這白馬堂的少堂主好生沒用，連逼供都不會。」他十五歲時就已經摸索出至少一百種讓人求生不得、求死不能的法子，到如今，手段更是變本加厲。倘若穆琛是著落在他的手裡，早就讓他老老實實的吐出孔聖下落，豈還能這般嘴硬？

「看樣子，九大派果然是我們共同的敵人。」

穆琛忽然道出的這話，讓另外兩人都豎起了耳朵。

「光從這點穴手法就知道，這姓涂的絕非泛泛之輩。我們三個就算聯合起來，也不是他的對手。」

「廢話，現在的我們，連條狗都殺不死！」杜紫微話雖說得有氣無力，怒斥之色卻是現於顏表：

「我早就跟你說過，我們應該聯手對抗九大派的！」

「你有什麼打算？」上官夜天問道。

「我方才說我師父還活著，是騙他的，我的目的，是要引他到一個房間去。」

「什麼房間？」

「貓兒的房間。」

第十五回　血戰

「沈姑娘……」涂爾聽只覺說不出的心酸難過，眼眶不由得濕了。探她鼻息脈搏，雖還有細微動靜，但若不盡快止血，遲早也是性命難保。

涂爾聰拿著鑰匙串一間間的試了。這個地宮的規模並不方正，大廳後頭，除了最右側的房間，還要走過一道狹長的走廊，才會看見另外橫向並排的四間房間。

四間房間分別是丹房、藥房、兵庫、書房。他急著找人，未曾細看其中所藏之物，走廊另一頭有段階梯，階梯的後頭，便是一扇鐵門，與其他房門式樣不同，直觀就讓人覺得孔聖必定在裡頭。

他用最後一柄鑰匙開門進去，一進門，房門的樞紐就自動闔上。房間很黑，只有壁上一盞燭燈能讓人勉強視物；內牆上方則開了一個小窗口，隱約有風拂入。

房間裡面沒有人，可是涂爾聰還是走了進去。

因為這個房間很奇怪，勾起了他的好奇心。打從他一踏進來，就聞到了很明顯的血味。

雖然房間打掃得很乾淨，但殘留的氣味騙不了人，這個房間，一定沾過很多人血、死過很多人。

「孔聖、孔聖！你這妖孽，快出來受死！」他手握劍柄，四處叫喊，同時也打量房間設計，愈看愈覺得這房間奇怪。

地宮中所有的廳堂房間皆是布置輝煌，獨此間雖寬大高闊，卻簡陋得一無他物，只有左右兩側的牆面各有六個大洞，大小可容人鑽入。

這些牆洞究竟是……？

「嘶——」

涂爾聰忽聽到怪聲，立刻轉頭看去，然見到的居然不是人，而是一隻齜牙咧嘴，翹著長尾的大雪豹！

很大，大得驚人，這樣的豹子就算跟老虎搏鬥，只怕也不會輸。

他一向處變不驚，可如今也不禁呆住了。

他過去只看過這種豹子一次，是數年前到雪山派作客時偶然得見的。

他就是做夢也絕想不到，自己居然會在迴燕嶺山腹，看到這種東西——原本應該生長於高山苦寒之地的大型猛獸！

「涂松巖當真只有這個兒子？」

「不錯，其他的都是女兒。」

「哈哈哈……好，很好，非常好！當年我三師兄、五師兄，就是死在他的手裡，現在輪到他涂家絕後，還真是老天有眼！」

「絕後？我看未必，他的劍法在南武林可是數一數二。」

「哼，他若會別的兵器也就罷了，可若他只會劍法，他是死定了！」

「怎麼說？」

「我養的雪豹，專門吃用劍高手。」

「雪豹！江南之地，如何能養雪豹？」

「那雪豹原本生於雪山，從小給我餵食各種靈藥仙草，不但體型較一般的更為壯碩，也能夠適應江南溼熱的氣候。」

「那為什麼專吃用劍高手？」

「我養雪豹，就是為了要對付九大派。九大派人人用劍，而且非劍不用，只要我的雪豹不怕劍，以後就可以幫我對付九大派的人了。」

「你是怎麼訓練的？」杜紫微好奇道。

「還不簡單，我六年來到處抓了不少劍手，把他們全都丟進房間，餵飽貓兒。武功強的，就一次放一個進去；武功弱的，就一口氣放兩、三個了。」

「你讓他們帶劍？」

「當然！」

「你不怕他們用劍殺了你的貓？」

「嘿嘿……你沒親眼看到我的貓，才會說這種話。我的雪豹不只縱躍靈活，就說那口利牙——嘖嘖，連牛骨頭都能一口咬斷！」

雪豹雙眼森寒地瞪著涂爾聰。

涂爾聰這下子總算明白，自己中計了！

根本就沒有孔聖。穆琛之所以誘騙自己進來這個房間，就是要讓這頭大豹來收拾自己。

唰的一聲，他已拔出長劍。

不論是何等兇猛的野獸，頸腹都是要害，只要那豹子撲來，他就有機會下手。

只見那豹子森冷冷的盯著他，緩緩繞圈移步，驀地大吼一聲，飛掠而來！這就是真正的掠食者，靜時如林，動如奔雷，發難前毫無半分預兆！

涂爾聰身子側彎，長劍向上斜削，對準了那豹腹上最雪白柔軟之處，眼看即中。豈料那豹子竟驟然收回前爪，搭在劍上，再行跳躍，竟是安然躲開這著，彷彿經驗老道。

涂爾聰大駭之餘，立時便知這豹子受過特殊訓練，並不怕劍。

那豹子落地後，再度撲來。涂爾聰倒吸口氣，腿一跨，腰旋彎，待那豹子躍來，便搶步騰起，一刀揮去，直取眼睛——對，那招其實是刀法，他情急下將劍替刀，解決燃眉之急。

這一招快狠無雙，果便得手，連豹鼻都削去了。惟豹子慘叫之際，身子跌墜，粗大惹眼的尾巴順勢狠狠一甩，偏巧甩在涂爾聰左眼，刺得他眼淚酸楚，慘痛難言。

「糟……我的眼睛……」

他一手摀著眼睛，另一手忙向大豹腦門再補一劍，不料——

「嘶——」

「嘶嘶——」

涂爾聰倒抽口氣，從腳底寒了上來。正當他以為大豹已死，從牆洞中居然又躍出了兩隻體型更大的，豹目森寒，裂嘴張牙！

*

「雪豹有三隻！」

「當然，像那樣的高手，一隻怎是對手？但若三隻齊上，他便絕無生路。哼，這會兒也不曉得是喉頸被咬斷了，還是肚皮被撕開了，哈哈哈……痛快！痛快！」穆琛說得好不得意，想像著涂爾聰遭野獸撕咬的模樣，眼睛就興奮得發光。

這時，始終不發一語的沈菱，忽然站起身子。

「怎麼了？」上官夜天問。

「我要去找人來……救涂爾聰。」她望著上官夜天的眼神雖有三分歉赧，態度卻很堅定。

上官夜天還沒說話，穆琛已道：「嘿嘿，等你找人過來，正好來幫他收屍……不不，是撿骨，那三隻大貓吃人，可是連肉渣都不會留下。」

「是啊，沈姑娘，這會兒不是涂爾聰殺了三隻雪豹，就是雪豹咬死了他。若是前者，等會兒他自會出來；若是後者，你現在才去找人，也已來不及了。」杜紫微幸災樂禍的道。

沈菱厭惡他們的言語行事，沉臉道：「沒人救他，我自己去！」轉身走沒兩步，上官夜天叫住了她：「你要怎麼救他？」

「爹爹給了我爆裂丸防身，你不必擔心！」她急急說完，便奔了出去，雖聽得他在身後大喊：「危險，別去！」可她並沒有回頭。

雖然上官夜天可能會不高興，但若真的放任涂爾聰遭野獸啃食，她恐怕一輩子都良心難安。

暗房之內，血腥味讓餓了一整天的野獸再也按捺不住，雙雙朝獵物撲去。

涂爾聰自忖無法一劍擋雙豹，務得先格殺一隻，方有生還之望。即忙提氣一躍，躍得比豹子更高，雙腳重重踩在其中一隻的背脊上，跟著提起長劍，朝牠頸子刺去。

不料那豹低吼一聲，前爪撲伸，加速落地的勁道，觸地後便閃電似地鑽入牆洞裡，快得讓這一劍從頸側滑過，只傷了皮肉。

這時另一隻卻趁機撲了上來，利爪賁張，迎面將涂爾聰推倒在地，壓在身下，張嘴欲咬。他只得橫劍擋住獸口，腳尋空隙，朝豹腹狠狠一踢。這一腳運上了十足真力，大豹腹部劇痛，一個翻滾，跟著也鑽入洞內，不見蹤影。

啊！這下涂爾聰懂了，原來那些牆洞是挖給豹子們鑽的。只要那些豹子受傷，立刻躲進裡頭，便不會有性命之憂。惟不確定的是，這些牆洞，是否有暗道相通呢？如是，可就棘手了。

他如今只能以右眼視物，燈火又弱，遠比不上貓兒在夜中也能視物的目力，非得盡快離開不可；但，走得了嗎？

忽聽一聲嘶吼，只見最上層的洞口又見雪豹，居高臨下的猛撲而來。

涂爾聰想：「這些牆洞果然有暗道相通，若再放過，可真是沒完沒了！」那豹子由高處下躍，他見機極快，當先一鼓作氣，挺劍而上。只見豹撲人，人殺豹，跟著便聽到一聲獸吼，鋒刃已越過豹掌，朝豹頸洞穿而過！

這一著，沒有花巧的招式、沒有繁複的欺敵虛實，純憑速度、力量、勇氣，來決定生死勝負。

那大豹吼叫之後，頸血便沿著劍鋒緩緩流下，染了涂爾聰滿手，立時斃命。

砰的一聲，死豹喉頸夾著劍刃，重重的摔在地上。他心想：「還有一隻，我得快些將劍拔出來。」然那豹子碩大異常，皮厚肉粗，劍身又無血槽，兩者黏合得結結實實，饒他力大，一時間也不易拔出。

偏偏另一隻雪豹也不知會從哪個牆洞忽然撲來，心神忐忑不說，又聞著滿室的腥血，只覺反胃欲嘔。

惟當此刻，居然聽見人聲：「涂爾聰，你還在嗎？」聲音是從門縫飄進來的，是沈菱！

「涂爾聰，你還活著就應我一聲。……涂爾聰？」似乎是聽不到他的回應，十分焦急，用力敲了敲門板，不自覺拉高了音量。

「我還活著！我已殺了兩頭豹子！你別開門！」才這樣說，左側一股力道猛地襲來，將他推撞在地。涂爾聰心神震驚之際，獸爪已嵌入他肩膀，獸涎已滴淋了他滿臉。

「可惡！」他只能掐住獸頷，勉強拖延，但哪裡及得上整頭豹子全身下壓的力氣？能拖延多久呢？

外頭的沈菱聽到他驚恐的叫聲，想不也想，霍地推門。頓時，外頭的光線射進了房間。

這個動作雖救了涂爾聰，卻苦了她自己。

那豹子轉頭見是更弱小的人類，無疑比身下這個頑強抵抗的傢伙更好對付，森森瞪著沈菱，獠牙咧張，即發足朝她奔來。

沈菱大駭，完全呆住了！

那怎麼會是豹子？世上怎會有如此恐怖的豹子？

她的眼睛寫滿恐懼，身體卻像是僵了似的，全無動作。

「關門！快關門！」涂爾聰嘶聲大吼。

沈菱這才回過神來，卻不是關門，而是連忙擲出從剛剛就緊握在手心的兩枚爆裂丸，擲向豹子身前的地板。

然而，竟然，沒有爆炸！

原來爆裂丸乃是仰賴瞬間撞擊的力道及熱度，引動裡頭的火藥爆開，可她擲出時手還在發抖，力量根本不夠。

她大失驚色，轉身便跑，哪及得上雪豹速度？不過才剛爬上長廊，就給撲在地上。

「沈姑娘！」涂爾聽驚駭大吼，直嚇得魂飛天外。頓時也不知哪來的力量，渾不管雙肩劇痛，霍地一拔，就將那口牢牢插在豹頸裡的長劍拔取出來，身法追風逐電，眨眼便奔出房間，朝著雪豹那伏身高翹的臀縫裡就是一刺！

這一刺，狠絕猛絕，二尺六寸長的劍刃，全貫進了雪豹體腔，直至劍鍔。雪豹昂首慘叫，吼聲如雷，四腿一伸，終於斃命。

「沈……沈姑娘？」

他即朝壓在下方的沈菱看去，只見沈菱闔著眼睛動也不動的，左肩膀衣服破裂，血肉模糊一片。「沈姑娘……」涂爾聽只覺說不出的心酸難過，眼眶不由得濕了。探她鼻息脈搏，雖還有細微動靜，但若不盡快止血，遲早也是性命難保。

正摸索身上的止血藥物，卻聞腳步聲從走廊的另一頭紛至沓來，來的全部都是雲城中人。為首的，是給成舵主攙扶著的上官夜天。

原來上官夜天在動身迴燕嶺之前，吩附了成舵主，若是兩個時辰後還不見他跟杜紫微回去，就帶三十名高手過來照應。

於是，三十名高手在迴燕嶺上循著他們沿途留下的暗號，很快就發現了在山洞外頭等候的方素霞，及那四名留守的白馬堂弟子。白馬堂的弟子自是即刻便被打發，至於方素霞，原還猶豫著是否該入洞察看，可她對穆琛畏懼太甚，遲遲不敢行動，直見成舵主帶著大批人馬前來，這才敢大著膽子，為眾人帶路。

就這麼，穆琛被擒，上官夜天與杜紫微都在部下的攙扶下趕過來探看情況。

卻不想，竟會看到流血倒地的少女、身沒劍刃的碩壯死豹，以及傷痕累累的涂少堂主……

方素霞眉毛一挑，暗自快意；杜紫微輕嘆一聲，替沈菱可惜，而上官夜天乍見，卻彷彿墜入了冰窖。

原本他在房裡聽見她的尖叫，就已擔憂如焚，想不到沈菱果真——

「她死了？」他喉間乾澀，想不到這三個字竟這麼難說出口。

「不，她還有脈搏。你若還有半分良知，就快搶救她性命！」

上官夜天聞言精神一振，激動的抓住成舵主膀子，道：「快！快去替她止血療傷，稍後帶回分舵，把定音城所有大夫全找過來！快！」

他一聲令下，所有人立刻動作，搶救人命。

＊

這一次，雲城是真正的贏家。

雖然贏得很險，可是贏者全拿。

迴燕嶺是他們的了，他們愛蓋幾條棧道，就蓋幾條棧道；地宮中的所有寶貝，稀罕的兵器秘笈、綢緞金銀，也都是他們的，還可以直接就地接收，作為新的據點。

然而，杜紫微卻一副心事重重的模樣。

澡間水氣氤氳，卸下人皮面具的小翠掠起袖子，正在仔細乖巧的幫澡盆內的他擦背，見他凝思無話，忍不住問道：「穆琛跟涂爾聰都成了你們的階下囚，你還不開心啊？」

杜紫微回過神來，看著她道：「我是開心。」

小翠一笑：「我可看不出來。」

杜紫微忽然岔開話道：「上官夜天看上那姑娘了！」

小翠擦背的手勢一頓，冷然道：「只是想弄來當玩物，不是真心的吧？」

杜紫微道：「他倒不是性好漁色之人。你沒瞧見他今晚連飯也沒吃，臉色那麼難看，全是為了那丫頭的傷。」

「大夫們怎麼說？」

「傷得很重，肉咬爛了，骨頭也碎了，可這些都還有得救，最麻煩的就是腦子撞得太猛，裡頭可能有瘀血，得先化瘀，才可能清醒。」

「能化淤嗎？」

杜紫微搖了搖頭，「要在腦子下針呢！那些大夫似乎都沒有把握。」

「哼，最好就這麼躺上一輩子，永遠別醒過來！」

「恐怕無法如你所願。巫羽會救醒她的。」

「誰是巫羽？」

杜紫微往手邊的果盆摘了顆葡萄放入嘴裡，等吮了甜汁，把皮跟籽都吐到她湊來的白嫩小手上頭，才道：「城主的專屬大夫。我從沒見過醫術比他更好的大夫。」

「你是說，他會帶沈菱回去雲城？」

「十之八九。」說罷，杜紫微站起身子，跨出澡盆，穿上雷翠遞來的絲袍，道：「我從沒見他這麼緊張過，看來是真把她放心上了。」

「這對我們不好嗎？」

「當然不好。」

「為什麼？」

杜紫微沒有回答她，只道：「雲城的祕密多著呢，你以後就知道了。」

＊　＊　＊

要將沈菱這樣的傷患帶回雲城，並不是件簡單的事情。

她失血甚多，整片肩骨也都裂開了，大傷體質元氣。上官夜天命大夫們用最好的傷藥仔細包紮，確保傷口能如期癒合，然後，他讓人找來一輛寬敞的大馬車，在車內鋪上柔軟厚重的綢緞床墊，將她安置在車內，又帶上兩名傷科的名醫與一名醫女，這才向直雲城去了。

上官夜天自然與她共乘於車內，看著她那張慘白無血，氣息虛弱的臉龐，竟有一種說不上來的難受。心念一動，不禁握著她柔軟的指端，嘆道：「你當時何苦進去？如果連巫羽也救不了你，此後再也醒不過來，那不是太不值得了嗎？」

可是沈菱沒有半分回應，連睫毛都沒有絲毫的眨動。她的神思如今被囚困在另一個世界，什麼聲音都鑽不進她耳裡。

上官夜天忍不住又嘆了口氣，有不捨，更有迷惘。

這小姑娘那麼喜歡他、信任他，那已是明明白白攤在眼前的事了。

是的，當日在南疆，他也是在她昏迷不醒的時候離開她的，可那時候他沒有半分留戀與猶豫。她只是個很普通的小姑娘，雖然單純可愛，可要在荊都城中挑一個像她這樣的，也並不困難；然自從她在地宮為了自己去而復返，他發現自己原來是那麼樣的歡喜與感動，彷彿心湖深處洶湧著什麼，那時他就知道，這小姑娘已經走進他心裡了！

「不要有事，拜託你……」

他在她耳邊鎖眉凝眸，喃喃低語。沈菱依然毫無意識，而前往雲城的道路，也依然漫長。

第十六回　遺恨當年

這一刻，穆琛終於看到他的臉了，卻似連呼吸也要停止，全身猶如墜入冰窖。

「啊！痛……好痛……」

子夜，沈菱好不容易退了高燒，卻又開始昏迷不醒的夢囈著：

「不要……不要咬我……好痛……誰來救我……」

她不知道，自己已來到了北方最繁華的都市——荊都。

已來到了荊都最高聳的建築——雲城。

已來到了雲城裡最氣派的院落——楓紅小築。

已來到楓紅小築裡最溫暖的房間——上官夜天的房間。

更不知道，只為了她這樣低聲的叫喚，上官夜天就可以立刻放下桌案上的文書，趕忙來她身邊看視：

「不痛、不痛！我在你身邊守著，再沒什麼猛獸可以咬你……你別害怕！」他的低哄就像咒語，一字字、一聲聲，都鑽入了她的耳裡，嵌入了她心坎裡，然後——

「你醒過來了！」上官夜天終於等到她緩緩張開了眼睛，無力的眨呀眨的，心中大喜，立刻向外喊道：「雪琳！」只喊了這麼一聲，不一會兒，房間扇門立即被人打開，外頭的雪琳無聲的走入房中：「少主有何吩咐？」

「她醒了，快去請巫羽過來。」

「是。」

上官夜天一回頭，只見沈菱眨著眼睛緩緩轉頭張望，臉色十分憔悴，便問：「是不是傷口還疼？」

「我在哪裡？」

「雲城。我帶你回來，讓天下最有本事的大夫醫治你。」

「我……肩膀好痛……我被豹子咬了，是不是？豹子呢？」

「已經殺掉了，你不用害怕，再沒什麼可以傷害你了。」

她聞言心裡一寬，舒了口氣，回想當時景象，仍不免一陣顫慄，又問：「涂爾聰呢？他還好嗎？」

上官夜天神色微變，道：「他也沒事。」

「是嗎？那他人呢？」

「他……他受傷不輕，早就回白馬堂療傷了。」

「是嗎？太好了……」

上官夜天見她整個人都鬆了口氣，過一會兒，問道：「你喜歡他，是不是？」

「什麼？我喜歡誰了？」沈菱腦子還有些昏沉，一時沒能聽懂他的意思。

「你為了救涂爾聰，竟做到這等地步，果真為了救他，連命都不要了嗎？」

這下子沈菱才聽懂了：他是在吃醋，為她吃醋！霎時眼眸裡滿是驚喜之意，心中不禁甜甜的，羞澀一笑，道：「不是的……那是意外……如果是你被關在那房間……」她不自禁的握住他擱在床沿的手，「我也會去救你的……」

上官夜天心中一動：「真的？」

「嗯。」她微微點頭，握他手背的力道卻更緊了一些。

上官夜天頓時只覺胸膛塞滿一種難以言喻的感覺，讓人覺得生命是如此的美妙。他忍不住的，燦爛一笑，他從來也不曾這樣笑過！

「那你快點好起來，你好了之後，我們……」他反過來也握住了她，道：「我們就在一起？」

沈菱微咬著下唇，嬌羞一笑：「嗯。」點了點頭，神色不勝喜悅。她遭逢生死大劫，平素的禮法矜持再不在意，於感情只想順心而往、任性而為。

她就是喜歡他！

「你……可以抱我一會兒嗎？……只要一會兒就好。」她朝思暮念的意中人如今就在眼前，實是好希望他能給自己一個依靠。

上官夜天沒有再說什麼，俯下身子，輕輕將她攬住：她好嬌軟，髮間飄著淡淡微香，如此乖巧柔順……

當初早在別登樓時，他就已對她留上了心——她那雙水亮明眸裡看待自己的愛慕情意，他可不是睜眼瞎子，沒瞧出來——可就算如此，也僅只於留心。一來是為著蘇娃，再者是因為他不喜歡南疆。他在那裡受到了此生難忘的羞辱，若無意外，許是這輩子都不會再踏向那地方一步了，故而相關人事，自然也不必再置於心上，可是……

他又遇見她了！既可愛，又倔強；既率真，又羞怯……

自從五年前遇見蘇娃，他是頭一回再有這種情思萌動的感覺。

縱然蘇娃可能因此怨懟，可他真的……不想放手！

此際，兩人心頭正當情濃，忽聽門板有輕扣聲響，都不禁一愣。

上官夜天即站好身子，道：「進來。」紙門立開，正是雪琳跟巫羽。上官夜天馬上讓巫羽入房診視。

巫羽來到床畔，觀察沈菱的氣色脈象，皆已脫離險境，於是道：「姑娘已無大礙，只須再調養幾天就能夠下床了，不過左肩的骨頭還沒完全癒合，三個月內不要使力。」

上官夜天感激道：「巫藥師，多謝你了！」

「這是小人職責，少主言重了！」

「那個……」沈菱不安問道：「我的傷口，會有疤痕嗎？」

巫羽微笑道：「姑娘，被貓兒狗兒抓傷咬傷，都很難不留疤痕了，何況咬你的是那麼兇猛的豹子呢！能挽回性命，已是不幸中的大幸了。」

沈菱知道此事難免，臉上立見失望之色。

巫羽見了，向上官夜天道：「小人返回藥閣後，馬上讓藥僮送藥包及癒骨的膏藥過來，另外還有一罐淡疤的白玉散，沈姑娘待肩傷好後再用。」

沈菱一聽能夠淡疤，喜道：「大夫，謝謝你！真的謝謝你！」

巫羽微微一笑，即與雪琳退下。

上官夜天好笑道：「不過淡疤而已，這麼高興。他救回你性命，也沒瞧你這麼感謝他。」

沈菱道：「我傷得這麼重，這些疤痕一定又多又深，到時候把繃帶解下，一定很難看。」

「我不會在意這些，你別多心。」

沈菱給他看穿心事，臉上一紅，立低下頭來，心頭怦怦跳動，卻不知道該說些什麼才好。她最怕這種兩相無話的情況，總覺該得尋些什麼事情來說，否則便不自在，於是道：「那位巫藥師……」

「肚子餓嗎？」他同時問。

兩人撞話，都是一笑。

上官夜天先道：「巫藥師怎麼了？」

沈菱道：「沒什麼，只是覺得他人很好，很親切，長得跟大嫂也有點像。」

「你大嫂？」上官夜天道：「是秋晴嗎？她已嫁給你哥了？」

沈菱點了點頭，道：「你離開南疆不久，苗族大寨就發生了火災，好多苗族的高手都死在那場大火中。大哥跟大嫂不必再害怕苗王威脅，很快就成親了。」

上官夜天想不到自己竟意外促成他們的婚事，輕笑一聲，道：「那可真是恭喜他們了。」

沈菱笑道：「爹爹總說，能娶到秋晴這媳婦，是大哥的福氣，要不南疆打哪兒找得到這樣漂亮的姑娘，又會解毒治病的？幸好如此，否則我大嫂便不是別人，而是那個狠毒可怕的雷翠公主了！」

上官夜天聽了這話，眼神微變，頓時沉吟不語，過一會兒方道：「是啊，她也會醫術的，而且輪廓確實是跟巫藥師有幾分相似……」

「你也這麼覺得？」

「嗯，口音也像。巫羽也是江南人士。」心中不禁一凜，想道：「秋晴若是尋常女子也就罷了，偏生她還跟涂家有交情，容貌本事又剛好與巫羽相類。這樣的事，未免太巧！」心裡敲定主意後，即又換個和煦的臉色對她道：「想吃什麼？我吩咐小廚房替你準備。」

沈菱略一想，道：「我想吃你平時喜歡吃的。」

上官夜天奇道：「為什麼？」

沈菱笑道：「也沒為什麼，只是好奇你的飲食喜好，不曉得跟我一不一樣……」

上官夜天微笑道：「好，我一會兒再來陪你。」

可他起身離開，關上了房門，卻不是去小廚房——

「雪琳。」

「少主何事？」

「沈姑娘醒了，你替她準備一些膳食跟衣服。」

「是。」

「還有，明天我忙公事的時候，你傳顏克齊進來陪她說話，免得她怕生。」

「是。」

「最後，有件事務必辦妥，幫我盯著巫羽。」

「巫藥師怎麼了？」

「我懷疑他是奸細。」

「他是奸細？」

「對。」

自離開定音城，他就一直在思量這奸細的身分。

原本他鎖定的對象是朱銘，因為朱銘是雲城大總管，管理著出派信使的使用載冊，能夠任意更動其中記錄；可方才經沈菱這麼一說，他就發現除了朱銘，有個人更可能是奸細，因為那個人可以不使用信鴿信使，便將雲城的消息傳遞出去，就是巫羽！

巫羽不會武功，也不插手城中事務，平素的消遣也只限於書法棋道，一派文士斯文風度；兼之多年來盡心救治雲城中人的大小病症，人緣極佳，本來實在不易將奸細人選想到他身上。

可也正因如此，巫羽於辦藥採藥一事，甚至可以不經由朱銘，全權自行處理。他的藥房裡擺滿了各種稀奇古怪、聞所未聞的藥材，這些藥材，都是跟荊都城裡的一間鍾家藥鋪買的。

上官夜天道：「巫羽每一、兩個月就會去鍾家藥鋪一趟，親自跟鍾老闆批購指定的藥材，若是藉此連繫九大派，也不是沒有可能的事。最近因沈菱跟千里都有傷，他恰好有理由再去買藥。現在涂爾聽在我們手上，他若是奸細，一定會想法子通知九大派，好讓他們來救人。」

「屬下明白了，必會將此事查明清楚。」雪琳說罷，轉身即去進行。

上官夜天望著朗朗星空，心想：「巫羽，但願你別是奸細才好，若你真是九大派的人，哪怕你妹妹曾有恩於我，我恐怕亦不能輕饒了你。」

次日，巳時，上官驪書房。

「……所以，看來是白馬堂也想要南疆，才會跟魏蘭締結婚約，娶沈幽燕的女兒？」

在上官驪的書房中，上官驪與上官夜天分坐在書案兩側，指劃著攤開在桌上的南武林地圖，仔細剖析情勢。

「是的。」上官夜天答道。這是從沈菱那裡問出來的消息，不會有錯。

上官驪哼哼笑了出聲，一雙銳眼瞬也不瞬的瞪著夜天，道：「我問你，當初在聚星樓開會，你對於南疆分舵的位置，後來為何捨魏蘭而取苗疆？」

上官夜天不想他會忽然重提此事，愣了一愣，道：「義父，我說過了，是為著魏蘭會鬧水災。」

「不是，你是為了沈姑娘，想放他們一馬。」上官驪雙眼如鷹，語氣篤定，似已看到他心裡去。

上官夜天心頭一跳，知道已瞞不過他。深怕上官驪會怪罪自己因私廢公，要重新調置南疆分舵之地，如此一來，只恐將對魏蘭不利了！他急忙思索，只待尋些藉口蒙混過去，不想竟聽他撫掌道：

「很好！既是如此，義父成全你們。」

上官夜天一愣，當自己聽錯了。可是他確實沒有聽錯，因為上官驪接著又道：

「你都已二十五歲了，既不蓄養姬妾，亦不思量終身大事，多年來我每每要替你安排婚事，你總是找一些奇奇怪怪的理由搪塞我，讓人好生費解。我擔心旁人見此，遲早要懷疑你有斷袖之癖，恨不得你早些娶妻生子。」

上官夜天一陣心虛，只有他自己才知道，至今未娶是為著誰，可這背後緣由，卻無論如何也不能對任何人提起。

「你我父子一場，雖無血緣之親，可我這親手建立的江山基業，卻是非你不傳的了。你只管好好的找一個真心喜愛的女人，生兒育女，然後用心治理雲城，莫辜負我的期望，也就是了。」

上官夜天聽他說這番話，倒似在交待著什麼，不禁一奇。

「好端端的，義父怎麼說起這樣的話來了？」

「因為我已經決定了。」他的口氣，彷彿接下來要說的話，已然深思熟慮：「你只要願意跟沈菱成婚，並且誕下一子，我就把雲城城主之位傳讓於你。」

上官夜天一愣，道：「義父，你當真嗎？」他口氣並非驚喜，而是驚訝。依上官驪的狀況看來，他再活個五十年也不成問題，現在便談起退位之事，豈非太早！

「我說出口的話，從來不假。」

「孩兒不是這個意思，而是覺得您實在不必這麼早就退位。孩兒還有很多事情都不成熟，還需要您的指導！」

上官驪微微一笑，道：「我瞧你處事已可獨當一面，又有朱銘他們從旁輔助，雲城交在你的手上，我很放心。」

上官夜天不再相勸，知道他決定的事情，一向無人可以更動。

「那麼義父到時只管安享清福，至多孩兒日後碰上了什麼解決不了的情況，再向您請教。」
上官驪搖頭道：「我退位之後，不會再回來雲城了。」
「?!」
「我要帶蘇娃離開這裡，與她一同遊歷山川美景、看盡各方風土、嚐遍天下美食。至於這些江湖人、江湖事，我其實早就倦了，有時候真煩心得連聽都懶得聽！」
「那麼九大派的事情怎麼辦？您不再與他們為難了？」
「哼。」上官驪冷笑，「雙方鬥爭較量了十多年，現在就算我們想收手，司空淵也不會輕易作罷。何況，他們廢了千里，我可也沒打算放過他們！」
上官夜天心下一凜，聽起來韋千里的恢復狀況並不樂觀。
上官驪續道：「千里膝骨全碎，需要養個半年也就罷了，可他掌心的勞宮穴遭鐵釘貫穿，就算傷癒，今後聚氣凝掌也會有點問題。他的絕陽掌不會再有從前的威力了。」勞宮乃掌氣出入的要穴，此穴一廢，再精妙的掌法也無可施為。
「義父有何打算？」
「我會交代費鎮東去娶趙正峰首級，絕不讓千里白白犧牲。」
「趙正峰若死，九大派必會反擊。」
上官驪道：「就算趙正峰不死，司空淵也會有所動作，因為他得到了天舞劍，想如今正躊躇滿志，自會趁勢與我們作個了結。不過我們也不必怕他們，今年的中秋劍會，我不會讓他們好過！」
他所說的中秋劍會乃是九大派一年一度的劍技比賽，歷來多在天龍會的據地東靈山舉行，屆時九大派的高手齊聚一堂，切磋較量，既能觀摩益進，又可壯大九大派聲威，可說是武林上最重要的盛事之一。

上官夜天道：「義父，如今司空淵得到了天舞劍，我們便再難以奪到手。天舞劍厲害非常，連悲聲島主那樣的高手都在那套劍法下吃了虧，只怕司空淵練成之後，更難易與了。」

上官驪沉吟一會，道，：「我絕不允許九大派的任何人學習天舞劍……不，看一眼都不行。司空淵若真敢學了，我自會親手果結了他。」

上官夜天只當上官驪沒聽明白他的意思，只好將話說得白一些了：「可屆時司空淵的武功必然大有益進，縱然您武功蓋世，只怕也要冒些風險……」

「呵。」上官驪輕笑一聲，悠然喝了口茶，道：「司空淵有多少斤兩，我比誰都明白。猴子就是猴子，洗了澡穿了人的衣裳，還是猴子；似他這等斗筲之輩，學了天舞劍也不會有當年蕭朗的威力，你不必擔心。」

上官夜天見他如此輕敵，心下總覺得不太踏實。

上官驪道：「如今只待你早日完婚，我對付了司空淵後，就會帶著蘇娃退出江湖，再不過問任何恩恩怨怨了。」說罷，望著香爐上頭輕煙繚繞，幽幽出神，道：「我可以不計權位、財富、武功，可是我不能沒有蘇娃。」

上官夜天心頭暗驚，失聲道：

「您當真……無論如何也不能少了她嗎？」隨即察覺失態，忙道：「恕孩兒冒昧問一句。蘇娃乃是歌妓出身，您為當今的武林霸主，世上美女隨手可得，何以對她如斯迷戀？」

上官驪默默想了一會兒，半晌忽然露出一絲微笑，道：「你不會懂的。」

上官夜天看著他那微笑，心頭陡地一沉：義父竟是這麼的深愛蘇娃，那抹笑容，如此的深沉、甜蜜，而又無可奈何！他忍不住想道：「義父一旦退位，我豈非今後再也見不到她了？」

一時之間，心內陡地酸澀不捨：這難道就是他跟蘇娃的結局了？當年跟她的點點滴滴，登時浮現於腦海，每一幕都是如此珍貴，沉封在他的心靈深處，經歲月醞釀，只有更加芬芳。

可當他一抬眸，再看到上官驪臉上那份清朗安適的神氣，彷彿與蘇娃相諧到老，便是世上最美之事，頓時，縱使他再不捨得蘇娃，也什麼念頭都不敢有了——

他從來沒見過這樣的上官驪，一個真正快樂的上官驪！

莫非對威震江湖十多年的雲城城主而言，小小女子的相守相望，才是他追求的真正歸宿？

過一會兒，父子倆又商議了好些要事，因著每一年的冬暮春初與夏暮秋初，天地陰陽轉換時節，上官驪總要閉關一個月，修練長生秘術。閉關其間，務必不受外物驚擾、務必心思無雜純定，否則一旦心魔擾亂，輕則氣逆筋脈、重則功體大損。

再過兩天，就是上官驪閉關之日了，偏生今年與九大派的對立特別尖銳緊張，前些時他們擒了韋千里，現在換雲城扣住了涂爾聰，因此許多事項都得先吩咐清楚，免得敵人趁隙發難。

此時，一名親信進來稟道：「城主、少主，地牢出事了！那個穆琛瘋了似的大吼大叫，把牢裡幾名守衛都給震聾了！」

上官夜天罵道：「這畜牲，都到了這田地還不安份，我去叫他知道厲害！」說著站起身來。

「慢。」上官驪道：「既是悲聲島主的弟子，我去會會。」

「義父，那傢伙是瘋子，您這樣的人不必見他。」

上官驪緩緩舉起手來，要他別再多說：「我自有分寸。」

雲城共有三處地牢，每一處都又濕又熱，可是卻很乾淨，因為很久一段時間才會有人被關在這裡，大多數的時候，這三處地牢都是在養蚊子的。

可是，一旦有人進來，就幾乎沒能再走出去了。牢裡擺放的各類刑具，件件都教人只要一想到得受用在自己身上，便要悔得今生為何做人？那實在是個地獄般的地方，予人的就只有無盡的折磨與痛楚。

然而來到雲城地牢的穆琛，卻幾乎沒有受到什麼苦刑折磨，因為現在的他，已夠慘了——

「女人……給我女人……我要元陰……元陰！」他的雙腕套著鐵鎖分掛左右，雙腿則套著鐵球，行動實已極不得自由；可他仍瘋狂搖得鐵鍊噹啷作響，就像野獸一樣的激狂嘶喊，聲音迴盪在地牢每個角落，直教聽者心膽俱裂。

而這，就是修練《乾坤一氣訣》的最大風險。

須知此等吸納旁人陰陽之氣化為己用的功法，每一回陰陽循環，修練其間絕不可斷，否則陰陽失調，將會反噬其身。

穆琛正逢修練七陽七陰階段，七陽雖成，七陰卻斷。他只攝了四個女子的元陰，無法平衡七陽的強旺，全身直如火灼！

正哀吟間，忽地一大桶寒涼徹骨的冰水當頭潑來，頓時讓他清醒了幾分，晃了晃腦袋後定睛一看，不知何時，前方陰暗處竟多了一張大椅，椅內，坐著一名男子。

「賽勒奔，你可以下去了。」

「是。」潑水的人道。此人是上官驪的鹿苑護衛，武技雖不如何出色，可是內功深厚，儘可抵受穆琛那瘋魔似的摧命魔音。

一會兒，賽勒奔即退出去，牢房只剩上官驪與穆琛。

穆琛看不清來人面目，只覺得對方聲音除了十分陰沉，竟又有種說不上來的熟悉。

「我是雲城城主，有話問你。老實回答，我就解除你的痛苦。」

穆琛粗聲道：「要問話，先給我女人！」

上官驪沒有回應，卻嘖了一聲，奇道：「你為什麼沒死？」

「我為什麼要死？」

「二十五年前，你臉上被蕭朗砍了一劍，那一劍很深，你應該要死的。」

「哈哈哈哈……雲城城主特來看望我這階下之囚，就只為了知道這個？想不到你這麼逗！是，那一劍是砍得很重，把我的臉都砍歪了，可老天爺就是看我可憐，特意留下我這條性命，好教我日後能替同門報仇，不行嗎？」

「所以你花了二十幾年的光陰，修練了《乾坤一氣訣》？」

「正是。」

「你練錯了。」

「什麼？」

「《乾坤一氣訣》並不是像這般練法。這套心法的真正力量，不在於提升內力，而是長春不老。」

「放屁！你以為你是誰，憑你也配指點我悲聲島的武功！」

「我當然夠格指點你，因我已練全了，練成之後，就會像我這樣——」上官鸝站了起來，緩緩走向穆琛身前，那片陽光斜照之處。

這一刻，穆琛終於看到他的臉了，卻似連呼吸也要停止，全身猶如墜入冰窖。

他簡直駭得連一句話都說不出，瞠眼如銅鈴，無法理解世上怎會有如此荒謬離奇之事，偏恨是真真切切親眼瞧實的，不得不信！

「怎麼可能？怎麼可能？你竟還活著——蕭朗！」伴隨著鐵鍊拉扯的聲響，最後兩字，說得咬牙切齒，恨不能食其肉、枕其皮。

上官鸝淡然冷覷，道：「蕭朗已在二十五年前死了，我是上官鸝。」

穆琛的情緒依然激狂，道：「你——你——為什麼會——？我師父明明殺死你了！」

「你師父殺死我？哼，你瞧見了？」傲然的眼色，輕蔑的嘴角，儼然對方的話無稽之至。

「你既沒死，那麼我師父也沒死了？」

上官鸝不想他竟會這般異想天開，不禁可笑道：「呵呵……天真的傢伙，居然說出這樣的傻話，竟以為依我當年對孔聖的恨意，我的天舞劍能饒過他嗎？」他輕輕掠開穆琛左臉的覆髮，望著那道烙著當年回憶的劍疤，寒著臉道：「若非你當時詐死，我早就送你跟他一起去了！」

「你想怎樣？」

「我問你，那個時候，你們為什麼抓走小釵？」

「小釵？」

「就是顏小釵。」他眼眸倏地陰狠：「你可別告訴我你已忘了這個名字！」這是一個於穆琛可有可無，於上官鸝卻無一日或忘的名字。名字的主人，更是世上最美麗、最溫柔，也最懂感情的女子。

穆琛想一會兒，臉上逐漸有了悟之色，道：「哈，我想起來了！不錯，就是為了她，你才會瘋了似的殺上悲聲島，找我師父麻煩！」

「九大派的人告訴我，是你們把她捉走了。」

「不錯，是有這事，因為有人偷偷告訴我們，說你蕭朗的劍術青出於藍，更勝當年余樂梅，是中原武林唯一可以剋制悲聲島的人物。」

「誰說的？」上官驪不自覺蜷起了拳頭。

「那人還說，你蕭朗是一個沒有弱點的人，權勢、財富、酒色、武功寶典，都不能動搖你半分心志。你此生唯一的弱點，就是你心愛的女人——顏小釵！」

「是誰說的？」這一回，他額上的青筋已然暴凸。

「但你可知道，我們可沒受挑撥，不管中原武林如何把你捧上了天，我們悲聲門人都只當是放屁！因為我們的師父才是武林百年來的第一人，管你蕭朗劍法如何高明，若真跟我恩師動起手來，也必會死在他的悲聲掌下。

「沒想到，九大派陰損無恥，竟至如斯！他們把你的女人送到了悲聲島，再誣指是我們劫走的！若非如此，我師父又怎會有機會見到你的女人，進而強佔了她？你當年殺上悲聲島，根本就搞錯了方向！」他這話壓在心底已二十五年了，好不容易終能揭攤真相。

「我最後問你——」上官驪眥目欲裂，一把扼住了穆琛咽喉，吼道：「到底是誰說的？」

這句喝問，幾乎要震破穆琛耳膜；空蕩而封閉的牢房，登時回音不絕。

穆琛給他震得腦門昏眩，霎時氣血呃逆，險險要吐出一口血來，只是血到喉頂強自嚥下，調息一會兒，方道：

「哼，還能有誰？你心底明明就已經有答案了。」

「我要聽到一個確實的回答，說！」

「放出那些風聲的，自然司空淵、彭華靖他們了，意在讓我悲聲島將矛頭指向你，不過顏小釵自己說，騙她上悲聲島的，卻是司空淵的未婚妻——向曉盈！」

「是她！」

「我騙你做什麼？以她跟司空淵的關係，這麼做也很正常。向曉盈騙她說我師父扣住了你，除非有人願意拿天舞劍譜來換你性命，才肯放人。想不到向曉盈居然替顏小釵偽造了一本假的天舞劍譜，還給她一艘小舟，讓她可以划水過來。顏小釵上島後發現自己受騙，又恨又怕，求我們放了她。哼，以我們的身分，原也不致於因為跟你有隙，就為難她一個手無寸鐵的弱女子，可誰教她生得太好，教我師父見了後，非得到手不可——呸，真真是天生禍水，跟她沾上邊的男人都沒有好事！你若不信我說的，只管去問那姓向的婆娘，把好好一個清白姑娘送上來給我師父享受，天下間也只有她才幹得出來！」

陡地，上官驪原本強勢扼住穆琛頸喉的手腕，頓時脫力垂落，眼神怔忡渺遠，想到了二十五年前，那一場悲聲血戰之後，至友翟抱荊曾在他養傷時告訴他：

「兄弟，傷養好了之後，就當自己死了，別再現身江湖了。」

「為什麼？」

「我怕司空淵會殺你。」

「為什麼？」

「司空淵心胸極窄，最容不得屈於人後。自你出道以來，鋒芒太露，壓過九大派所有高手。別瞧他表面上泰然自若，心中必定對你懷怨極深，這一回只怕不會放過你。」

「是嗎？無所謂，小釵既死，我也不想活了，司空淵若真要殺我，那便由他吧！」

「別可別說這種話！難道你就沒想過小釵姑娘怎地會一人無端端上了悲聲島？」

「誰說她是一個人上島？不是悲聲島主派人的捉的嗎？」

「是那些悲聲島的嘍囉說的，我用了點手段逼問過了，相信不會有假。」

「可是向曉盈分明說……」

「我可不相信她說的話，想那柔雲莊何等地方，就算是悲聲七狼也無法來去自如，怎麼可能如此輕易就將人帶走？你若再這樣灰心喪志，小釵姑娘可就死得太冤枉了！」

就從這一刻起，顏小釵到底因何而上悲聲島，便成了上官驪心頭最執著難拋的謎團，直至二十五年後的如今……

「你——！」穆琛突來的驚訝出聲，把上官驪的神思喚了回來。他立刻轉過身子，不願讓人見到他眼中的淚光。

「哼哼，原來你也會流淚啊！誰教你那時候不投靠我師門，蠢得去幫九大派做打手，活該有此報應……」「應」字未了，臉上忽然熱辣辣的，卻是給上官驪摑了一掌，生生吐出四枚牙齒。

穆琛雖然吃痛，卻反咧著嘴，血盆大口地笑將起來：「咯咯咯咯……看來你是真的很心痛啊！咯咯咯咯……」

上官驪不再理他，逕往門邊走去。

穆琛忙道：「女人！別忘了你答應要給我女人！」

「我沒有答應要給你女人，我只說會解除你的痛苦。」

「你不給我女人，如何解除我痛苦？」穆琛氣得大嚷，搖晃鐵鎖噹噹作響。

「等會兒我遣一名大夫過來，以醫理替你洩去過多的陽氣，你就不會痛苦了。」砰的一大聲，牢門已闔上。

離開了陰暗悶濕的牢房，外頭的世界，一片和煦。

陽光、清風、花和水，如此真切美好，可上官驪的心，卻還沉浸在方才被勾起的往事裡，無限感慨悲涼。

他的小釵何辜，九大派竟忍心這樣對她！

若非如此，他跟小釵本該過著神仙眷侶一般的生活，又豈會淪落得如今生死茫茫，陰陽相隔的景況？

霎時雙眉深鎖，心事重重，不知不覺間，人已信步來至園中。

有個美人，恰好也在前方的芍藥亭裡，抱著一只琵琶，低頭隨意捻挑，曲不成曲，調不成調，音節破碎，正如此刻芳心。

他不由自主的，一步步走向了她。

「蘇娃。」他輕輕喚了美人的名字，隨後同在亭子裡坐了下來。

「驪！」蘇娃頓住手勢，抬眸而望。

「心情不好嗎？」

蘇娃不答，只是深深吸了口氣。自從知道上官夜天帶回來一個聽說很漂亮的姑娘，她是既吃不下，亦睡不著，鎮日懷憂，黯然憔悴。

上官驪卻忽然揉捻起她的耳珠，細看著藏在她耳珠後頭，那塊玫瑰花瓣似的胎記——

小釵也有。

而且，大小位置皆與她雷同。

小釵死後半年，蘇娃就出生了。

若說是巧合，也未免太巧。

「驪？」

他又在看她的胎記了。記得洞房之夜，他抱著她，最先吻的竟不是她的唇，而是那塊耳後的胎記。吻觸之溫柔憐愛，幾乎教人心醉。這塊胎記對他而言，有什麼特別的意義嗎？

「驪，你怎麼了？」蘇娃眨著水靈的眸子，納悶問道。

「沒什麼，只是有時會覺得……有點寂寞。」

蘇娃的眼睛睜得更大了，這根本不像是上官驪會說的話。

「過兩天我要閉關，一個月後才會出來，出來之後，我會馬上擬定計策，對付九大派的高手，事畢，咱們去西藏。」

蘇娃大驚：「為什麼要去西藏？」

「找前世，你的前世。」

蘇娃蹙眉不解：上官驪到底在說什麼？他怎麼了？

「阿穎說，西藏有法術高強的法師，能用秘術喚醒靈魂的所有記憶。我想帶你去試一試。」

「我不去！」

「為什麼不去？」

「就算真有前世，對我來說也一點都不重要。前世復前世，前世何其多，何必再讓過去的記憶，紛擾今世的自己？」

錚的一聲，指間撩劃，在弦上激出清響。

蘇娃臉色肅冷，低頭撫弦，曲調激昂錚鏦，再不向上官驪看上一眼。

上官驪知道她生氣了，也就不再多說，呆坐一會兒後，緩緩起身離開，由著她自抒心緒。

不一會兒，一首慷慨激烈的〈商婦怨〉奏畢，她望著上官驪遠去的方向，終於明白為何堂堂雲城城主，會如此迷戀她一個小小歌妓。

原來，竟是信了前世今生的輪迴之說，把她當成了別人的替身！

細想來，自己此生之悲劇，實肇於此，不由得眼中含淚，恨聲罵道：「前世、前世……去你的見鬼前世！」

第十七回　水月之戀

上官夜天見了她這含嗔薄怒的模樣，全是為著他人而來，心裡頭當真又妒又澀，硬聲道：「反正我本來就是惡人，隨便你怎麼想！」

「吶，你看看，這是上等的和闐美玉，水色光透，打磨成鍊飾最好了。想想，到時候一個鴿子蛋似的玉面垂在襟前，說有多華貴就有多華貴。你大嫂若是看到，一定羨慕死你了！」

在上官夜天房裡，顏克齊對著滿桌的賞賜一件件替沈菱介紹著。他說話浮誇有趣，沈菱常給他逗得開心，笑道：

「那這又是什麼？」她拿起一個嫣紅的精美盒子問。

顏克齊接過來，將盒子打開道：「這是江南最有名的流珠香粉，聽說每二兩香粉就得兌入半兩的珍珠細粉，貴重得不得了！西寧王府的郡主最愛用這個了，你聞聞，香氣是不是很特別？」

沈菱聞了後猛點頭道：「真的，好舒服的香氣，還有點涼涼的。」

「呵，可不是？就知道你會喜歡。」說著，仔細替她把粉盒收好。

沈菱道：「顏克齊，城主為什麼要送我這麼多好東西？」

「這還用問，當然是認定了你這媳婦兒啦，你跟少主成親後，就是雲城少主夫人，打扮可不能太寒傖了。」

「可我進來這麼多天了，他都還沒見過我的面呢！」

「城主事情多得不得了，沒空見你也是很正常的。況且他從今日開始閉關，你想見他老人家，少說也得等一個月後了。」

「夜天也很忙？」

「當然，城主閉關，最忙的人就是少主了，多少事情等著他發落呀！」

「喔。」沈菱小臉一沉，又道：「我什麼時候才能到楓紅小築外頭看看？」

「這就得看你的肩膀什麼時候痊癒了，我可不敢作主。」

沈菱身子一軟，向前趴倒，臉頰就這麼貼在大理石矮桌光滑冰涼的桌面上，道：「好無聊，我好想回家。」雖然顏克齊很有趣，可她還是希望陪在身邊的人是夜天。

之前她在床上養傷，他可是很常陪她的，經常跟她說起荊都有什麼好玩、好吃、好看的，比定音城繁華上十倍，待她傷好全了，就要帶她去開開眼界，且說著，又不時微笑，笑起來是那樣好看動人！唉，他平時實在應該多笑一些的。

忽聽顏克齊道：

「姑娘，你這話在我面前說說就好，可千萬別在少主面前說。」

「為什麼？」她一聽，立刻坐直身子。

「他會以為你不喜歡雲城，一心想回南疆去。」

沈菱略想一會兒，道：「我是想回南疆，可是我也喜歡這裡啊！」有上官夜天的地方，她怎會不喜歡？

顏克齊道：「真的嗎？」

「當然是真的，這裡漂亮得像仙宮一樣，又有那麼多好吃好玩的東西，你們大家待我又好，我怎麼會不喜歡？」

顏克齊聽著歡喜，道：「那好吧，既然你都這麼說了，我就偷偷帶你出去逛一下。」

沈菱喜出望外：「真的？」

顏克齊點了點頭，道：「你不知道，楓紅小築的楓林雖然不錯，可雲城有一處紫蘭牡丹園圃，才真正是第一美景。趁現在花還開得很美，我帶你去看一看，否則之後花謝了，你沒瞧見就太可惜了！」

「怎麼樣？這些花能捱得過今年冬天嗎？」

花園裡，蘇娃與婢女黛兒，還有四名花匠一齊在花圃裡看著幾莖枯花。

花匠搖了搖頭，道：「求夫人恕罪，小的等已經盡力照料，只怕今年的花期跟去年彷彿，至多只能撐至到九月。」

蘇娃深深吸了口氣，臉色青寒：「到底哪裡不對了？你們要的土壤、泉水，還有最好的花肥、最好的蟲藥，我通通都給你們了，為什麼還是活不到冬天？到底還缺什麼？」

花匠們見她發怒，全部立馬跪下，顫聲道：「夫人饒恕，小人真的已盡心護花，可是陽光不足，小人也莫可奈何啊！」

「陽光？」

「是啊，縱您萬事皆備，可紫蘭牡丹性喜暖陽，至冬必謝，此乃天地自然的正理，人力實無法強求啊！」

蘇娃心一頹，淒然道：「這麼說來，我豈不是這一生都得困在上官驪手上了？」上官驪曾答應過她，只要她能種出經冬不謝的牡丹，就放她自由，難道如今都成了夢幻泡影？

黛兒怕她人前失言，輕輕碰了她肘子一下暗示提醒，蘇娃全無感覺，正傷神間，卻聽牆外有男女的說話聲逐漸靠近，說說笑笑，好不開懷，斜眼瞪去，只見是顏克齊跟一名小姑娘一齊走了進來。

顏克齊似乎沒料到她會在這裡。雲城中人人皆知，蘇娃有午睡的習慣，此刻原該是她午睡時候，不想竟會在此！他嚇了一跳，連忙端身肅容，恭敬道：「屬下見過夫人！」

沈菱一愣，原來這人就是城主夫人！

只見她面上微施脂粉，瑩潤如玉；頭上梳著一個精貴高雅的髮髻，插著黃金髮飾；身上一襲鵝黃紗衫，剪裁得宜，更襯得她身形曼妙，風姿綽約。渾身上下雖也不如何華麗豔抹，可是雍容天成，教人只瞧一眼，便覺說不出的動人。

她當下不由得一陣驚異：這樣的美女，簡直不屬於人間！

「起來吧。」

「謝夫人。」

「這姑娘是誰？」蘇娃睨著沈菱問。

「她是沈菱沈姑娘。」立刻又向沈菱道：「沈姑娘，這是城主夫人，還不快向她行禮！」

「喔……」沈菱這才意會過來，只是她此生絕少向人行禮，也不知該怎麼做才好，便學著顏克齊方才的樣子，彆扭道：「沈菱見過夫人。」

蘇娃一句話也沒說，雙眼眨也不眨的瞪著她。縱顏克齊不說，她也已猜到幾分了……

「黛兒。」她向黛兒使個眼色，黛兒立即機伶地把花匠們都帶了下去。

蘇娃道：「聽說夜天從定音城帶回一個被豹子咬傷的姑娘，原來就是你。」

沈菱微縮著身子，沒有說話，覺得這個夫人好像不太喜歡她。

「好標緻的小姑娘。」

蘇娃忽來的微笑與稱讚，不只沈菱意外，連顏克齊也嚇了一跳。卻聽她續道：「看不出來是那種見異思遷，由著未婚夫自生自滅的女子。」她語聲輕嫩，極是好聽，可語氣卻又酸又恨，彷彿老早就把沈菱恨上心眼。

沈菱一呆，問道：「夫人您說什麼？誰見異思遷了？我……嗎？」

蘇娃詭譎一笑，道：「事情既都幹了，何必裝傻？夜天把你的未婚夫涂爾聰關在地牢，日夜施以酷刑，你倒好，天天在楓紅小築裡與他卿卿我我，好不快活。呵，涂爾聰還真是可憐。」她是上官驪心上第一人，雲城諸事只要她有興趣，上官驪從來不吝於讓她知道甚至參與。

顏克齊看著沈菱臉色，情知不妙，卻無法阻止蘇娃。

沈菱卻是一臉不信之色，困惑道：「夫人，請你把話說明白，涂爾聰怎麼會在地牢呢？他不是……夜天說他殺了豹子之後，就回白馬堂療傷了！」

蘇娃忍不住好笑道：「這種鬼話你也信！雲城跟白馬堂是什麼關係啊？依夜天的個性，怎麼可能放過涂爾聰！唉，都被關了這麼多天了，這會兒也不知道死了沒有，嘖嘖……」

沈菱心頭一沉，問向顏克齊：「是真的嗎？夜天騙我?!」

顏克齊為難道：「也不能說是騙你……」

蘇娃道：「騙了就是騙了，你還想替你主子掩飾嗎？丫頭，你既想解開疑惑，不如我帶你去地牢一探究竟，如何？」

這話一出，沈菱跟顏克齊兩人同時看向她。

「夫人，萬萬不可……」

「多謝夫人！我什麼時候能去？」沈菱的聲音大過了顏克齊的。

「現在。」

像蘇娃這樣的人不管走到哪裡，哪裡都會閃耀著光華，何況是地牢這種不見天日的地方！她一來到，直比天上的明月還動人，每個人的眼睛一亮、心頭怦的一跳，均想：「怪不得她會是城主夫人！」兩名守門的獄卒生怕自己貪看放肆，忙低下頭來，行禮道：「不知夫人前來，有何要事？」

「開門，我要見涂爾聰。」

「夫人，裡頭又黑又髒，您實在不宜進去，況且涂爾聰非同常人，少主已經下令，除了他及四位天王，任何人皆不得探望。」

「我是夫人，城主閉關，我最大。你們別囉嗦，開門就是了！」

「求夫人別為難小的！」

蘇娃發狠瞪他一眼，道：「你們乖乖聽話開門，我跟涂爾聰說幾話就走；可若敢教我回頭，我立刻便去找朱銘，說你們對我不敬，非得嚴懲責打一頓不可。你們倒再瞧瞧朱銘會怎麼做。」

守門人無可奈何，互望一眼，也只能屈於她的威勢之下。

開門後，她跟沈菱隨之而入，牢中沒有別的囚犯，只有一個上身精赤的男子，渾身是血的躺在一間散著稻草的牢房裡。

蘇娃沒見過涂爾聰，問道：「此人便是涂爾聰？」一人答道：「是。」

沈菱是見過涂爾聰的，卻也不敢肯定眼前這人究竟是不是他。她快步走向牢房，抓著鐵柵，道：「涂爾聰，是你嗎？」忽地有人給她掌了大燈來，眼前一下子瞧得明瞭，是蘇娃悄悄示意的。

涂爾聰眼前忽然一亮，只見一張玉雪可愛的臉蛋瞧著自己，竟是沈菱！

「沈姑娘！」他這些日子以來受盡銬打，飲食又少，氣虛體弱，每回身子一沾上這攤稻草，只想全心休息恢復體力。可他一看到是沈菱，也不知是從哪兒生來的力量，立刻撲向鐵柵，非得把她瞧個真切不可。

「沈姑娘，真的是你！你沒事了？傷都好了？」他不知道，自己的聲音怎會這樣無法控制的興奮顫抖？實在是，身陷雲城的這些日子，他簡直沒一日安生過！並非因自己身陷囚籠，全然是為著沈菱的安危擔憂。

想當日，沈菱為了救他，不惜推開地宮的那扇豹門，繼而被猛獸撲咬於身下，最後昏迷不醒的躺在血泊裡……

他真的被震撼了！

那些畫面，一次又一次的迴繞在他夢中，教他心痛得都要滴出血來；便知自己今生今世，已不可能忘得了她。若沈菱因此有個萬一，他這輩子永遠都不會原諒自己！

只見沈菱一臉詫異之色，道：「我很好，我沒事，倒是你……」她掩著嘴，眉尖凝蹙，不敢相信意氣飛揚的涂爾聰，竟會變成這個樣子！

他一點都不乾淨光鮮，狼狽得像是任人奴役的苦囚，臉色晦暗，兩頰消瘦，身上遍布著數不清的鞭痕傷口，似乎也沒有清理治療，便由著流血化膿……

天啊，太慘了！

在魏蘭，他們就是待犯人也沒有這樣的，立問：

「你怎麼會在這裡？是誰抓你來的？是夜天嗎？」

涂爾聰嘆道：「不是他，還能有誰呢？沈姑娘，你這些日子落在他手上，可……都好？」

沈菱沒聽出他問話裡的隱晦含意，直腸直肚地道：「他待我倒是很好，可是卻騙了我！他跟我說你回家了，想不到居然是把你關了起來，這樣子折磨……」她對此實難接受，上官夜天怎能背著她做出這樣的事來！

卻聽身後的蘇娃冷冷道：「這算什麼，涂爾聰還算是好的。」跟著便問向一名獄卒：「喂，你說說，我記得半年前好像有個叫段雨虹的叛徒，給少主親手捉了回來，少主囑咐你們怎麼料理他了？」

「回夫人，少主囑小的劓去他鼻子、刨去他膝骨，然後扔到斷生崖餵烏鴉。」那名獄卒彷彿是在說著稀鬆平常不過之事，沈菱聽著卻臉都綠了。蘇娃像是在聽著什麼趣事似的輕輕微笑，涂爾聰則暗暗打量她究竟是什麼來頭與居心。

「夜天……他真的這麼壞嗎？」沈菱雙眼出神，黯然低語，卻也不知是在問誰。

涂爾聰還沒說話，蘇娃已道：「他的外號是『殺神』，發起狠來，什麼人都殺得下手，就是女人跟小孩也不會放過。你那麼喜歡他，難道竟不知他的脾氣嗎？」

沈菱身子一顫，道：「怎麼會這樣？他明明救了我的，他不應該是這樣的人啊！」

蘇娃道：「他是什麼樣的人，你看你未婚夫不就知道了嗎？」

涂爾聰趁勢道：「沈姑娘，上官夜天的確惡名昭彰，不值得你真心相許！」

忽聽那些獄卒們全都肅聲道：「見過少主！」便見上官夜天快步而來，站定在三人之前，一臉森寒惱怒，瞪著涂爾聰道：「我不值得她真心相許，你這喪家之犬便值得了？」跟著，又看向沈菱，然後是……

「你為什麼要帶她過來？」三分怒意中，居然伴隨著七分無奈。

蘇娃下頷微抬，道：「是顏克齊那小子跑去告訴你的？哼，下回要給我碰著他，就縫了他的嘴！」

上官夜天道：「以後別再動我的人了，包括她。」這一回，語氣更是軟化不少。

蘇娃高聲道：「她才不是你的人！難道你沒瞧見，她從到頭到尾都不知道你的底細。我不過說了你處置段雨虹的手段給她聽，你瞧瞧她那臉色……哼哼，要是再說出左思揚、屠為破、孫保保他們給你治得生不如死的事來，她豈不是要嚇昏過去！」

上官夜天聽她叨絮不休，忍不住大聲道：「夠了！義父一閉關，你就非得這樣添亂不可嗎？」

蘇娃哪裡受過他一句重話，整個人呆了一呆，委屈得都快要流下淚來，只是強自忍住，唇瓣微微顫抖，道：「好……你很好……我今日方知，原來你是這樣的人！」雙眼一闔，豆大了眼淚立即滑落，她以袖掩面，快步奔了出去。

上官夜天心頭頓如千斤錘重重壓著，沉鬱得快透不過氣了，跟著望向沈菱，只見她一雙眸子全是疑問之色，於是道：「不管有什麼事，咱們都先出去再說，好嗎？」

沈菱遲疑一會兒，道：「你能答應我，別傷害他嗎？」

上官夜天心想，上官驪閉關前的吩咐也不過只要他吃些苦頭，無意取其性命，於是道：「好，我答應你。」

沈菱離去前轉頭看向涂爾聰一眼，雖不好再說什麼，仍然用目光給予他關懷及鼓勵。

出來之後，兩人一時間竟都覺得與對方忽多了三分疏離，明明有一肚子的話要說，卻不知該怎生出口才好。

上官夜天到底較她老練，來地牢前亦是想過這景況了，遂兩人一回到楓紅小築，先道：「你是不是覺得我那樣對待涂爾聰，很殘忍？」

沈菱不想掩飾自己的感受，想一會兒，輕輕點頭。

「那你可知道，我待他已是手下留情。雲城有位天王，前些時日落在鐵膽莊手裡，雙掌掌心遭大釘貫穿，雙膝膝骨給他們踢碎，現在還不能下床。與他相比，涂爾聰吃的苦頭，算得上什麼了？」

沈菱道：「話不能這麼說，你朋友被害，並不關他的事啊！」

「誰說不關他的事？下手的是他表姨一家，他白馬堂亦長年跟雲城為敵，根本一點兒也不無辜。」

「可至少他救了我！」她還有幾分稀薄的印象，那時她給豹子撲在身下，似乎是涂爾聰衝出來把豹子殺死的。「你難道不能看在這份上，放他回去嗎？」

「才不是他救了你，是你救了他，若不是你，他早給豹子咬死了！」

沈菱俏臉一沉，道：「如此說來，你是斷不肯放人了？」

上官夜天見了她這含嗔薄怒的模樣，全是為著他人而來，心裡頭當真又妒又澀，硬聲道：「反正我本來就是惡人，隨便你怎麼想！」說罷立往外頭走去。再待下去，他只怕會控制不住自己，真要對她動怒了。卻聽沈菱道：「等一下！」於是停下腳步，聽她還有何話說。

「夫人說，你發起狠來，什麼人都殺得下手，連女人跟小孩也不放過……」她說到這裡，底氣忽然弱了，因為上官夜天忽地轉過身來，雙眼瞬也不瞬的凝望著她。

她心底怦怦跳著，卻不是心動，而是三分的懼意，「所以，我想知道……是真的嗎？」她聲若細蚊，說到後來，不禁低下了頭，完全不敢再看他了。

她不知道上官夜天心裡想的是另一件事——

發起狠來，連女人跟小孩也不放過……

上官夜天聽到，既意外又悵然：蘇娃居然拿這件事來弄臭他！惟此刻面對沈菱，他卻不願再辯解什麼，強自隱去心緒，反問：「如果是，你待怎樣？」

沈菱微微一愣，緩緩抬起頭來，眼眶已經紅了。

「真的？這事是真的？」跟著喟嘆一聲，繼道：「你……為什麼你偏要做這樣的人？我是那麼的相信你！」她自己沒有發覺，這樣的質問，無疑是宣告他在心中的形象已然褪色，連愛情也是。

上官夜天青白著臉，道：「我從來就沒有在你面前隱去面目、假作形象，在地宮時我就已告訴過你，我殺過很多人。」

是啊，他這麼一說，沈菱登時憶起，可是……

「那麼，當時我困在苗族大寨裡，你自己一人原本可以全身而退，又為何要負著我逃出來？」這件事自然是從旁人那裡聽來的，只為了聽到之際那當下的震撼，她便再也管不住自己的心了。

「因為——」彷彿故意要撕裂著什麼似的，上官夜天硬著聲調，道：「那時候苗族也得罪我，我自然要跟他們鬥上一鬥，而最好的方式，就是把身為人質的你也給帶走，給他們難看。要不，你覺得還能有什麼原因呢？」

沈菱整個人震了一下，連唇瓣都失了血色。

如果這是他的報復，那麼他算報復得很成功了。

沈菱是澈底被他擊倒了，為著那自作多情的難堪，小臉皺成一團，撲在桌上，傷心的大哭起來。

惟，上官夜天也並沒有贏。看著沈菱那麼傷心，他不知為何，胸腔居然冒出一股苦悶欲裂的感受，也正撕裂著自己。

第十八回　情如刀劍傷

上官夜天也幾乎要忘我了，懷中的女人，溫軟馨香，是他繫戀了五年的蘇娃，她的吻熱得像火，身子卻又軟得像水。雙臂不自禁的越圈越緊，似乎也被燃起了熱情，需要釋放。

上官夜天頭一次那麼想離開楓紅小築，小築外頭有座小小菊園，園子裡有座六角涼亭，他一向很少去，然今日夕陽落下時，他卻罕見地出現在那裡。

因為他要喝酒，喝那種又烈又辣的酒，用官能的刺激來降低心靈的痛苦，否則他簡直不知道該怎麼面對沈菱的失落。

上官夜天其實一點都不喜歡藉酒澆愁。

他一直都認為那是弱者逃避現實的行為。

八年前，他殺了一個雲城的仇敵，卻放過此人的師兄師弟，上官驪為此降罪，將他禁足了半年。他心頭鬱悶，可是沒有喝酒。

六年前，不論是年齡還是江湖經驗都比他老道的四天王，那時候都還不服他，言語行止皆有意無意地流露出傾軋之態，他雖為此煩心，卻也沒有喝酒。

四年前，上官驪替他決定了一門親事，要他迎娶西域白羅宮宮主之女，以鞏固向西勢力。他罕見地強烈反抗，鬧出了好大風波，甚至開罪了白羅宮主，所有人都覺得他未免太不曉事，背後議論紛紛，但他還是沒有喝酒。

可是這一次……

他喝酒了，而且喝得很猛，似乎是想讓自己狠狠地醉上一場，醉成爛泥、醉得不省人事、醉得什麼煩憂愁苦都忘得乾乾淨淨，就跟五年前他得知城主夫人原來就是他心上人時一樣……

不過片刻，他就在粒米未進的情況下喝了六碗白乾，正自半醉半醒，忽聽有人輕輕吟唱：「儂作北晨星，千年無轉移。歡行白日心，朝東暮還西……」歌聲婉轉，卻帶著三分淒涼。

循聲看去，從月門外頭走向他來的人，正是蘇娃。

她走入亭子，聞著他一身的酒氣，淒然道：「你是在為她傷心嗎？」

上官夜天伸手抵額，遮住了半邊臉，有些不敢看她，低聲道：「蘇娃，我知道我讓你難過了，可是我……我對不起你……我不是有意的……」說著，立又端起了酒碗。

蘇娃卻一手按住他手腕，另一手接過白乾，仰天乾了，不想又辣又澀，入喉如割，嗆得她眼角泛淚。

她擱下空碗，道：

「我來是要弄清楚一件事。上官驪跟我說，你若是跟那丫頭生下孩子，他就把城主之位正式傳讓於你，你可是為了這個目的才娶她的？」

「不是。」上官夜天回話之快，教她微怔。「我是真的喜歡她，就算義父不將城主之位給我，我還是要她的。」

蘇娃聞言，身子一軟，一時間竟站不住，立時癱坐下來。

「那我們呢？我們就這麼算了嗎？」

上官夜天已帶五分醉意，沒發現她語音之酸楚，實已傷心到了極處，竟微微點頭，道：「對……我們這輩子，怕是無緣了……」

蘇娃心中刺痛，滾淚如珠。

「我不要跟你無緣！」她撲入他的懷中，泣聲道：「我這一生就只認定你，只想在你身邊！難道你已經移情別戀，心中再沒我的位置了嗎？」

上官夜天見她嬌泣楚楚，也自動情，不禁緊抱住了她，柔聲道：「我心裡怎麼可能沒有你的位置？我心裡一直都有你的，不是嗎？」

「既然如此，你為什麼還要說這種話惹我傷心？你不要再管那丫頭了，她根本就不能接受真正的你，她根本就配不上你！我們兩人既然相愛，何不今晚就真正的在一起了？」她的聲音越來越溫柔，雙手撫向他的臉龐，纏綿地吻住了他——

啊！這樣的吻觸、這樣的香氣、這樣的溫暖……

上官夜天也幾乎要忘我了，懷中的女人，溫軟馨香，是他繫戀了五年的蘇娃，她的吻熱得像火，身子卻又軟得像水。雙臂不自禁的越圈越緊，似乎也被燃起了熱情，需要釋放。

蘇娃的唇慢慢離開了他，移到他耳畔輕道：

「夜天，我們沿西院小路去落梅天，我都布置好了，不會有人發現的。」

「去落梅天？」他是真的醉了，一時間竟還無法立即會意，又喃喃唸了一回：「去落梅天做什麼……」忽地，他整個人像是被雷殛似的，忽然推開她跳了起來，退到亭外，臉色雖還漲紅，神色卻清醒了不少，望著蘇娃的神情，彷彿她變成了刺蝟，不可再碰觸了。

落梅天是蘇娃的住處啊！

難道她想……

「不可以！」

「為什麼？」蘇娃向他走進一步，不敢相信他居然捨得拒絕她！

上官夜天嘆然無言，不知道該如何跟她言說，方才那一剎那，腦海中忽然響起的便是那句：「我可以不計權位、財富、武功，可是我不能沒有蘇娃。」

蘇娃以為他怕事，急道：「上官驪不會知道的！」

「就算他不知道，我也不能對不起他。」

「什麼?」

「他是我最敬愛的人!」霍地脫口而出的話,連自己亦是一愣。

蘇娃一股無名怒火登時被撩挑了起來,捏著拳頭隱隱顫抖,問道:「他是你最敬愛的人,那我算什麼?」

「你是我最重要的女人,可是我不能為了你,卻辜負他!」這話說得自然而然,完全順心而發。

蘇娃的心碎了,蜷硬的手掌也立時鬆了。

這,就是她魂縈夢牽,無夜忘之的男人?一個敬愛上官驪多過愛她的男人?!

「呵呵……」冷靜下來之後,她怒極反笑,笑得十分難看,搖頭道:「藉口,全是藉口!我看你根本就是捨不下那個小丫頭,又何必自欺欺人?你……你就是不愛我了……不是嗎?我已經被她取代了……不是嗎?」說到後來,全成了沉痛的哭音。

她早該料到會有這麼一天的,她是上官驪的小小囚鳥,他是翱翔四方的振翅雄鷹,他的心不可能永遠記掛在她的身上。

只是,怎麼可以來得這麼快,她要的花都還來不及種出來啊!

「儂作北晨星,千年無轉移。歡行白日心,朝東暮還西……」

她失魂似的走出菊園,不成音調的再次唱起這曲。

這首〈子夜歌〉她十四歲就會唱了,練唱時歌喉悠揚動聽,渾然不解詞中女子遭情郎負心的刻骨傷心。

如今,她算是深刻體會到箇中滋味了,原來那種傷痛,就像給利刃刨在心口,一刀一刀,鮮血淋漓……

上官夜天彷彿變成了雕像，始終沒有任何的言語行動，直到她的身影完全消失，方深深嘆了一聲，自言道：

「你可知道，我如今的人生全是他給的，若不是他，你跟沈菱想來亦不可能向我看上一眼……我真的不能負他！」

那是他心靈深處最脆弱的地方，不願回想，也不讓人碰觸，蘇娃不能、沈菱不行。只有他明白，在成為「上官夜天」之前，自己的原始人生，是多麼的淒慘悲涼。

夜漸深，朱銘的房間卻還點著燭火。身為雲城總管，有時候忙碌起來，連吃飯睡覺的時間都沒有。可他毫無抱怨，長年下來，一直都很珍惜這樣的忙碌。

他一直都記得十八年前，那個還非常非常年輕的自己，是怎樣被這個武林拒之於外的。

因為他練的是判官筆，一種被大多數人認為「甩在手上俐落好看，臨敵時卻殺不死人」的武器，所以他當不成武師、鏢師、護院……，一直都只是個困頓的流浪武人，直到他終於找到了雲城，雲城也終於找到了他。

當時的雲城只是一個二等門派，可是城主上官驪，卻是第一等的人物。

那正是悲聲之禍結束後的第七年，九大派高手折損過半，元氣未復，各派都在招攬弟子，充實武力。

小小雲城卻不知為何，也摻和進去了，而且十分審慎，由城主親自坐鎮校場，親自挑人——當然那個時候，所有的新秀都不知道三位審官中的居中之人，就是城主。朱銘自然也是後來才知道的。

那一日，蒼穹碧藍，澄淨得連一絲白雲也沒有。

十七歲的朱銘，就在這樣美麗的天空下使完一套家傳的「御龍行」判官筆法，聽到的結果是：

「山東朱銘，留下。」

上官驪看完了他的判官筆法後，立刻做了決定。

可朱銘自己倒頗為意外，喜不自勝，大聲道：「多謝審官！」

上官驪微微笑道：「你能堅持練習判官筆到這個境地，也算不容易了。內功跟身法還可以再精進，千萬別辜負了自己的天賦。」

當年，就是這樣一段話，讓朱銘深受鼓勵，猶如遇見知音。此後，他就在雲城落腳，把雲城當作自己的家、把上官驪的事當成自己的事，十八年來，始終如一。

上官驪待下屬們嚴謹不失寬厚，對四天王尤其信任，能遇上這樣的主子，已可算得上是他人生莫大的幸運，可是——

他低吟了一聲，擱下朱砂筆。批了三個時辰的公文，眼睛都酸澀了。他從身後的書櫃裡取下一本厚重的《百年判官筆十大名家》，翻開其中，只見內頁夾著一幅折成四疊的美人圖。

朱銘輕輕的將美人圖展開，攤在案上。

他每當疲倦的時候，總要習慣性地看上一看，彷彿如此，他的疲勞就會一掃而空似的——這卻也是他的祕密。

圖上的美人坐在一叢紫蘭牡丹之前，手上抱著琵琶撩劃，容色明豔，巧笑倩兮。

他看著圖中美人，不由得癡了。

他二十三歲時曾娶過一個算得上才貌雙全的妻子，但那女子體弱多病，五年後便香消玉殞了。此後，朱銘不曾再對其他女子上心，直到三十歲那年，他看見上官驪身側的蘇娃，是那樣的娉婷曼妙、才華橫溢，於是就在她不經意的目光轉盼間，陷了進去。

相思渴念，磨人至斯！

他情不自禁的，低頭俯吻圖中佳人，多希望她化為真實。

「你若不是他的夫人，該有多好……」他低聲呢喃，如夢似醉。

這時，門外輕細的叩門聲把他嚇了一跳。聲音其實一點兒都不大，只因他正當忘情。

「總管，我是黛兒。」門外人道。

朱銘急忙收拾桌案，一面道：「這麼晚了，有什麼事？」

「夫人問您，上個月請您繪製的〈海棠爭豔圖〉可繪好了？」

「有、有，繪好了，我明日親自給她送去。」

「夫人現在要看。」

「可現在已是亥時二刻了！」

「夫人知道，可她還是希望總管能帶著圖畫過來一趟。總管不方便嗎？」

朱銘心想蘇娃絕不可能無故深夜相邀，定然有其他要事，遂道：「好，我收拾一下，馬上過去。」

蘇娃住的院落，有個別緻的名字：落梅天。高樓四周栽種著整片的梅林，深冬綻花，初夏結果，別具雅趣。

朱銘鮮來此處，而在這樣的深夜前來，更是第一次。

落梅天閣樓華奢，簷牙雕琢，蘇娃的房間更是彩繡輝煌，富麗無比。

朱銘是第一次進入她的香閨。人還在門外，一顆心便已忍不住地噗通亂跳；待入得房中，只見蘇娃人就坐在帷幔後頭的酒案旁，臉上鉛華盡洗，穿著一件寬鬆的絲袍，一頭如瀑秀髮任意披散在後背前胸，彷彿原本已準備就寢，卻又不知何故沒有上床，一臉愁容，獨自酌酒。

朱銘癡癡瞧著，聞著繡房內的淡雅薰香，看著她嫵媚慵懶的絕代風情，縱未飲，也自醉了。

「夫人，我帶來您要的〈海棠爭豔圖〉了。」他恭謹的站在外房，不敢逾越內房一步。

「嗯。」蘇娃看也不看他，淡淡應了一聲。「進來吧，陪我喝酒。」

朱銘一愣，「夫人，這樣恐怕不妥……」他四望左右，房裡頭居然一個婢女也沒有。

蘇娃斜睨他道：「我都不怕了，你怕什麼？膽小鬼！」說罷，又自乾了一杯。

朱銘見狀，遲疑好一會兒，喉頭一滾，方道：「那麼，屬下失禮了……」這才終於踏入了他夢想中的天地——蘇娃的香閨。

他一坐下，蘇娃立刻給了斟了一杯滿酒，道：「喝！」跟著自己又乾了一杯。

朱銘奇道：「夫人怎麼這樣灌酒，莫非有什麼心事？」

蘇娃冷笑道：「雲城裡，誰沒有自己的心事？就說你，不也有自己的心事嗎？」她瞳眸斜視，似乎一切在她面前都無所遁形。

朱銘心虛的移開視線，道：「夫人，這是您要的圖。」說著，緩緩展開圖軸，上頭畫的是一座海棠園子，用色鮮豔，筆工細膩，八種海棠風姿各異，栩栩如真。

蘇娃細看一會兒，點頭道：「果真不錯，筆描、用色、構圖，都好。」

朱銘一聽，就知道她也是懂畫的，心中一喜，道：「夫人過獎，這嫩紅的是西府海棠、這白色的是九品海棠……」他一一介紹各類品種，不想蘇娃全然不再理會這幅畫，待他說到一半，逕自打了一個突兀的呵欠。

朱銘臉上頗見尷尬，溫言道：「莫非夫人想休息了？」

蘇娃向著他慵懶一笑，豔色如春。「我只是很好奇一件事，想問問總管。」

「夫人請說。」

「總管這麼個好畫技，就不知道你偷偷畫起我的畫像來，是不是也這般傳神？」

朱銘整個人霎時僵了，愣一會兒，乾笑道：「夫人說笑了！」

蘇娃輕輕一笑，慢慢斟著酒，道：「誰在跟你說笑？你以為我不知道你喜歡我？你以為我不知道你老是偷偷看我？你以為我不知道你暗地裡偷畫了我的肖像？」

她將酒杯湊往唇邊，看著朱銘愕然怔愣的表情，笑得就像一隻得逞的貓。

「夫、夫人，我……」他忙站了起來，屈單膝下跪道：「夫人恕罪！」

「你有何罪？」

「小的……不該偷偷看著夫人，更不該偷畫夫人的畫像。」

「呵呵……」她笑得花枝亂顫，聲若銀鈴，「我不過是開開玩笑，原來是真的！」

「夫人你——」

「你既然喜歡我，怎麼只敢藏在心裡，不敢說出來？」

朱銘心頭猛地一跳，避開她眼睛，道：「我怎麼敢？您可是夫人……」

蘇娃站起身來，伸出那只雪白晶瑩的右膀，摸著他左肩、後背、頸項……慢慢踱來他的身後。

她輕柔道：「夫人又怎地？這個身分，我根本一點都不稀罕！」說完，她居然從朱銘的身後抱住了他。朱銘頓時一陣抽息，連耳朵都熱了。

「我所求者，也不過就是一個知己罷了。『願得一心人，白首不相離』，當真這麼困難嗎？」她把臉頰貼上了他寬厚的背心，一時間觸動心事，滑下兩行清淚，淒然道：

「我怎麼會活得……這麼辛苦，又這麼寂寞？」

「夫人——」朱銘柔腸一動，轉過身子，看著她嬌弱怯憐的容光豔色，再也把持不住，情不自禁湊上臉去，吻去她頰上的淚珠……

這一夜，落梅天旖旎無限。

乘著酒意，煽動情慾，男人與女人，再沒有任何身分位階的隔閡，柔軟的床褥，就是他們恣肆快意的天地……

燭燈早滅，東方漸白。

朱銘永遠也忘不了這一夜。太美了，比夢想中的滋味還美！

那一身光滑如脂的肌膚，簡直柔膩得不可思議；身段尤其窈窕豐美，修長的大腿、纖巧的腰線、飽滿酥潤的胸脯……無一不是美得驚心動魄，教人不能自己。

啊，他何其有幸，竟能得到夢中佳人，一飽這天大豔福！

他深情凝視著蘇娃熟睡的臉，五官輪廓同樣是那麼柔美無瑕，教人愛入心坎；忽然，她長睫掀動，緩緩睜開了眼睛。

「你醒了？」

朱銘心中愛憐，親暱一笑，俯下臉在她粉頰上親了一親，等著她嬌羞縮入懷中，卻不想，蘇娃的臉色無比冰冷，嘴裡只蹦出這麼一句：

「你強姦我。」

她的聲音一樣是那麼輕柔，可是朱銘的表情就像是冷不防給人在心口捅了一刀。

「你、你說什麼？」他的熱情登時消熄，呆愣半晌，猶不信她說了這話。

「你、強、姦、我！」似是惟恐他聽不清楚，這一回，蘇娃拉著被褥緩緩坐直，瞪著他，一字一字慢慢說。

看見了她眼底的淡冷鎮定，朱銘全身都嚇出了冷汗，立刻跳下床，跪下哀饒：「求夫人饒命！饒命啊！」他駭得連聲音都變了，哪怕過去也曾遭遇無數高手，也從未似此刻這般驚魂破膽。

「朱銘，上官驪待你如何？」

「城主待我，一直都……很好。」

「他待你好，你卻強姦了他的夫人！你這個人面獸心、豬狗不如的東西！」她話到後來，聲色愈厲，一把便將床褥上的男人衣物全扔出紗帳，直丟往他臉上。

朱銘全身發抖，任由衣物砸來，一句也不敢反駁。

「不過——」蘇娃斜躺枕上，道：「要我不告訴上官驪，也不是不可以……」

語音未落，朱銘已急道：「夫人但有所命，屬下就是粉身碎骨，也必全力以赴！」

「當真嗎？」

「屬下以性命發誓。」

「那好，我要你替我拔刺。」

「誰是夫人的刺？」

「沈菱。」

朱銘全身一震。

「少主大婚之前，我要看到她的人頭。不是她死，就是你死。」

「是。」

朱銘沒有追問理由，快速著好衣物，欲將退出，卻發現蘇娃扔來的衣物裡，沒有腰帶！

「夫人，還請將腰帶還給小的。」

「你這條腰帶好看得很，若是給上官驪看見，他一定能認出來。想拿回去，就拿沈菱的性命來換。」

「可是……這……」

「不想交換？那好，腰帶還你，我馬上出去跟大家說你汙辱我……」

「別、別、千萬別！」朱銘慌忙道，完全被制得死死的。「我答應你就是了。」

「好，那你可以走了。以後除非是為了沈菱的事情，否則我不想再看到你。」

「是。」朱銘哪裡還敢說第二句話，忙不迭地退出。直待房門關上，室內陡地沉靜下來，蘇娃再也止不住心頭糾痛，失聲痛哭，淚水如泉。

她最愛的男人愛上了別的女人，她為了殺掉情敵，逼不得已，只能以身子作為代價……

為何事情竟會變成這樣？

五年前，她與上官驪在落梅天的第一個晚上，她曾垂淚告訴他，她已心有所屬，求他放過她。

上官驪問起對方，她沒有說，怕說了，上官夜天就活不成了。

然而上官驪也沒再追問下去，只這麼告訴她：「你想要自由，我也不是不能成全你。只要你能種出在寒冬開放的牡丹，不管你愛誰，都由你去。」

儘管明白這刁難如同公雞下蛋，她仍然懷抱癡心，學習園藝。

於是，她從一個對園藝一竅不通的少女，漸漸知道了栽花養花等種種講究，又查詢書冊，熟悉衛花剪花等諸般巧妙，直到今日，五年來風雨不息、日夜不輟，有時甚至忙累得無心彈琴奏曲，把一雙玉手操磨得疲累痠疼，她仍是一心一意，無怨無悔……

她一面回想，一面替自己心疼。

事到如今，她絕不讓事情善了。

她要讓沈菱消失、讓上官夜天心痛、讓上官驪蒙羞、讓朱銘身敗名裂……

她發誓從這一刻起，絕不讓任何人再對不起自己！

第十九回　不速之客

只見他於服飾打扮上甚是講究，從髮冠，衣裳、腰帶、配劍、鞋履，都是同款墨綠為底、金紋為繡的式樣，一身氣派；年歲看去不過四十來歲，雙目深湛，下頷三寸髯鬚烏黑光澤，神氣清矍

「少主，巫羽的確是奸細。」

次日，雪琳回到雲城，帶給上官夜天這樣的答案。

「巫羽三天前帶著藥僮丹兒去了鍾家藥鋪採買了藥材，那間藥鋪沒有問題。巫羽不過進去一陣，便留丹兒一人在藥鋪發落事務，自己則到藥鋪對面的陸家棋社下棋。過了兩刻，丹兒把巫羽交辦的事處理好了，就來棋社通知巫羽，巫羽也不管棋局有完未完，即與丹兒一同離開。」

「聽起來沒有任何異狀。」

「若有任何異狀，必是著落在陸家棋社，因為巫羽在那裡待得最久。屬下一直在左近盯著，果然巫羽離開不久，陸家棋社便有名小廝走了出來，一路直向馬市，借馬騎出城外，卻是往天龍會分舵的方向去了。」

話到這裡，上官夜天已經明白了，點頭道：

「他每回藉口買藥，已然教人不易懷疑到他頭上，實則丹兒跟藥鋪都只是掩護，真正有鬼的是他落腳歇息的那間棋社。哼，怪不得他可以在城主身邊潛伏這麼久，好仔細的安排！」虧得雪琳心細，否則就算有意盯梢，只怕也被他瞞了去。

「屬下已將那人殺了，屍體也處理好了。」

「很好。」

「少主打算如何處置巫羽？」

這問題原應不難回答，可是上官夜天卻沉思許久。

「沈姑娘的肩傷已經穩定不少，可以換其他大夫照料。」

「可是沈菱喜歡他照顧，我若是把他換掉的話……」他手指下意識地敲著桌面，竟然拿不定主意。

雪琳毫不明白他究竟為難什麼，便道：「不知道屬下可否冒昧問少主一事？」

「說吧。」

「您跟沈姑娘之間，有事嗎？」

上官夜天抬起眼眸，拋給她一個反問的眼色。

雪琳道：「雖然屬下今日方歸，剛好聽見婢女們說起，沈姑娘昨天晚上連一口飯都沒吃，只是關在房間，誰都不見。」

上官夜天想她是自己心腹，此事也不必瞞她，道：「她只怕開始討厭我了。」於是將昨日之事簡略說了，又冷哼道：「她發現我這個人，原來跟她想的不一樣，滿手血腥、殘忍無比，遠比不得地牢裡的涂爾聰正人君子、光明磊落。」

「她這麼說嗎？」

「她不必說，我也知道她一定這麼想了。」登時惱怒難抑，道：「你替我傳令給朱銘，讓他帶高手往西牢找涂爾聰練招，務必把白馬堂的武功給我榨得一滴不剩。」

「是。」

「巫羽的事，且按下不動，看看沈菱的情況再說。」

「是。」

「我這裡沒別的事了，這幾天你也辛苦了，下去休息吧。」

「是。」

雪琳轉身離開書房，恰見沈菱便在前方的楓樹下獨自徘徊，似乎有什麼事要找上官夜天，卻又不敢貿進。她即走了過去，問道：「沈姑娘，你找少主？」

沈菱見是雪琳，雖然與她交談不多，可也知道她對自己頗懷善意，便問：「夜天在裡頭嗎？」

「是。沈姑娘若有事情找他，可以直接進去。」

「嗯，我再想一想好了，你忙你的吧。」

雪琳見她猶豫不決，也不知是為著何事過來，又想男女之事旁人不好涉入太多，只道：「沈姑娘，少主待你極好，請你千萬別辜負他。」說完，自行去了。

沈菱呆立當地，默默想著她方才的話，過得好一會兒，便要轉身而去，卻聽他道：「既都來了，怎不進來坐一坐？」回頭看去，只見上官夜天不知何時已站在門口，看著她。

他們兩人明明昨天才見過，可這時再見，卻像是幾日不見一般，彼此都有些生分、有些拘謹、有些不知所措。

這書房是上官夜天辦公的地方，沈菱是第一次來。之前她還不能下床的時候，上官夜天為了陪她，將公文摺子全帶回房內的矮桌上批閱；她躺在床上無事，卻一點兒也不覺得無聊，因為他就在自己身邊，哪怕只是這樣默默看著，也覺得幸福快樂。

不過現在……

「說吧，找我何事？」上官夜天先往茶几右側的一張太師椅入坐，沈菱便坐往左側那張。

上官夜天知道她的個性，溫婉裡帶著三分怯懦，而今居然主動來找自己，必然是有重要的事說。只聽她道：「那個……先前你說，你要派人南下，除了向我爹爹報平安，還要一併提親。」

他微微點頭。

「人已經出發了嗎？」

「早就出發了。怎麼了？」

沈菱低頭絞著手指，細聲道：「成親的事，可以讓我再考慮一下嗎？」

上官夜天臉色微微一僵。

「你後悔了？」

「也不是後悔……只不過，這畢竟是終身大事，嫁了就不能夠挽回了，我想再想得更清楚些。」

「那就是後悔！你覺得當初答應得太早了。原以為我是大英雄大好人，巴不得早日嫁我，現在從旁人那裡，得知我的真面目原來這麼不堪，殺人不眨眼，一肚子黑水，怎配娶你？」

他說話刻薄尖銳，沈菱完全無法招架，慌道：「我不是這個意思……」

「不然是什麼意思？很可惜，你不想嫁也由不得你了。」他不管她，冷語逕道。

沈菱怔道：「什麼？」

「我們的婚事，是稟過義父的，他希望我娶你，好與魏蘭結親，如此一來，將勢力伸入南疆的就不會是白馬堂，而只有雲城。所以，就算只是為著這個理由，我也非娶你不可。」

沈菱雖不很明白他說的內容，卻也聽出包含了複雜的鬥爭算計在其中。而這，難道才是上官夜天娶她的真正原因?!

「原來……你不是真的想娶我，你要娶的，只是我的身分？」

她的臉都蒼白了，只是想：他在大寨不是真的想救她，連提親也不是因為真的想娶她嗎？他，又到底是個什麼樣的人呢？

上官夜天見了她驚愕難過的眼神，也自後悔，立刻握住她的手，放軟了態度，道：「不是的！就算你不是沈幽燕的女兒，我也一樣想娶你為妻……」

「少主！」

忽然快步而入的雪琳，把兩人都嚇了一跳，上官夜天更是立刻抽回了手。

雪琳自知打擾了他們好事，然當此之際，也顧不得這些了，立道：「岳陽分舵出事了，總管問您是否方便到聚星樓相敘？」

上官夜天見她神色不太尋常，恐有要事，即道：「我馬上過去。」

雪琳轉身即出，回覆朱銘遣來之人。

上官夜天向沈菱道：「這些日子，我待你如何，你該比誰都清楚，若你認為我並非良配，我也只好……唉！」有些話不必多說，說了亦是無用。他不再逗留，快步向聚星樓去了。

＊ ◆ ＊

「少主，岳陽分舵遭鐵膽莊夜襲，全舵覆滅！」

大事，果然是天字第一號的大事！

雲城自創派建業以來，從來未有分舵在一夜之間遭人生生殲滅，連舵主都逃不掉！

朱銘續道：「有一名信使僥倖逃出，正午才到，說是殷琴在十五號那日忽然身亡，鐵膽莊鋪張治喪，司空世家許多人都來弔唁，包括司空淵。岳陽分舵知道對方高手雲集，那幾日行事比平時更為低調，免得多生事端；不想數日之後，鐵膽莊的高手竟忽然殺入分舵，橫霸佔領。」

上官夜天震怒道：「混帳！殷琴死了，他們就拿我們整個分舵來陪葬，司空淵習得天舞劍後，當真狂妄之至！」

「少主，九大派已經出手了，不管是為著什麼理由，這都是明目張膽的在向我們宣戰。」

上官夜天沉吟一會兒，道：「那信使可有費鎮東的消息？」

「有，他說費鎮東前兩日便抵達分舵，後來司空淵他們殺了進來，他並沒見到費鎮東逃出來。」

上官夜天蹙眉心想：不會連費鎮東也遭擒了吧！

「少主，費鎮東莫非是奉了城主密令，這才前往南方？」

上官夜天點點頭。那時候因朱銘還沒撇清奸細嫌疑，故此事只有上官父子及費鎮東三人知道，以免重演韋千里之憾。

算算時間，費鎮東那幾日也該抵達分舵，不巧偏碰上了這事，實在可恨！

事到如今，雙方交鋒勢不可免，他這邊也該有所動作了，又道：「多派些探子監視他們的行動，尤其，得先設法找出費鎮東。」

「屬下即刻去辦。」

過了兩日，雲城的探子仍然一無所獲。司空淵等自然也知道出了這麼大的事，雲城必會派人暗中監視，自不會流露任何蛛絲馬跡。

可是，他想知道費鎮東的下落，卻在這一天有了眉目。

因為，司空淵親自上門，把費鎮東送了回來！

來客非同一般，上官夜天於是讓朱銘、杜紫微，以及一些心腹之人都到廳堂，謹慎戒備。

想當初費鎮東奉上官驪之令，帶了五十名高手南下，欲聯同岳陽分舵人馬，一同打擊趙正峰。可沒有人想得到，九大派那邊因為殷琴亡故，同仇敵愾，居然早他們一步動手，結果便是——

費鎮東全身是傷，昏迷不醒的給兩名年輕人左右挾持著走入雲城大廳。這兩名年輕人亦是九大派的，身邊還有倚仗：向曉潭、趙正峰、彭華靖，以及領袖司空淵！

上官夜天與其他人做夢也想不到，三莊一會的掌門人，居然會挾著他們的費天王，這般肆無忌憚的登門而入。

尤其是司空淵，堂上三人從來也未曾見過這麼如此高傲無禮之人。

只見他於服飾打扮上甚是講究，從髮冠，衣裳、腰帶、配劍、鞋履，都是同款墨綠為底、金紋為繡的式樣，一身氣派；年歲看去不過四十來歲，雙目深湛，下頷三寸髯鬚烏黑光澤，神氣清矍，乍見時倒教人不覺他是武林高手，更似是皇親貴胄。

惟他雖非皇胄親貴，勢態也相去不遠，一入廳中，淡淡瞥了堂上三人一眼，即側過身子，緊跟著彭華靖走上前來，問道：「上官城主不在嗎？」

三人方知原來司空淵竟是不屑跟他們說話，才示意彭華靖出面交涉。

上官夜天慍道：「應付你們，何需我義父出馬？你們究竟把費鎮東怎麼樣了，他為何一直不醒？」

「上官少主莫要心急，費鎮東一沒有性命之憂，二沒有肢體傷殘，只不過此人實在可鄙可恨，一張開嘴巴就盡吐出不堪入耳的汙言穢語。為了我等清聽，也只好將他打昏了。」

上官夜天聽後，道：「說吧，要什麼條件，你們才肯放人？」

四大掌門彼此看了一眼，彭華靖立道：「既然上官少主快人快語，咱們就把話明說了，費鎮東帶人趁夜突襲鐵膽莊，已然犯了武林上的忌諱。我們之所以饒他不死，就是為了拿他來換兩個人。」

朱銘道：「且慢，彭掌門說費鎮東趁夜突襲鐵膽莊，分明是在顛倒黑白，事實是四位掌門趁夜突襲雲城的岳陽分舵，費鎮東措手不及，這才失手遭擒。」

彭華靖從未見過朱銘，然看他手持判官筆，便也知其身分，莞爾道：「朱天王錯矣！事實是費鎮東先率人突襲鐵膽莊，還殺了鐵膽莊好多弟子，幸賴司空師兄在場，擊退狂徒，這才免了許多傷亡。

有道是：『來而不往，非禮也。』司空師兄眼見費鎮東這般猖獗放肆，其罪難容，這才率人前去貴派分舵回以顏色。此事之前因後果、是非對錯，便是如此，還請閣下勿要為了袒護同僚，混淆視聽。」

「胡說，費鎮東既知道司空掌門就在莊上，豈還會蠢得冒此大險！」

「可惜他就是這麼蠢，在下也沒有辦法。你若不信，上百名鐵膽莊弟子都是見證。」彭華靖得意冷笑，彷彿真相他說了算。

上官夜天不與他糾纏這些，逕問：「你們想換哪兩人？」

「涂爾聰、杜紫微。」

上官夜天聽到「涂爾聰」的名字心中一凜：雪琳明明已攔下巫羽的傳遞，莫非還有其他奸細？一時間不及思考其他緣由，亦不知對方是否握有確證，於是道：

「閣下要找涂爾聰，該去白馬堂才是。」

彭華靖道：「白馬堂的弟子說，爾聰去了迴燕嶺後便沒再回來，恰好上官少主同時也去了迴燕嶺，並且聽說抓到了那作亂的色魔，已將山嶺據為己有。」

「是有這麼件事。」

「所以涂爾聰一定是落在閣下手上！」

上官夜天冷冷一笑，也不否認。方知是司空雪去搬的救兵，與內賊無涉。

杜紫微暗暗給朱銘遞個眼色，接著搭腔道：「你們要換回涂爾聰也算合理，可為什麼把我也扯了進來？」立聽趙正峰恨聲道：「你殺了我妻子，我要你血債血還！」

杜紫微浮誇道：「唷，殷琴死了！怎麼回事啊？」

「還裝傻，她中了你的毒針，每個莊內弟子都瞧見了，你休想抵賴！」

「每個莊內弟子也都瞧見，我已把解藥給她了。」

趙正峰罵道：「鼠輩！你給她的解藥是假的，她服下後雖暫時好轉過來，豈料七天後竟又毒發死去！你們雲城，全都是一窩狡獪無行，豬狗不如的畜——」他那個「牲」字還未出口，漫天的雪蓮子立刻當面迎來，不只當趙正峰的面，更是雨瀑飛箭般的直射向四大掌門人。

杜紫微暴起發難，四柄長劍也幾乎同時出鞘，銀光千幻，滴風不透，霎時硜硜劍擊之聲不絕，鐵蓮子散落在地，皆被盡數擋下。

「嘿！」

杜紫微沒有得手，可是他雙手環胸，卻得意的笑了。因就在四掌門揮劍格擋之際，已有人見機把費鎮東救了回來。

雖不過就是幾次呼吸那麼短暫的時間，可是等到四掌門干戈止息，觀照情勢，情勢陡變——費鎮東已換給朱銘挾著，而負責挾持的兩名弟子也已經倒下。

那是向曉潭帶來的人，他當先過去察看，不由得倒抽口氣。此二人的武功在後輩裡算得上出類拔萃，卻教人萬想不到，居然會這樣子死！

他們的右手都握著劍柄，長劍卻未及出鞘；身上沒有其他外傷，只有膻中滲著一星血點。

轉頭看去，朱銘所持的判官筆尖，正是殷紅如朱砂。

四位掌門人俱是一陣錯愕，不想雲城不過出動兩名天王，居然就在這轉瞬之間，當著他們的面，殺了他們的心腹弟子、奪走他們的重要人質！

這下，連人稱「冰霜臉」的上官夜天也不禁勾起嘴角，難掩得色。他右臂一伸，搭著雕龍扶手，下巴微昂的看著四大掌門：

「諸位，請吧！」既然對方已沒有籌碼，他索性直接送客。

可是四掌門人很快又恢復鎮定，絲毫沒有要離開的意思。

「好個雲城，果然四天王以上，個個是人物。」以一雙眸子逐一打量堂上三人，並給予讚賞的，正是入門至今方始開口的司空淵。

上官夜天不客氣的收下他的讚美，道：「因為雲城什麼樣的高手都有，而你們再怎麼厲害，也不過一批劍手。」

「喔？」

「可是我的劍法，勝過其他武學。」

「不信嗎？」司空淵說完，微低下頭，緩緩把劍收回了鞘內，然就在機簧將扣之際，霍地，一雙眸子精光逼人，竟爾蹬步起身，出劍如電，直朝堂上主座揮劍襲來。

朱、杜二人立時要挺身護衛，然司空淵出手毫無預兆，動作又太快，才剛驚覺，他就已侵入了上官夜天的防衛距離之內。

上官夜天完全沒有時間抽出鞭子回擊，心頭暗驚，身影一晃，只能棄椅而逃，站到杜紫微身側。只見司空淵一腳已踏上了堂台，劍已揮下，椅後掛著的那幅〈白虎踞山圖〉的虎頸，已多了一道割痕。

畫上老虎，身首分離。

這是明目張膽的挑釁！

朱、杜二人職責所在，斷不能容人欺到主上頭來。

朱銘見他劍法精奇，仍喝道：「姓司空的，你當雲城什麼地方，容得你撒野！」他向杜紫微使個眼色，兩人立刻以左右包夾之勢，同時朝司空淵出手。

杜紫微真氣已復，自是立刻發動摧仙指；朱銘早將費鎮東交給身旁部下，鋼筆疾出，恰如流星飛落。

他兩人皆精擅打穴，辨穴之準、勁道之強，俱為當世絕頂。兩人拚力齊攻，威勢霍霍，任何人都只能是刀俎魚肉。

趙正峰憂司空淵吃力，欲上前相幫。向曉潭卻攔著道：「不必擔心，他們不是對手。」

過一會兒，只見戰局始終是四手飛騰，劍光舞亂，根本看不清哪一方佔了上風。驀地，兩名天王同時叫了一聲，跟著向後疾退。

手！

除了司空淵，所有人都瞠大眼睛看著他們的手。

他們的衣袖給割得破破爛爛，成了片片碎布，四條手肘赤裸於外，已無任何遮護。手背到肘上佈滿著多道大小不等的血痕，傷口不大，未傷筋骨，卻在在是被敵人侵傷過的印記。

司空淵對於這樣壓倒性的勝利，似在意料之內，緩緩收劍回鞘，冷嗤一聲，步下堂去。

兩名天王跟上官夜天一時間根本愕然無法言語。

他們最擅常的兵器雖不是劍，卻都是懂劍的。長達十年光陰，雲城不斷的搜羅江湖上有名的劍法劍訣，研究、破解；再研究、再破解……因既然九大派的主流兵器是劍，他們只要熟悉劍之為物，勝算無疑就能提高幾分。

可是他們從來沒見過這樣的劍法，從來沒有！

根本無路徑可尋、根本捉摸不清，當你自認攻防嚴謹得無懈可擊，那劍刃偏偏就是能從你想不到的部位猛然挑刺，禦無可禦！

上官夜天最先恍悟，訝然道：「這就是天舞劍?!」

司空淵得意一笑，當作默認。「江湖云：『天舞劍出、雲城主滅』，由此看來，此言非虛。」

他說話猖狂依舊，然這一回，沒有人再作聲，因為天舞劍確實厲害，他們已見識到了。

司空淵又道：「我沒挑斷二位天王的手筋，雲城該感謝我。」

他既賣了這個人情，上官夜天也不得不讓步了，暗中審析雙方情勢，道：「我可以讓你們帶走涂爾聰，但要帶走杜紫微，休想！」

杜紫微當即乖巧地投以一個感激的眼色。

司空淵原知以一換二的要求，絕無可能取得對方共識，不過藉此拉抬談判的空間。此行的目的原就只為救涂爾聰，想那杜紫微乃雲城天王，非同一般，豈可能在對方的地盤取他性命？略一想，即道：「可以。他的人頭，就暫且寄著。」

趙正峰變色道：「師兄——！」

司空淵道：「別擔心，我既答應過你，就不會有變。」此話一出，趙正峰也不好再說什麼，便即安靜下來，惟雙目仍怒瞪著杜紫微。杜紫微不必想也知道，司空淵必然是給出了「必替殷琴報仇」之類的承諾，也不在意，當即輕浮一笑。

片刻後，朱銘的手下便將涂爾聰帶了上來，只見他雙手給人用鐵鍊銬著，全身上下狼狽髒垢，一望即知這些時日受盡苦楚。

彭華靖與向曉潭立刻搶上去察看他身上傷勢，所幸多是皮肉之傷，不殘不廢，立時鬆了口氣。

司空淵道：「聰兒，這些天委屈你了。你所受到的屈辱，舅舅一定給你討回公道。」

「多謝舅舅及三位師叔。」他回應後，眸子只是盯著兩位天王詭異傷破的手肘袖口，完全猜不到方才究竟發生何事。

上官夜天道：「朱銘，鎊鍊鑰匙在你那兒嗎？給司空幫主。」

「不必。」只見司空淵長劍唰唰兩下，涂爾聰雙腕鐵銬立刻咚地墜地。鐵銬切口平齊，雙腕毫髮未傷。

這兩下並非天舞劍法，而是司空淵的劍術造詣。縱不學天舞劍，他的確也是當世數一數二的用劍高手。

上官夜天道：「費鎮東已回雲城，涂爾聰也已還給你們了，若無其他要事，各位這就請吧！」

「我們……」司空淵才一開口，涂爾聰忽然肅聲道：「把沈姑娘還給我，你休想扣住她！」

上官夜天眸光一冷，道：「她不是你的！」

涂爾聰道：「她更不是你的！」

司空淵道：「聰兒，誰是沈姑娘？」

涂爾聰道：「舅舅，沈姑娘是我的未婚妻。」

上官夜天道：「少自作多情了，她壓根兒就不認同這門婚事！」

涂爾聰道：「若是這麼，她那天何以會來地牢看我？就算她不嫁我，我也要聽她親自說！」

司空淵道：「上官少主，若你真的挾持我甥兒的未婚妻，我可不能坐視不理。你若問心無愧，何不將那姑娘帶過來問個清楚？若她真不願嫁給爾聰，我們立刻便走，絕不死纏爛打。」說罷，丟給了涂爾聰一個眼色。涂爾聰微微點頭，表示同意。

上官夜天眼見對方不會輕易罷手，又實在沒有理由拒絕，只得派雪琳帶沈菱過來，盼她的答案別讓他失望。

杜紫微冷眼旁觀，心想上官夜天於男女之事實在太蠢，若早日破了沈菱身子，今日哪還輪得到姓涂的說話？

過得片刻，沈菱來了，雪琳去時早將廳中情況大致告訴了她，因此來時見大廳這麼浩大場面，也不過微微一愣，並不如何意外。

涂爾聰立道：「沈姑娘，我舅舅跟師叔們來救我了，你若想離開雲城，正好能與我們一道。」

沈菱微微一笑，道：「那真是太好了，可是我……」她看了上官夜天一眼，既為難，又留戀。

上官夜天這時候也走下來，道：「你說過，你不嫁涂爾聰。我相信你沒有騙我。」他在離她六尺之處站定，神情專注無比的凝望著她。

沈菱迎上他的眼光，忽地一陣悸動，臉上微紅，不自覺的點頭道：「不錯，我是說過這樣的話，我沒有騙你。」

涂爾聰早知自己從未入得沈菱眼中，卻一心只想救她於迷途，道：「沈姑娘，他是個殺人不眨眼的魔頭，你就算不嫁我，也絕不能嫁他！」

「我……」

涂爾聰溫言道：「我們只等你一句話，要留，或走？你若不跟我們走，我們這一去，便難再上來了。」意即屆時她若後悔想離開，他們也無能為力了。

沈菱當真好生為難，自己該用什麼樣的情感態度面對上官夜天，混亂了多日，依然沒有分寸。

上官夜天道：「你不必為難，就算他們都去了，我一樣承諾你，絕不勉強你做任何不喜歡的事情。」似是看出她心底的不安困窘，他竟及時貼心地說出這樣的話來。

沈菱一愣，卻是又驚又喜，想不到上官夜天待她是這樣好法。她生性易感，再也抗拒不了他那看似冷硬的溫柔善意，當下已有了決定。

「涂爾聰，謝謝你的好意，可是我……」

「別說太早！」涂爾聰做了個噓的手勢，道：「他不是沒騙過你。」

「這……」

上官夜天惱他生事，欲將發作，涂爾聰又已道：「我再跟你說一件事……」他一向避忌男女之嫌，這會兒卻俯身在沈菱耳邊低語。

沒有人知道他跟她說了什麼，只有近旁的司空淵內功精深，聽得分明，卻一派沉默。沈菱則是個喜怒形於色的，怔怔聽著，眼眶竟也溼了，顫聲問道：「真的嗎？你沒騙我？你如何知道的？」

涂爾聰道：「如何得知說來話長，可我絕不騙你。我跟某個人不一樣。」

上官夜天見他們似乎在說著什麼祕密，沈菱又是這麼一個模樣，當真好生不安，不禁問道：「他跟你說什麼了？」

沈菱紅著眼瞪他，這一回，卻不願再讓自己再滴下淚來，緊緊掐住拳頭，顫聲道：「你找別人與你成親生子，成全你這城主大位吧，我是幫不了你了！」

上官夜天胸口猛地一震，驚愕得說不出半句話來！

原來涂爾聰方才是跟她說了這件事！這種事他怎麼會知道呢？

沈菱見了他這神色，便知他意會自己所言為何，可見得果有此事！當下實在酸楚難言：她一直都那麼相信他，他竟騙了她三次！

何況這第三次，還是這麼的不堪！

她是真的心灰意冷，不想再見到他了，掩著臉，快步奔出了大廳。

上官夜天忙道：「站住！不是你想的那樣……」卻有人上前一步，攔住了他，正是司空淵。

司空淵無心理會後輩們的男女私情，見事情既有了局，立道：「上官少主，過去十年，雲城欠了九大派不少人命。」

上官夜天眸子一凜：「是又如何？」

「九大派跟雲城該好好算帳了。」

司空淵下戰帖了！眾人心想。

「雲城諸位，以費鎮東殺我九大派弟子最多最狠。今年的中秋劍會，我們會在東靈山拿他血祭，替死在他手上的同門報仇。」

眾人聞言，都是一愣。

杜紫微反應最敏，立刻過去察看那一位癱坐在椅上的費鎮東，須臾，伸手探他腮邊，隨即竟撕下一張假臉——

「人皮面具！」朱銘驚道。紫衣人的真面目竟是岳陽分舵的石舵主！

彭華靖冷笑道：「這正是『以其人之治，還治其人之身』，別以為只有雲城才做得出維妙維肖的人皮面具。」其實那張人皮面具也不如何精巧，只不過費鎮東目深鼻高、髮色濃密、棕鬍硬直，特徵太過明顯，又是一副昏死重傷之狀，只要稍加掩飾，也就似模似樣了。

司空淵道：「真正的費鎮東還在我們手裡，想救回他，就請上官城主十五中秋親上東靈山一趟，同我們比武論劍，一較高下。否則中秋一過，江湖上也不會再有『費鎮東』這號人物了。」說完從容轉身，衣袂翩雅，驕慢瀟灑。

「慢著！」上官夜天喝道：「不交出費鎮東，你們也休想把涂爾聰帶走！」語音未落，長鞭已如黑龍騰飛，直往司空淵後腦襲落。

那鞭子固然快得夠狠了，可是勁勢所散發的殺氣也太烈，反倒像是提醒敵人的警訊。司空淵沒有回頭，足下發勁，身子淩空後翻、轉向、拔劍，一氣呵成。劍尖森寒，直取對手眉心。

上官夜天此招落空，不待鞭勁衰竭，即又盪鞭迴返，左腕參入架成一個繩圈，高舉頂上，及時格檔司空淵的落劍。然那一劍蓄滿真氣，力道強悍，原本給扯得繃直的鞭條，登時凹曲下沉，鞭條上的倒刺直壓往上官夜天眉眼。

兩名天王見了，自當出手相助，可三位掌門見狀，也立即拔出配劍，出鞘聲銳利刺耳。向曉潭道：「二位若敢出手，就別怪我們也出劍了！」朱銘等恨恨回瞪，只好作罷。

司空淵內功精純，已勝上官夜天一籌，這一劍居高臨下，更是威不可擋。兩人僵持一會兒，司空淵右手雖漸酸麻，然見對方雙臂青筋賁張，勢態吃緊，自己穩居上風，便想：「今日縱不殺你，也要斷了你的殺神鞭，挫挫你這小子的銳氣。」於是手上勁力更強上三分。

上官夜天腰一沉、膝微屈，雙足同時發出剎的一聲，只見地磚紋路四裂，顯是漸受不住司空淵所施加的勁力了。

司空淵道：「求饒的話，我可以收手。」

「呸！」上官夜天仍是一臉冷悍，咬牙迸出輕蔑之態。

「好小子，既不服我，我也只好給你好看了！」司空淵眉毛一挑，打算至少毀去他一隻眼睛。

當此時，殺神鞭的莖條已斷開三分；卻忽然，一道冷硬的女聲道：

「司空掌門再不收劍，恐怕先死的人會是涂爾聰！」

眾人一凜，立時望去，只見涂爾聰的頸子架著一柄長刀，持刀人正是雪琳。

四位掌門尤其意外，他們壓根兒就沒將這貌不驚人的女子放在眼裡，眼中從來就只有上官父子及四大天王，卻不想，此女居然能無聲無息，瞬間制服涂爾聰！

涂爾聰瞠目朝她打量，也是一驚，心想方才自己雖然凝神瞧著舅父威逼上官夜天，也不是全然沒有留意到她拔刀的手勢；可是那起手的速度委實太快，他只不過眨了下眼睛，鋒刃就已出鞘，快得他連叫出一聲、挪動腳步的時間也沒有，冰冷的刀緣就已貼到了頸邊！

眾人萬想不到，雲城居然還有這等高手！

司空淵原已勝券在握，惟此刻縱不甘心，也不得不收劍回鞘，罷了武鬥。

「算你好運！」他瞪著逃過一劫的上官夜天，走回隊伍。

雪琳不待他走近，也收回了長刀。

司空淵走過來道：「聽兒，無事吧？」才說著，只聽「砰」的一聲，司空淵居然用左手拔劍，揮向雪琳。

他身為一派宗師，卻出其不意的拔劍出招，已然失格得教人錯愕之至，可是雪琳的臉上卻一點錯愕的神情也沒有，她甚至連眼睛也沒有眨，就拔出長刀正面架擋。其勢態之凝穩，顯見猝然應接，尚能遊刃。

司空淵沒有得手，卻不禁對她身上那股淡定如湖、沉穩如嶽的氣質另眼相看。

「果然高手！」司空淵微瞇眼睛打量，卻又冷嗤道：「哼，可惜是雲城的人，末了同樣不會有好下場。」落下這句，才領著眾人離開大廳。

這一回，雲城輸了。

上官夜天輸得尤其澈底，論武他輸給了司空淵，論情他失去了沈菱，可是忿怒之餘，他頓時想起了一件疑惑了很久的事情，卻似乎在雪琳身上，找到了答案……

第二十回　東行

當時的蘇娃，穿著新娘嫁衣，俏倚門邊，輕聲軟語，眼中滿是水一般的情意，殷殷目送著他離去。

那畫面直到今日，仍是上官夜天心目中最美最美的形象。

沈菱一走，上官夜天立刻做起了兩件事。先是巫羽的命運大幅翻轉，不再是受人尊敬的巫藥師，而是遭人唾棄，在地牢裡飽受嚴刑銬打的階下之囚。其後，他讓將朱銘將這些年來所搜集的九大派劍招，連同這幾天從涂爾聰那裡壓榨出來的白馬堂劍法一併整理好，教由『破劍部』的人演練。

破劍部乃是雲城裡一個特殊的單位，隸屬於費鎮東麾下，長年來負責擒捉九大派的高手，一一試出他們的武功，再行統整、分析與破解。

上官驪要滅亡九大派，主要是以這樣的方式進行。

因一個門派只要威名尚存，每年就必會有新人補進，殺既殺不完，更徒增沒必要的血腥仇恨。釜底抽薪之計，就是直接滅亡這個門派的武學，讓它沒有價值。

沒有價值的門派，不必出手，也會自行敗亡。

那，才是連根拔起的勝利。

十多年來，雲城先鎖定四山派的劍法，偷其精華，反覆演繹，再由費鎮東思索當中的漏洞破綻，研擬新招克制。

如今四山好不容易衰敗，按著原本的步驟，目下該輪到了三莊，最後才是一堂與一會。可自天舞劍再度出世，雲城與九大派衝突加遽，司空淵已等不及要跟雲城真刀實劍的一決雌雄了！

上官夜天自然不會坐以待斃。司空淵那樣目中無人、涂爾聰這樣狡獪可恨，他若還要等到上官驪出關再處理此事，他這個少主就真的是廢人一個了。

在聚星樓內，他明白的向朱、杜二人表明瞭自己要在中秋劍會之前，將費鎮東救出的決心。

雖然，今日他們三人都是輸家，而且都輸得有些難看，可一離開了大廳，他們就再也不將那場敗仗放在心上。

因為，他們都是做大事的人。

跟雲城即將面對的危機相比，一時勝敗，根本渺小得微不足道——大局之勝利，才是真的勝利；而大局之勝利，絕不僅只取決於個人之武力。

面對上官夜天打算先行救人的主張，杜紫微似是早有想法，當先道：

「少主，屬下以為，這一回要將費鎮東救回來，比在鐵膽莊救千里還困難十倍。」

「繼續說。」

「第一、我們不知道費鎮東被藏在哪裡，一會三莊都有可能，無法鎖定搜找範圍；第二、司空淵學會了天舞劍，武功進展如虎添翼，威脅太大，我們若貿然動手，別說是救人了，一個不妥，反倒要賠了性命。」

上官夜天沉吟道：「分析得是有道理。所以你不想戰？」

「不是不想，只是屬下認為，應當等城主出關後，咱們再從長計議。」

「城主八月十三才會出關，趕到東靈山最快也需要一天路程，時間上離中秋劍會太過緊促，不夠他思量布署。」又道：「我之所以要先把人救出來，就是不想城主冒這個風險。『天舞劍』的確厲害，殺得我雲城兩名天王幾乎毫無招架之力，可是他真正的威脅還不在此。『天舞劍出、雲城主滅』這八個字，姑且不論真假，九大派的弟子必然深信不疑，雲城分舵弟子只怕也半信半疑，這麼一來，雙方士氣此消彼長，我們還沒較勁，就先輸一半了。」

朱銘十分認同他這番話，點頭道：「少主深思遠慮，屬下敬服。依司空淵的個性，必然會將今日大敗我三人之事，大肆傳揚出去。」

「那就讓他們得意去，我們的目的是避免城主在不及準備的情況下去了東靈山。就算城主跟司空淵遲早一戰，也不該全依了對方的時間地點，誰知道他們又會備下什麼無恥陷阱了？」

朱銘點頭道：「少主說的極是。」

上官夜天道：「至於費鎮東的藏身之地，我看多半就是在天龍會了。瞧司空淵那股氣燄，儼然自己是武林第一人，他必定會認為世上最安全的地方，就是有他坐鎮的地方。費鎮東若置於其他門派，他是不會放心的。」

杜紫微道：「屬下明白了，但憑少主調遣。」

接著，上官夜天便說出了自己的想法與計畫，三人又討論了一個多時辰，終於議定，兩日後即率兵東行。

而在東行前夕——

杜紫微來到了雷翠的房間。

雷翠住在他絳帳軒裡一間最隱蔽的妾侍房，用著方素霞的面具與身分，就這麼在上官夜天左近棲伏了下來。

這一日杜紫微特意過來找她，把近日的事情都跟她說了。

「這一次我得跟著去東靈山，你也來。」

「我去做什麼？」

「幫我殺上官夜天。」

「?!」

「怎麼，這麼快就有機會報仇，你反而不安嗎？」

「也不是，只是奇怪，你怎麼忽然決定動手了？」

「我見朱銘今日對上官夜天格外殷勤，覺得古怪，便從他手下那兒套話打聽。這才知道，原來城主私下跟朱銘說起過，等到上官夜天跟沈菱生下第一個孩子，他就會讓上官夜天正式掌管雲城，成為真正的雲城城主。」

雷翠聞言，一陣抽息。

「若然連朱銘也告知了，就表示城主不是隨口說說，乃是打定了主意。」

「幸好沈菱那傻丫頭跑了，要不然……」雷翠舒了口氣，要不然她此生最憎最厭的兩個人，可從此都死死壓在頭上了！

「沈菱跑了，他可以跟其他人生孩子。重點不是他生不生孩子，而是城主喜歡他，也覺得他的能力已可獨當雲城事務，只要願意成家，偌大江山即大方拱送！」跟著心頭惋歎：怎麼這樣的福氣不是落在自己頭上？

雷翠道：「我們可萬萬不能讓這種事情發生。他若成為城主，想殺他就更難了！」

「是，所以這一回你得幫我，也是幫你自己。」

杜紫微於是仔細說了自己的想法。雷翠默默聽著，知道這一回若不能順水推舟，藉九大派之手除去上官夜天，日後想再殺他，可再也不會有這樣的機會了。

* ◆ *

上官夜天離開聚星樓後，一步也沒耽擱地，立刻回到楓紅小築。但才一踏入門中，方想起，沈菱已經不在了……

過去這些天他都是這樣子的，忙完公事，哪兒也不去地直接回來，因為房間裡有個姑娘，一看到他就笑得像是玫瑰那麼燦爛，言語神情，全是對他的仰慕與依賴。只要她在身邊，他胸腔裡滿滿的便全是說不出的開心與自在。

可是她卻……

遙思之際，他不經意地看向庭園，中央那一棵最大的楓樹，葉緣已開始紅了。

雪琳恰好正佇立在那楓樹下，用手接著飄下的落葉。

上官夜天緩緩走向了她。

雪琳知道是他走近，轉過身子，把頭微微一點：「少主。」

「嗯。」上官夜天應了一聲，抬頭仰望樹蔭，道：「我們從小就在這顆楓樹下練武。」

「是。」

「人人都說你的刀是『颪牙刀』，只因不管什麼刀到了你手上，都會快如飆風、利如獸牙，所以你的武功是護衛之首，我也從未懷疑過。可是，我一直以為你的武功雖高，始終不能過我，但今天我發現，我好像錯了。」

雪琳臉上沒有表情，也沒有答話，她只是看著、聽著。

「多虧司空淵讓我在聽堂上踩裂了地板，我這才想起了一件事。從南疆回來後，我一直在找這個人，但那人似乎不是義父，也不是四天王，直到方才，我才好像找到了他。」話到此處，他審視雪琳的眼神，已經大不相同。

「你去過南疆，對不？」

雪琳仍然沒有說話，淡定如同雕像。

「我只要隨便找個婢女一問，就可以知道你有沒有離開過楓紅小築。你瞞不過我。」

至此，雪琳才終於點了點頭：「是，少主，黑衣人就是我。」

上官夜天抽了口氣，「為什麼？」他揣測過雲城各個高手的可能性，就是不曾考慮過雪琳。

「對不起，我不能說。」

「是義父派你跟著我的？」

「我不能說。」

「為什麼他要這麼做？派你監視我？」

「不是這樣。此中情況，您可以等城主出關之後，親自問他。」

「你重視他的命令，多過我的？」

「是。」雪琳這次倒是回答得很直接。

這下子上官夜天反而語塞，不知道該說什麼，愣了半晌，才道：「我知道了。」他轉身便走，不想再看到雪琳，雪琳卻喊住他：「少主，事情未必如你所想，請你冷靜。」

上官夜天腳步稍稍一頓，隨即反而加快腳步離開楓紅小築。

冷靜？他該如何冷靜？原來雪琳竟是如此高手：一個能夠千里追蹤而不被他發現的超凡護衛！一枚上官驪安排在他身邊的絕頂棋子！

說來諷刺，若不是司空淵今日偶然跟雪琳交手，還落下一句「果然高手」的評語，他還真不會意識到她是如此深藏不露。

漸漸的，他開始回想起第一次見到雪琳的情形。

那時的他只有八歲，進來雲城的第五天，上官驪就介紹了雪琳給他：

「這是雪琳，你的護衛。」

護衛?!他納悶的打量這個不過比自己大五歲的少女，高瘦的身形看似不如何健壯，神色亦十分平和，毫無半分硬烈剛強之氣。不懂這麼一個少女，為何能成為雲城護衛？

直到雪琳第一次在他面前演練一套刀法，一套現在看來平平無奇，當時卻嘆為觀止的刀法，他對她完全改觀。

高手，真正高手！

從此，雪琳除了是他的護衛，也是陪他練武餵招的朋友。

他們的武功差距日漸接近，忘了從何時開始，上官夜天甚至有種錯覺：我的武功已跟雪琳相差不遠了！再過得幾年，甚至又想：我的武功已勝雪琳一籌了！

想不到，真相如此傷人。

難道每回他出任務，雪琳都跟著他？

如果這是義父的意思，他又為什麼要這麼做？他都已經要將雲城交付給他了，還不放心什麼呢？

心神正自煩亂，長廊的前方，蘇娃恰好迎面而來。

他瞳眸一怔，停下腳步。

他原也打算要去找她辭別的，不想她自己卻先來了。

「又要出去了？」她在他面前停下，問道。

上官夜天微微一笑，道：「你的消息真靈通。」

「沈菱跟她的未婚夫走了。」

「……」

「你傷心嗎？」

「就算傷心也不是現在，情況急迫，我沒時間為她傷神。」

「這次的出動那麼危險？」

「是。」

「比五年前對付飄狂三魔還危險嗎？」

聽到「飄狂三魔」四字，上官夜天忽地怔住了。

他望著蘇娃，彷彿想要說些什麼，卻又什麼也說不出口。

兩人目光交接，腦海中浮現的都是同樣的往事。

那已是好久好久的事了……

五年前的蘇娃，還不是雲城城主夫人，只是華山山腳隱川城的小小歌姬。歌姬身分輕賤，她卻驕傲如公主，因她有的是本錢驕傲：這樣的姿色、這樣的才藝、這樣的歌聲……她憑什麼不能驕傲呢？

不知有多少王孫公子遠道而來，一擲千金只為聽紅顏撫琴一曲、高歌一遍。

她是所有男人夢中痴想的巫山神女，也是所有女人嫉恨欲死的狐妖禍水。

偏偏她誰都不愛，年復一年的任由青春流逝，似乎只為了等待某個值得互許終身的人。

五年前的上官夜天，銳氣淩發，已是九大派棘手的對頭，但對於華山派來說，還算不上首要敵人。

那時華山的首要敵人是飄狂山莊一家三口—飄狂三魔。

卻說這飄狂山莊的主人衛銀龍原是西域第一大盜，因有著在中原創派立業的野心，看中了西嶽華山的地盤，遂用多年劫掠下來的財寶，在華山左近建了一座氣派莊園，並娶了「鐵線蛇娘」狄芳為妻，兩人沆瀣一氣，處處與華山為難；後生下一子衛麟兒，居然甚有學武天份，不過十歲年紀，就學會了不少狠戾粗暴的招數，以欺辱良善為樂。

而另一方面，當時的上官夜天身分雖貴，可四天王人心未服。

上官驪告訴他：「想要坐在高處，接受部眾的景仰，憑我給你的義子身分是不夠的，你只能拿本事來換取。朱銘那四人都有過人的天賦才華，皆非池中之物，若離開雲城，想來亦能有不凡的際遇發展。所以你要留住他們，就得留住他們的心，而要留住他們的心，你就得證明自己的確有本事值得他們盡忠追隨。」

「還請義父指點。」

「四天王只服強者，要降住他們的不臣之心，就得先證明自己的武功的確比他們還強。你入雲城十二年來，潛心習武，日夜用功，我都看在眼裡。你的武功境地，已不亞於二十歲的我，是時候去找個目標，證明自己的本事了。」

上官夜天聽罷微愣，只因上官驪為了鍛鍊他，已讓他出外殺了不少人。

上官驪似乎看穿他心思，又道：「殺人簡單，殺高手難。你這一次下手的對象，必得連四天王他們也沒有把握除去，他們才會真心服膺你的力量與膽色；可相對的，你此行的危險，也一定比從前大得多……」

「義父，我不怕！」他搶道。

上官驪微微一哂，道：「三個人給你選，你只要除去其中一人，不但能一夕間轟動武林，四天王也會對你心悅誠服。」

「哪三個人？」

「正是飄狂山莊衛銀龍、逸塵劍司空不空、無情天子侯君域……」上官驪便將這三人的背景都跟他說了。

這侯君域拜師殺師，原是一名狼子野心之人，竟又貪心不足，假造來歷，妄想娶彭華靖的女兒，成為桃花莊莊主的女婿。他武功高強，人又俊雅，竟然巧言騙得彭家閨女的身子，而後遭人揭穿，逃難在外，是桃花莊眼下頭號必殺之淫賊。

至於逸塵劍司空不空，則是一名劍術高手，不但恰好就姓司空，眉目輪廓居然還跟司空淵有五分相似，於是藉此到處招搖撞騙，欺負良弱，是天龍會眼下惱恨欲除的騙子。

上官夜天聽罷，沉吟道：「義父，您以為此三人中，誰最強悍？」

上官驪反問：「你說呢？」

「我想是衛銀龍。」

「說來聽聽。」

「他是大盜出身，既幹大盜，膽色必足，膽色既足，出手必比常人多了三分悍勇。另兩人是淫賊跟騙子，我不屑理會，既要殺，就要殺真正的強者。」

上官驪眼神甚是嘉許。其實另外兩人的本事原不足以跟衛銀龍相提並論，他不過藉此探測上官夜天會做出什麼樣的選擇，又道：「若要殺衛銀龍，就得一連殺死三個，包括他那十歲小兒。」

「既非善類，不如趁早除了，否則日後長大，也不過徒增世人煩惱罷了。倒是這回我若得手，雲城不但能在西武林大大露臉，還可就地接收飄狂山莊，作為我們的新分舵，豈非一舉兩得？」

上官驪看著他那意氣飛揚的模樣，莞爾道：「你說的都有道理，只是衛銀龍絕非易與之輩，已殺了好多成名高手。你一個人上路，凡事萬萬小心。」

「多謝義父提醒，我會的。」

於是，上官夜天一個人騎著快馬，直奔離山莊最近的城鎮—隱川城。

然後，他遇見了蘇娃。

他不是因為逛妓院所以遇上她的，而是因為有一座華麗得晃眼的大花轎，正顯擺地置於群釵院前。他路上經過，想不留意都難。聽圍觀的人說起，才知道那花轎是飄狂莊主特別訂造的，為了正是今日要迎娶隱川城第一美女進門。

任何人聽到「第一美女」這樣的稱號，都不免會想瞧瞧看頂著這桂冠的人兒是何模樣。上官夜天當然也不例外，何況那美女要嫁的男人，還是他要殺的對象。

於是，他偷偷潛入屋裡，找到了蘇娃的房間。

可是，房間裡沒有嬌羞的待嫁新娘，只有一個上吊的紅衣女子。

上官夜天吃了一驚，立將人搶救下來，幸好還有氣息。

惟在救人之餘，他也注意到了—美！這姑娘真是美麗得過份了！

他在雲城早看慣了美女，對於女性之美足可自持，可是懷中這姑娘卻是前所未見的風華絕代，不過是這麼輕輕摟在懷中，他的心便已微微悸動，欲生親近之意。

然而那姑娘悠悠轉醒過來後，卻不領上官夜天的情。

她是真心想死的，雙眼空洞無神，淚水似也早已流乾，向他表明瞭態度：與其淪為大盜的玩物，還不如一死以全清白！

上官夜天卻道：「若有人替你殺死衛銀龍，你還會尋死嗎？」

蘇娃淒然冷笑：「有誰會替我殺死他？你可知道，連華山派都不敢招惹他。原本華山掌門的大公子方冠卿很喜歡我，三天兩頭的便跑來這兒看我，可前陣子聽說衛銀龍要收我為二房，竟便從此再不見他上門來了！唉，連他都如此，我又還能有什麼指望呢？」

「那等無用之人，也配你擺在心上？我替你殺他。」

「你?!你是誰？」

上官夜天正欲開口，忽聽外頭傳來激烈的女子叫罵聲：「你們不將那賤人交出來，老娘今天就血洗群釵院。閃開！」跟著便聽門外幾聲哀吟，然後蘇娃的房門也被人一腳踹了開來！

上官夜天早叫蘇娃躲進衣櫃裡，待得門扉撞開，立刻竄上前去，出拳直取來人心窩要害。

這撞門的人不想可知，自是衛銀龍的髮妻狄芳了。她得知丈夫欲將新娶，十多日來哭鬧不休，惹得衛銀龍對她由愧歉轉為厭乏，說道：「普天之下，哪個有錢有勢的男人不是三妻四妾的？你再鬧，我就抬舉她的身分，教她一進門就跟你平起平坐！」此言更加惹惱了狄芳，可她不怪丈夫移情，卻恨起蘇娃，心一橫，索性便欲劃花她的臉蛋，看她還能用什麼法子勾引男人？

不想這房中居然另有高手，這一拳忽然而來，竟沒能避過，立覺胸中氣血呃逆，向後疾退，急忙甩出隨身的鐵線蛇勾，以防敵人連綿進襲。

惟上官夜天動作更快，一見蛇勾擲來，隨之向後一翻，閃躲之餘，依然騰空擲出長鞭，與蛇勾兜纏。他的鞭繩粗硬，鞭勢凌厲，運勁尤其巧妙，這一纏一帶，便欲將狄芳整個人拉扯進來。

狄芳強自抵抗，雙腳鞋底抵著門框，罵道：「臭小子，什麼來頭？」上官夜天不理，手腕再施勁力，奮力一拉。這拉力之強，竟爾將她整個人帶入房內，「砰」的一聲撞塌圓面茶桌。

上官夜天冷冷俯視，道：「飄狂三魔，不過如此。」

狄芳抬起頭來，恨聲道：「你是那賤人的男人？很好，我今日便提了你們這對狗男女的人頭回去，好教我那當家的死心……」說著，手上忽多出五枚彎勾，朝他臉面疾射。

上官夜天立後退避開。狄芳早知自己遠不是這少年對手，便趁此際起身，向外奔出。然而她不知道，上官夜天手上還拿著鞭；只要他手上有鞭，就沒有獵物能從他眼底走脫——

「想逃，門都沒有！」手上從容一甩，殺神鞭鞭端即往她頸子一繞，生生勒住。

狄芳雙手拉著鞭繩，漲紅著臉，張著嘴巴，已快喘不過氣來了。

「饒……命……」

上官夜天哼的一聲，手腕略鬆，這時聽門外有人喜孜孜地喊道：「娘，你劃花了狐妖女的臉皮沒有？麟兒也想要劃上幾刀……」快步而入的，正是衛銀龍的獨子衛麟兒。

狄芳生怕愛子有性命之憂，嘶聲喊道：「麟兒快走，叫爹爹來！」

衛麟兒卻是初生之犢不畏虎，看見有人欺負娘親，哪裡肯走，立刻換上一付兇狠神色，瞪向上官夜天，厲聲喝道：「什麼人？還不快放了我娘！」

他年齡雖稚、身量雖小，氣燄倒強，雙手飛快套上了三尖爪勾套，高高躍起，直取對手雙眼。

上官夜天瞧他這股勢頭極狠，立刻鬆開狄芳，雙手騰出，不偏不倚正好握住他雙拳上的三尖爪，手上施勁，把三根開分的鐵爪收攏併黏，甚至向後頭折彎。那孩童雖驚不懼，趁著上官夜天全神折他爪子，腰力一帶，腳下向前狠命一踢，直踹向上官夜天鼻端。

這一腳少說也有六十斤的力道。上官夜天未料到還有這著，心頭毫無預警，幸賴眼睛實在犀利，早一步看破對方行動，忙將頭臉一偏，這腳便只落在他左頰上，沒中鼻子，只是仍極為吃痛。

他心下惱怒，下手也愈發狠了，知道衛麟兒得手之後，雙腿重心必會向後挪移，欲藉此掙脫箝制。他偏不教他如願，霍地將他身子往下疾帶，膝蓋猛地上頂，直撞向那小小腹腔。

「嘔！」衛麟兒哪堪受此重擊，這一撞，五臟翻攪欲嘔，連膽汁都吐出來了。

「麟兒！」狄芳尖叫，只見衛麟兒臉色青白，布娃娃似的從對頭的膝蓋滑落，趴在地上，動也不動的，似乎已無知覺。

「啊—啊—！畜牲，你殺了我孩子，我跟你同歸於盡！」

狄芳尖聲驚叫，完全忘了方才還狼狽得向上官夜天垂死求饒，摸出懷中兩只鐵勾，瘋了似的向他撲去。上官夜天不急著還手，左閃右躲一陣，待看清鐵勾路數，抓緊招勢間的空隙，一個伸臂，扣指往她眉心彈去。

咚！

這一彈，聲音短促沉悶，勁力透足了印堂穴位。狄芳連叫都來不及叫出聲，便已仰天倒下，結束戰局。

上官夜天胸膛起伏，看著地上的母子屍身，心想：「怪了，我方才那一頂，應不致要了那孩子性命才是。」便蹲下來，伸指摸向衛麟兒頸側脈搏，忽地—

衛麟兒張大眼睛，猛地擒住他手腕，嘶吼一聲，張嘴狠狠咬住他探來的兩根手指，像是要把它們咬斷。

上官夜天痛極，疼叫之際，左手一抬，立往那孩子天靈蓋送去。只見衛麟兒雙目暴瞠，再無動靜。

這一回，上官夜天很確定，這兇悍的孩子真的死了—

嘖嘖……才十歲就已如此獰惡悍狠，若不殺了，日後豈不必成大患？

惟衛麟兒牙關太牢，上官夜天一時間竟還抽不回自己的手指。

這時，蘇娃忙從衣櫃門內快步而來。方才的事，她都從櫃子的細縫裡看得一清二楚。她連忙拿起妝臺上的剪刀來到他身邊，幫他撬開衛麟兒的嘴巴，眼中全是感激之意。

「你到底是誰？我們素昧平生，你為什麼要這麼幫我？」

上官夜天微笑道：「素昧平生，難道便不能幫你嗎？我是上官夜天。」

蘇娃忽地微低下頭，雙頰俏紅，低聲道：「我叫蘇娃。」跟著轉身去拿來一些藥品。她要替他包紮，他當然沒有理由拒絕，頓時，方才還廝殺鬥狠的房間，如今卻有微妙旖旎的情愫四逸。

上官夜天看她是那麼細心的替自己擦乾血跡、塗藥、覆上紗布……，只見她十指如玉，潤澤纖細，比那雕刻出來的模樣還要美好；更兼神態嫻雅，嬌麗溫柔，連眼角眉梢都帶著三分笑意。不由得臉上微熱，心想：「原來女子之動人，竟至如斯！」

「好了！」蘇娃一笑，笑靨燦若朝霞。甫一抬頭，只見上官夜天雙目瞬也不瞬的直盯著自己瞧，連忙移開目光，悄聲道：「你怎麼了？這樣看我……」

上官夜天連忙定神道：「我這就去殺了衛銀龍，回頭再來找你。」

「可是你受傷了！」

「小傷，不礙事的。我得趁他知道老婆兒子都被我殺死之前，先去果結了他，否則可就更棘手了。」因為世上絕沒有人知道老婆小孩都給殺死之後，還不拚力殺敵的。

說完，他起身收回殺神鞭，向外走去。

「等等！」

蘇娃追出房門，上官夜天立刻停步回眸。

「你說你回頭會再來找我……是真的嗎？」

上官夜天不禁一笑：「當然是真的，除非你不歡迎我。」

蘇娃搖頭：「不，我歡迎得很，我……」她低下頭來，摸著髮梢，含笑道：「我會備好酒菜，等你過來，並且為你撫琴唱曲。」

「好，你備好酒菜，等我回來，我聽你撫琴唱曲。」

「那你自己一人……一定要小心。」

「我會的，你放心。」

當時的蘇娃，穿著新娘嫁衣，俏倚門邊，輕聲軟語，眼中滿是水一般的情意，殷殷目送著他離去。

那畫面直到今日，仍是上官夜天心目中最美最美的形象。

可是他雖然承諾了蘇娃，卻並沒有再回到群釵院看她。

他與衛銀龍那一戰實在鬥得太狠，他雖鞭殺了衛銀龍，自己卻也斷了三根肋骨、折斷左腿，牙齒也少了兩枚，至於其餘小傷，亦不計其數。

戰後，他簡直沒有力量離開飄狂山莊了。

偏偏屋漏夜雨，華山派掌門居然趁此來撿現成便宜！

他力不能敵，昏死過去，醒來，人已身在隱川城最大的客棧上房裡，由顏克齊照料。

據說，在他被華山眾人圍攻倒下後不久，雲城高手及時趕來救援，殺盡當日在飄狂山莊內的華山弟子，並將上官夜天帶到客棧療傷。（現在上官夜天知道，當時一定是雪琳的出手。）

上官夜天傷得不清，昏迷了三日方醒，且由於左腿骨折斷，短時間內還無法下床行走。他極是牽念蘇娃，立刻讓顏克齊到群釵院相請，除了讓她知道他已殺了衛銀龍的好消息，更是因為自己打一醒來，滿腦子便都是想見到她的念頭。

可是顏克齊去而復返，卻回說蘇娃前日就已離開群釵院，被贖身了。問起是被何人買走，老鴇只說是外地來的財主，真實身分全不知曉。

上官夜天無法相信會有這樣的事，難道衛銀龍的威脅一除，立刻就有什麼強豪劣紳要強娶蘇娃，硬迫她離開嗎？

那幾天可真是忙翻了顏克齊，上官夜天命他無論如何也要查出贖身之人的身分來，他自己亦是鎮日焦躁，連睡夢都不安穩。

一連直拖了十多日，他腿傷痊癒，卻還是沒有蘇娃下落，便想早日回到雲城，再出動大批人馬四處打聽尋找。

豈知，這一回去，便聽說上官驪新娶了一名夫人的消息。

而那夫人不是別人，就是她！

兩人在群釵院初次相見，均是一見而情鍾；惟再次相逢，卻是在雲城中庭的鯉魚池畔，他為人子、她為人妻……

當下的那種心痛、諷刺、不甘，苦恨……種種傷人之深，他們直到現在都忘不了！

曾經，在情傷之後，上官夜天以為自己很快就能夠忘記蘇娃。

畢竟，他與她只見過兩次，說不到十句話，認真想來，兩人其實並沒有太深刻的交涉。

結果他錯了！

因為蘇娃已真正涉入了他的生活，而他於她也是。

他們都是上官驪身邊的人，不可能不知道彼此動靜。每一回大節大宴、家聚小宴，他們貌似投入，實則眼耳心意無不時時關注對方的一舉一動；至於上官夜天每回出外，蘇娃更是千方百計地務要與他見上一面，綿綿情意、殷殷叮嚀，似恨不得能隨他而去。

是以，這五年來，激昂的心動終於還是化為了綿長的相思，縈繞心頭，誰也不曾真正捨下誰一日。可是這樣的愛情，未免也太苦！

上官夜天無奈地將遙馳的心思拉回現實，嘆道：「蘇娃，今後別再提起這個名字了，那已是很久以前的事了。」

蘇娃搖頭：「不！那不是很久以前的事，對我來說，這五年來的生活，遠遠比不上遇見你的那一日！」說著，她忍不住掩面哭了，雖已盡力克制收斂，可神情依然沉痛。

因為單從這一句話，她就知道上官夜天真的已經變心，她拉不住了！

只要一想到那天妒令智昏，為了殺死沈菱，竟然做出了那麼骯髒的事情，她就覺得後悔、噁心！

惟沈菱若真的從此消失在她跟上官夜天之間，也就不算犧牲得毫無代價，偏偏，她居然跑了！

這賤蹄子在佔據了上官夜天的心思之後，居然又將他的心意棄之於地，頭也不回的去了！

這女人，確確實實合該千刀萬剮啊！

她既傷且妒，所有情緒忽地爆發，再也控制不住，只能痛泣。

上官夜天嚇了一跳，忙扶住她，道：「蘇娃，你別這樣……是我不好，我給你賠不是。你若還是生氣，打我罵我都可以，只是別再哭得這樣傷心了！」他將她擁入懷中，儘可能想撫平她的傷痛。

蘇娃卻將雙手緊緊的、牢牢的從他後背攀住他寬厚的肩頭，讓自己的臉龐與他的胸膛貼合緊密，說道：「你帶我走，好嗎？我求你了！」

上官夜天一怔。

「我一直都是群釵院的歌妓蘇娃，我的心從來也不曾離開那裡一步，只要你肯，我願意隨你到天涯海角……」

上官夜天沒有回答，只是鎖眉思量許久，深深嘆道：「你何苦如此？我雖深謝你如此情意，可我不能對不起義父，請你諒解……」

蘇娃不平，激動道：「他又不是你生父，你何必為了他，犧牲我們的感情？」

「他不是我生父，比生父待我還好，我如果對不起他，就真的是豬狗不如了！」哪怕雪琳一事讓他微有疙瘩，仍絲毫不損上官驪在他心中的崇敬地位。

「所以你寧可負我?!」

「是！」

他點頭，說時帶著深長的氣音，彷彿下了什麼重大決定，隨即便鬆開她來，舉步前行。

兩人背向的那一刻，似乎也為彼此的命運作了最佳註解。

可蘇娃，仍不死心。

她揑緊雙拳，噙著淚水，引吭問道：「你愛沈菱嗎？」

他愣了一愣，不自覺地停下腳步。

她轉過身，看向他昂然挺立的背影，大聲道：「她背叛了你，你還愛她嗎？」

上官夜天的呼吸登時變得有些沉重，心頭也隨之浮動，卻冷酷道：「愛也罷，不愛也罷，總之我會盡快忘記她，就跟忘了你一樣。」說罷，加快步伐離去。

蘇娃淚眼如泉，就這麼眼睜睜看他漸遠消失，無可如何。

這一回，她的感覺跟往常不同，大大不同，彷彿上官夜天真的心思已去，不會再回頭了！

釀冒險08　PG1392

荊都夢(上卷)
——天舞出世

作　　者	綠　水
責任編輯	辛秉學
圖文排版	楊家齊、周政緯
封面設計	楊廣榕

出版策劃	釀出版
製作發行	秀威資訊科技股份有限公司 114 台北市內湖區瑞光路76巷65號1樓 電話：+886-2-2796-3638　傳真：+886-2-2796-1377 服務信箱：service@showwe.com.tw http://www.showwe.com.tw
郵政劃撥	19563868　戶名：秀威資訊科技股份有限公司
展售門市	國家書店【松江門市】 104 台北市中山區松江路209號1樓 電話：+886-2-2518-0207　傳真：+886-2-2518-0778
網路訂購	秀威網路書店：http://www.bodbooks.com.tw 國家網路書店：http://www.govbooks.com.tw
法律顧問	毛國樑　律師
總 經 銷	聯合發行股份有限公司 231新北市新店區寶橋路235巷6弄6號4F 電話：+886-2-2917-8022　傳真：+886-2-2915-6275

出版日期	2016年1月　BOD一版
定　　價	320元

Printed in Taiwan

國家圖書館出版品預行編目

荊都夢. 上卷, 天舞出世 / 綠水著. -- 一版. --
臺北市 : 釀出版, 2016.1
面；　公分
BOD版
ISBN 978-986-445-052-7(平裝)

857.7　　104017397

讀者回函卡

感謝您購買本書，為提升服務品質，請填妥以下資料，將讀者回函卡直接寄回或傳真本公司，收到您的寶貴意見後，我們會收藏記錄及檢討，謝謝！
如您需要了解本公司最新出版書目、購書優惠或企劃活動，歡迎您上網查詢或下載相關資料：http:// www.showwe.com.tw

您購買的書名：______________________________

出生日期：________年________月________日

學歷：□高中（含）以下　□大專　□研究所（含）以上

職業：□製造業　□金融業　□資訊業　□軍警　□傳播業　□自由業
□服務業　□公務員　□教職　□學生　□家管　□其它_____

購書地點：□網路書店　□實體書店　□書展　□郵購　□贈閱　□其他

您從何得知本書的消息？
□網路書店　□實體書店　□網路搜尋　□電子報　□書訊　□雜誌
□傳播媒體　□親友推薦　□網站推薦　□部落格　□其他__________

您對本書的評價：（請填代號　1.非常滿意　2.滿意　3.尚可　4.再改進）
封面設計____　版面編排____　內容____　文／譯筆____　價格____

讀完書後您覺得：
□很有收穫　□有收穫　□收穫不多　□沒收穫

對我們的建議：______________________________

____

____

____

請貼
郵票

11466
台北市內湖區瑞光路 76 巷 65 號 1 樓

秀威資訊科技股份有限公司　　收

BOD 數位出版事業部

（請沿線對折寄回，謝謝！）

姓　　名：＿＿＿＿＿＿＿＿＿＿＿＿　年齡：＿＿＿＿＿　性別：□女　□男

郵遞區號：□□□□□

地　　址：＿＿＿＿＿＿＿＿＿＿＿＿＿＿＿＿＿＿＿＿＿＿＿＿＿＿＿＿＿＿

聯絡電話：(日)＿＿＿＿＿＿＿＿＿＿＿＿＿＿(夜)＿＿＿＿＿＿＿＿＿＿＿＿＿＿

E-mail：＿＿＿＿＿＿＿＿＿＿＿＿＿＿＿＿＿＿＿＿＿＿＿＿＿＿＿＿＿＿